Gruss 3/16/06

P9-DTL-721

Татьяна Полякова

Лучшее лекарство от скуки – авантюрные детективы
Татьяны Поляковой:

Татьяна Полякова

Эксклюзивный
мачо

Москва

ЭКСМО
2003

УДК 882
ББК 84(2Рос-Рус)6-4
П 54

Оформление серии художника *Н. Кудря*

Серия основана в 2002 г.

Полякова Т. В.

П 54   Эксклюзивный мачо: Повесть. — М.: Изд-во Эксмо,
2003. — 352 с. (Серия «Авантюрный детектив»).

ISBN 5-699-03611-3

Что делать скромной девушке, когда крутые мачо начинают играть в свои крутые игры? Ясно — держаться подальше. Только вот у Ольги Рязанцевой это не получается. Вечно она умудряется влипнуть в историю. На шикарной яхте перерезали горло некой Анечке — разумеется, главный подозреваемый — Ольга. Дальше — больше, гибнут один за другим свидетели этого убийства, и все после того, как поговорят с Ольгой. Схватились не на жизнь, а на смерть два авторитета, и кто встрял в эту схватку? Естественно, Ольга. Ведь она ищет убийцу, а дело это хлопотное и опасное. Правда, попутно можно найти сердечного друга. Только одно портит настроение: убийца тоже, скорее всего, разыскивает Ольгу...

УДК 882
ББК 84(2Рос-Рус)6-4

Лялин застенчиво улыбался, стоя на пороге моего дома. Застенчивость шла ему так же, как мне буйная радость, которую я в настоящий момент пыталась изобразить. Мы одновременно засмеялись, в основном над своими напрасными усилиями, и вновь стали походить на нормальных людей.

— Привет, — сказал Лялин, перешагнул порог и запечатлел на моем лбу братский поцелуй. Я ухватила его за уши и приложилась к губам. — Ох ты господи, — хмыкнул он, но остался доволен.

— Проходи, — милостиво предложила я, и он опасливо внедрился в мою квартиру, без конца оглядываясь, точно ожидая подвоха. На самом деле он испытывал неловкость. По большому счету заглядывать ко мне ему совершенно без надобности и вразумительного предлога, под каким ему сделать это, он не придумал, вот теперь и вертелся, как уж на сковородке.

Надо полагать, он явился проверить слухи, что ходят обо мне в народе. Если верить общественности, я пью ведрами, окончательно потеряла человеческий облик и по этой причине не выхожу из дома.

Я с недовольством уставилась в спину Лялина. Ладно дураки болтают, на то и дураки, но Лялин-то умный, чего ж тогда верит во всю эту чушь? Не мешало б проучить его как следует. К примеру, учинить пьяный дебош. А что, прямо сейчас и учиню.

Лялин между тем прошел в кухню, устроился в моем любимом кресле и спросил:

— Ну, как там в Греции? По-прежнему все есть?

— На то она и Греция.

— Жениха нашла? Небось от мужиков отбоя нет.

— С чего ты взял? — нахмурилась я, поражаясь чужой прозорливости.

— Уж больно распустилась.

— Это в каком же смысле? — заподозрила я подвох.

— В смысле, расцвела. Слушай, помнится, ты как-то болтала о том, что вполне способна полюбить бедного немолодого человека?

— Тебя, что ли? Так ты не бедный. Полюбить-то я по-прежнему готова, но почему-то не рассчитываю на ответное чувство. Ты чего пришел? Если спасать...

Лялин махнул рукой.

— Спасать тебя нет нужды, это мне доподлинно известно. К тому же я в спасители не гожусь. Опять же, мне твои слова обидны. Просто зайти по старой памяти уже нельзя?

— Можно. Но, зная тебя как очень занятого человека, весьма сложно представить, что ты болтаешься по гостям.

— Для тебя я всегда рад сделать исключение. — Олег улыбнулся и взял меня за руку, взгляд стал иным, теперь он смотрел на меня заинтересованно и даже с нежностью. — Как дела? — спросил он тихо.

— Нормально, — честно ответила я, высвободила руку и устроилась в кресле напротив.

— Чем думаешь заняться?

Я пожала плечами, потому что сама еще толком не знала.

— Дед назад не звал?

— Нет, — покачала я головой.

— Странно.

— Чего же тут странного? Мы утомили друг друга, надо немного отдохнуть.

— Значит, ты вполне допускаешь, что можешь вернуться?

— В его команду? — удивилась я. — Забавно, что ты об этом спрашиваешь. — Я покачала головой и усмехнулась, а Лялин вновь спросил:

— Ну так да или нет?

— Нет.

Он кивнул и почесал бровь, размышляя о чем-то.

— Прозвучало очень категорично, — заметил он едва ли не с печалью.

— Тебя это удивляет? — не поверила я.

— Скорее беспокоит. Наверное, я человек привычки, невозможно представить тебя занятой чем-то другим. Ты была его доверенным лицом. Конечно, это не всегда... приятно, — с трудом нашел он нужное слово, — но, согласись, кое-какие преимущества все же были. Дед — это Дед, и ты в этом городе кое-что значила.

— А теперь не значу ничего и ничуть этому не огорчаюсь.

— Серьезно? — Теперь Лялин смотрел с надеждой, точно ребенок в ожидании подарка.

— Серьезно, — ответила я, хотя за мгновение до этого намеревалась послать его к черту. — Я была его доверенным лицом, а ты начальником его охраны. Теперь ты работаешь в своей фирме, получаешь приличные бабки и всем доволен. Или нет?

— Доволен, — улыбнулся Лялин.

— А что мне мешает?

— Да я не о работе, — вновь вздохнул он. — Как раз работа волнует меня меньше всего. Найдешь чем заняться. На худой конец вернешься в убойный отдел. Зарплата тебя не тревожит, так что будешь работать не за деньги, а за идею. Но... я был только его начальником охраны, ты — другое дело. Дед...

— Заменил мне отца, — подсказала я, — а потом был моим любовником. Потом стал политиком, и я помогала ему в меру сил. До политики мне дела было мало, а он человек родной... Но Дед перегнул палку. И я ушла. А как только ушла, поняла, что сделать это надо было раньше, потому что почувствовала огромное облегчение. На этом, я надеюсь, мы и закончим.

Лялин перегнулся и похлопал меня ладонью по колену.

— Извини, — сказал он смущенно, что было ему так же свойственно, как и застенчивость. — Старею, наверное. Почему-то жалко его стало.

— Деда?

— Деда.

— Мне тоже жалко, — согласно кивнула я. — Но позволь я ему оставить все как прежде... в общем, себя мне жаль еще больше.

— Извини, — повторил Лялин, и я всерьез начала думать, что люди с возрастом меняются. Услышать от Лялина два раза подряд «извини» — это слишком для моих нервов. В голове возникают глупые мысли, к примеру, хочется припасть к его груди и пожаловаться, неважно на что, главное, чтобы он по головке погладил и сказал что-нибудь жизнеутверждающее, а потом мы бы вместе поплакали и пошли встречать рассвет... «Лялин стареет, а я глупею», — со вздохом решила я и весело подмигнула ему.

Он засмеялся и вдруг заявил:

— Я, собственно, к тебе по делу.

— Да?

— Ага. У моего босса есть приятель Сафронов Петр Викентьевич. Может, слышала о таком?

— У него молокозавод где-то на Поварской?

— И завод, и маслосырбаза. Не знаю, как это правильно называется, дело не в этом, а в том, что дядя этот очень беспокойный. Кругом бедолаге враги мерещатся.

— Охрана у него есть?

— Есть. На самом деле ни в какой охране он не нуждается. Нет у него врагов, которые желали бы ему смерти. Дела его идут неплохо, но никому он здесь не мешает. Короче, нервный тип с фантазией. Только и всего. Но моего босса успел достать, и тот, естественно, обратился ко мне.

— И что сделал ты?

— Полюбопытствовал, как обстоят дела.

— То есть раскопал всю подноготную Сафронова, — улыбнулась я.

— Можно сказать и так, — не стал спорить Лялин. — И могу с уверенностью заявить — дядя бредит.

— Но с чего-то он начал беспокоиться? — заметила я скорее из вредности, потому что верила Лялину, он из тех людей, что слов на ветер не бросают.

Олег едва заметно поморщился.

— Два месяца назад было совершено нападение на их экспедитора. Да ты, должно быть, слышала. Парня поджидали возле его дома, выстрелили в упор, без предупреждения, он даже ничего не понял. Забрали деньги и смылись.

— Парень жив?

— Жив. В рубашке родился. Скоро из больницы выпишут.

— Так, может, Сафронов не зря беспокоится?

Лялин вновь поморщился.

— Ему давно надо было это сделать. Об элементарной осторожности там слыхать не слыхивали. Экспедитор возвращается в два часа ночи, в сумке весьма приличные деньги, он один, ставит машину на стоянку и двигает домой с этими самыми деньгами. И после этого удивляется, что экспедитор оказался в больнице. Прознали про эти скверные привычки, и вот результат. Не удивлюсь, если кто-то из своих постарался. И про крупную сумму знали, и про то, когда вернется. Короче, к безопасности Сафронова этот случай не имеет никакого отношения.

— Допустим. И что дальше? — кивнула я, не очень понимая, куда клонит Лялин.

— Надо его отвлечь от глупых мыслей. Хочется ему надежную охрану, он ее получит.

— Ну... — пожала я плечами.

— Гну, — передразнил Лялин. — Вот ты с ним и поработаешь.

Я скривилась, услышав о таком счастье.

— Спятил совсем? Какой из меня телохранитель?

— Так он и не нужен. Говорю же, у парня глюки на нервной почве. Тут не телохранитель важен, а имя. Твое ему понравится. Ты человек известный и пользуешься уважением. Пользуешься, — повторил Лялин, видя, как мою физиономию вновь перекосило. — Он будет счастлив, вот увидишь. Немного потаскаешься с ним туда-сюда, денег заработаешь, а главное, окажешь мне неоценимую услугу.

— Знаешь, что я думаю, — немного посверлив его взглядом, сказала я, — ты все это нарочно придумал. Потому что решил, что я сижу здесь без всякого дела и теряю остатки разума. Того гляди с катушек съеду или вправду запью. Большое тебе спасибо за заботу.

— Если ты не согласишься, придется задействовать кого-то из моих ребят. Причем не одного. У людей семьи, не могут они сутками на работе пропадать. А у меня и так людей не хватает, отпуска, а работы завались. Говорю тебе, этот тип никому не нужен. А тебе сейчас совершенно нечего делать, сама только что сказала. Не знаю, с чего ты решила, что я такой благородный и сильно печалюсь о том, как ты проводишь свое время. На самом деле я эгоист и надеюсь устроить свои дела за чужой счет, пользуясь нашей давней дружбой.

— Иди ты к черту, — отмахнулась я.

— Подумай над моим предложением и ответь мне «да», — сказал Лялин, поднялся и направился к двери. Я побрела за ним. — Почему бы нам как-нибудь не выпить вместе? — предложил он на прощание.

— Обязательно, — кивнула я, он раскинул руки, а я припала к его груди.

— Не скучай, дорогая, — пропел он дурашливо.

— Мое сердце не вынесет долгой разлуки, — ответила я, и на том мы расстались.

Лялин ушел, а я отправилась в кухню пить чай. Разговор неожиданно произвел на меня впечатление. Разумеется, не перспектива стать телохранителем какого-то там типа волновала меня. Беспокоили мысли о Деде. Все это время я думала лишь о том, как я справлюсь без него. Лялин прав, очень многое нас связывало и связывает, а сейчас впервые подумалось: как он без меня? Каково ему? Должно быть, скверно. И дурацкие слухи обо мне счастья ему отнюдь не прибавляют.

Проще всего набрать номер и сказать: «Привет,

как твои дела? У меня все отлично», но этого как раз делать не следует. Хорошо зная Деда, нетрудно представить, чем это закончится. Нет уж, не для того я уходила, чтобы через несколько месяцев прибежать обратно.

Я прошлась по квартире, забыв про чай. Квартира у меня огромная, в трех уровнях, в ней вполне можно потеряться. Или звонить самой себе по телефону. Квартира, кстати, подарок Деда. Когда я ушла, довольно громко хлопнув дверью, то понятия не имела, что буду делать дальше. Мне даже казалось, что прогнозы недоброжелателей вполне способны сбыться и я, чего доброго, начну спиваться в одиночестве. Уже из-за одного этого стоило завязать с выпивкой. Впрочем, я ею никогда особенно не увлекалась, так что диву давалась, с чего обо мне пошла дурная слава?

Как бы там ни было, а оказавшись на вольных хлебах, я первым делом задумалась: чем же занять себя? И думала дня три, после чего выяснилось, что я являюсь прирожденной лентяйкой, то есть мне ничем не хочется заниматься. Так как телевизор я не смотрю, а книг принципиально не читаю, то в основном я проводила время в длительных прогулках с таксой по имени Сашка, чему он был очень рад.

Потом меня потянуло посмотреть на мир, и я отправилась путешествовать, пристроив Сашку на время к подруге Ритке, которая по совместительству являлась секретарем Деда. Тот, в свою очередь, был в нашем городе полновластным хозяином. Впрочем, справедливости ради стоит добавить: не только в городе и области, но даже и в столице его, по слухам, уважали и поддерживали. Слухи слухами, но одно несомненно: здесь он царь и бог, причем еще пару лет может не переживать за свое могущество, а там как карта ляжет, точнее, бюллетени избирателей, не к ночи будут помянуты.

Я желала Деду победить всех врагов и царствовать до конца своих дней, причем совершенно искренне, потому что почтенным пенсионером его просто не представляла. В столицу он не поедет, ибо убежден: лучше быть генералом в губернии, чем майором в столице, а остаться здесь не при делах гордость не позволит. Так что пусть правит нами на здоровье, тем более что он ничем не хуже других, хоть и не лучше. В деньгах благодаря Деду я не нуждалась, поэтому могла не только бездельничать, но и путешествовать в свое удовольствие, нимало не печалясь. Но, несмотря на это, вскоре меня потянуло домой, в основном из-за Сашки.

Стоило мне вернуться, как в тот же вечер у меня появилась Ритка и с порога заявила:

— Совсем совести нет у людей.

— Ты о людях вообще или обо мне? — насторожилась я.

— О козлах, которые болтают, что ты в тиши и мраке запустенья предаешься пороку.

— Так, может, не врут? — предположила я из вредности.

— Ага. С таким цветом лица барышни из запоя не выходят. Может, и мне куда-нибудь съездить? Вдруг похорошею?

— Ты и так выглядишь неплохо, — порадовала я ее.

— Неплохо, — скривилась Ритка. — Я хочу выглядеть, как ты. Вошла, взглянула и убила.

— Такое больше Медузе Горгоне подходит, — ответила я, после чего мы отвлеклись от моей внешности, и я подробнейшим образом поведала о своих путешествиях. По негласному уговору мы с Риткой не заговаривали о Деде. Она очень переживала из-за нашего разрыва и, подозреваю, втайне считала виноватой меня. Чем я собираюсь заняться, она тоже не спросила, но ушла довольная, должно быть, радуясь, что теперь даст клеветникам достойный отпор. А я радовалась за нее и за себя тоже, если честно, потому что и впрямь выглядела распрекрасно, мужчины на улицах оборачивались, чего последние два года я припомнить не могла. Выходит, действительно похорошела, а это любой женщине приятно. К этому прибавилось душевное спокойствие, которое тоже долгое время отсутствовало, так что получалось, работа у Деда влияла на меня дурно, и теперь, когда я ее оставила, меня ожидает долгая счастливая жизнь.

Я замерла перед зеркалом, подмигнула своему отражению и даже пробормотала «красавица», после чего продолжила прогулку по квартире. Сашка, лежавший до того момента в кресле в гостиной (он, в отличие от меня, обожает смотреть телевизор), начал беспокоиться, приподнялся и даже робко тявкнул.

— Я думаю, — сочла нужным сообщить я ему. Пес успокоился.

Допустим, в моем внутреннем мире царит полная гармония, но нельзя же все время бездельничать. Не худо бы в самом деле чем-то себя занять. В этом свете предложение Лялина... Я представила себя в роли телохранителя. Выходило что-то, подозрительно смахивающее на дрянной сериал, которые я так не люблю. Я поморщилась и решила выбросить недавний разговор из головы, что вскорости и сделала. Отправилась гулять с Сашкой, домой мы вернулись в час ночи. Измученный пес, с трудом взобравшись на кровать, заснул как убитый, а я последовала его примеру.

Утром мы спали до девяти, потому что никаких дел не намечалось и можно было себя побаловать. В половине десятого выбрались в кухню, чтобы позавтракать, а в десять раздался телефонный звонок. Я ответила без особой охоты, и мужской голос вежливо извинился:

— Простите, я позвонил не очень рано?

— Нормально вы позвонили, — ответила я. — Только не уверена, что нужна вам именно я. — Уверенности мне придавал тот факт, что голос был совершенно незнакомым, а знакомиться с кем-либо я не собиралась.

— Вряд ли я ошибся, — вновь заговорил мужчина, теперь в его голосе чувствовалась некая игривость, что мне понравилось еще меньше. — Вы Рязанцева Ольга Сергеевна?

— Допустим. А вы кто?

— Ваш номер телефона дал мне Олег Борисович Лялин, — сообщил мужчина, а я скривилась, уже сообразив, в чем дело. Так и оказалось. — Мое имя Петр Викентьевич Сафронов. Уверен, вы обо мне слышали.

— Лялин вчера был у меня, — не стала я лукавить.

— И сделал предложение?

— Совсем не то, которое я жду долгие годы.

Сафронов засмеялся, давая понять, что оценил шутку.

— И что? — спросил он, немного помедлив.

— Идея показалась мне совершенно дикой, — ответила я искренне. Ему мой ответ не понравился.

— Почему же дикой? — обиделся он.

— Как-то не вижу я себя в роли телохранителя. Вам больше подойдет какой-нибудь здоровяк из охранного агентства, у них есть опыт в таких делах.

— Олег Борисович рассказал вам о моих проблемах?

— В общих чертах, — уклончиво ответила я. Если верить Лялину, проблем вовсе не было, но обижать человека мне не хотелось.

— Здоровяк здесь не поможет, — со вздохом заговорил Сафронов. — Тут скорее работа для человека, умеющего думать, профессионала...

Надо полагать, таким профессионалом он считал меня. Большое ему за это спасибо, однако его лесть не произвела должного впечатления. На меня вообще мало что производит впечатление.

— Если вы по поводу нападения на вашего экспедитора, то милиция наверняка делает все возможное. Поверьте, лучше, чем они, с этим вряд ли кто справится.

— Если бы дело было только в этом нападении... Ольга Сергеевна, может быть, мы встретимся и поговорим, так сказать, в дружеской обстановке?

— Хорошо, — совершенно неожиданно согласилась я, а через пять минут уже жалела об этом. Хотела перезвонить Сафронову и отказаться от встречи, но лишь махнула рукой. Схожу, выслушаю человека, времени у меня сколько угодно. Встретиться договорились в 18.20 в кафе «Белый парус», в двух кварталах от моего дома. Я прихватила с собой Сашку, псу полезно прогуляться, а Сафронову надо дать понять, что я для него самый что ни на есть неподходящий человек.

Опоздав на десять минут, я вошла в кафе в своем лучшем костюме бирюзового цвета, на шпильках не ниже десяти сантиметров и с таксой под мышкой. Граждане, в количестве двенадцати душ, сидящие за столами, дружно повернули головы, а я широко улыбнулась. Как выглядит Сафронов, я и понятия не имела и уже собралась поинтересоваться, имеется ли такой в наличии, как из-за ближайшего стола поднялся толстяк лет тридцати пяти и бросился ко мне с восторгом на лике и с громким воплем:

— Ольга Сергеевна!

Стало ясно: это и есть Петр Викентьевич. Он протянул руку, я в ответ подала свою. Он на мгновение замешкался, а потом поцеловал ее. Сашка робко тявкнул, потому что был воспитанной собакой и шуметь в общественных местах не любил, однако и терпеть посторонних в опасной близости тоже не мог.

— Какой хороший песик, — умилился Петр Викентьевич. — Как его зовут?

— Сашка.

— Сашка? Забавное имя для собаки.

Данное замечание я проигнорировала, и мы прошли к столу. Сашку я пристроила на соседнем стуле, он успокоился и теперь с любопытством оглядывался.

— У меня в детстве тоже была собака, — сообщил Петр Викентьевич. — Русский спаниель. А теперь со всеми этими делами и собаку завести некогда. С женой развелся... в общем, собаке пришлось бы ждать меня в пустой квартире. Что-нибудь закажете? — спохватился он.

— Нет, спасибо, я на диете.

— Зачем вам диета? Вы прекрасно выглядите. Честно говоря, не ожидал. Все эти слухи... — Он смутился, а я сделала вид, что не расслышала последней фразы.

— Вы хотели рассказать о своих проблемах, — напомнила я.

— Да-да, конечно. — Он откашлялся и начал рассказывать.

Я внимательно слушала, думая о том, что Лялин прав. Парню нужен не телохранитель, а хороший психотерапевт. Налицо мания преследования. Кто-то вроде бы за ним следит, дважды за неделю он встретил желтый «Мерседес», несколько раз звонили и сказали, что ошиблись номером, как-то ночью позвонили в дверь. А еще он видел в окне спальни тень. И это при том, что живет на пятом этаже. Приди он с этими россказнями в милицию, его скорее всего засмеют. И правильно сделают. У них что ни день, то убийство, а здесь — «показалось», «послышалось».

— Никаких угроз, анонимных писем? — спросила я, потому что уйти сразу сочла невежливым.

— Нет. Но я чувствую...

— Может быть, вы слишком переживаете из-за нападения на вашего экспедитора? В этом случае имеет смысл обратиться к врачу.

— Все точно сговорились, — сказал он с обидой. — Разговаривают со мной, как с психом или трусом, готовым наложить от страха в штаны. Я понимаю, что на вас мой рассказ впечатления не произвел, но я же чувствую... я чувствую... Вы мне верите? — вдруг спросил он, и я, вздохнув, ответила:

— Верю. — «Чем черт не шутит, вдруг в самом деле...» — В любом случае, как я уже сказала, я не тот человек, который вам нужен. Вам необходим телохранитель, а я никогда...

— Вы не раз выполняли особые поручения, у вас есть опыт, вы решительный человек. А главное —

вы женщина. — Мои брови поползли вверх, а он поспешил пояснить: — Ваше появление не вызовет подозрений, скажем, что вы мой пресс-секретарь.

— А вам необходим пресс-секретарь?

— Как раз сейчас мы продвигаем на рынок новый товар, рекламное агентство готовит для нас широкомасштабную кампанию. Словом, все будет выглядеть вполне естественно.

— Допустим. Однако я по-прежнему не пойму, чего вы ждете от меня?

— Чтобы вы были рядом. Огляделись. Беспристрастно оценили ситуацию и ответили: я сам себя пугаю или мне грозит опасность?

— И если я скажу «вы сами себя пугаете»...

— Клянусь, я вас поблагодарю и наконец-то буду спать спокойно.

Похоже, говорил он искренне.

— Я знаю, деньги для вас не главное, — торопливо продолжил он, — но я готов заплатить любую сумму...

— От денег отказываются только дураки, — философски изрекла я, — но пока говорить о них рано. Итак, если я вас правильно поняла, вы хотите, чтобы я, находясь некоторое время с вами, оценила ситуацию и сообщила вам свое мнение: является она опасной для вас или нет?

— Именно так.

— Хорошо, — кивнула я, откидываясь на спинку стула. Это я готова сделать для старины Лялина. — Причем совершенно бесплатно. — Последнее я сказала вслух. — А потом... потом по обстоятельствам.

— Отлично, — обрадовался Сафронов.

И на следующий день я заступила «на пост».

Первые три дня все шло до такой степени спокойно, что даже навевало тоску. Большую часть времени мы проводили в офисе, на обед выбирались в соседнее кафе, затем — деловые встречи, а вечером я провожала Сафронова домой.

В течение этих трех дней я не смогла уловить ничего подозрительного, хотя тщательно приглядывалась и даже принюхивалась. Ни странных звонков, ни сомнительных личностей в поле зрения, ни ощущения скрытой угрозы в воздухе. Тишь, гладь и божья благодать. Лялин прав, впрочем, он всегда прав.

Сафронов время от времени поглядывал на меня с виноватым видом, а я оптимистично улыбалась. Именно этот его виноватый взгляд не позволял мне послать его к черту. Я решила дать ему еще неделю.

В пятницу вечером он, нерешительно кашлянув, сообщил, что в выходной собирается устроить небольшой прием на своей яхте. Услышав слово «яхта», я с трудом смогла скрыть удивление, образ Сафронова не вязался с любителем подобных развлечений. Приходилось признать, что интуиция в очередной раз подвела меня.

Он опять откашлялся и продолжил:

— Я купил яхту в прошлом году. Практически даром. Друг не чаял избавиться от нее, а во мне взыграла романтика, морские походы и все такое...

— До моря от нас далековато, — заметила я.

— Вот именно. Если честно, от нее одна головная боль. Яхта крошечная, но ее и на зимнюю стоянку надо определить, и покраска, и прочее... Управлять ею я тоже не умею. Короче, свалял дурака. Прошлым летом дважды прошел по реке до Рыбацкого, а в этом году так и не собрался. Вот я и подумал...

— Что ж, идея хорошая.

— Правда? — невероятно обрадовался он. Все-таки Сафронов довольно занятный парень. — Хочу пригласить нескольких друзей. Ну и вас, конечно. Вы ведь не откажетесь?

— Не откажусь, раз уж я на вас работаю.

— Вы все-таки считаете, что я все выдумываю? — пряча глаза, спросил он.

— Я пока ничего не считаю. За три дня невозможно составить представление о состоянии дел. Если позволите, мы поговорим об этом через неделю.

— Отлично, — заулыбался Сафронов.

На следующее утро я подъехала к пристани около десяти, отпустила такси и начала оглядываться. Пристань выглядела пустынной. На всякий случай я взглянула на часы. Нет, не опоздала, хотя всерьез опасалась этого, потому что в последний момент пришлось пристраивать Сашку. Поначалу я хотела взять его с собой, но вовремя одумалась: неизвестно, как пес воспримет прогулку на яхте, а видеть его страдания я просто не в состоянии. Как всегда, выручила Ритка. Разумеется, она проявила интерес к тому, как я собираюсь провести выходные, а узнав, что я нашла себе работу, так обрадовалась, что умилила меня до слез. Сашка на радостях был обласкан и принят чуть ли не с благодарностью.

Дойдя до конца пристани и не обнаружив вблизи ничего похожего на яхту, я совсем было решила, что Сафронов передумал и отменил мероприятие. Я достала мобильный из сумки с намерением позвонить, но тут услышала его голос:

— Ольга Сергеевна!

Я обернулась и увидела, как он бежит по пристани в мою сторону, изрядно запыхавшийся, покрасневший, в светлых брюках и пестрой рубашке навыпуск. Сейчас он еще больше походил на колобка.

— А мы вас ждем возле шлагбаума, — с виноватой улыбкой сказал он. — Я думал, вы на машине.

— Я не знала, что здесь есть стоянка, вот и приехала на такси.

Он пожал мне руку и заулыбался:

— Пойдемте, все уже собрались, здесь небольшой ресторанчик, очень милый. Яхта подойдет через несколько минут, я только что звонил.

Ресторан в самом деле выглядел на редкость привлекательно для заведений подобного рода. На открытой веранде горшки с цветами и настоящая пальма. Клетчатые скатерти, ковровая дорожка и мозаичное панно во всю стену, то ли змея с крылышками, то ли дракон-дистрофик. Скорее всего последнее, потому что надпись на фасаде гласила — «Речной дракон».

За большим столом сидела компания, несколько мужчин и женщин. Мы подошли, все дружно оглянулись в нашу сторону и заулыбались, а Петр Викентьевич торопливо заговорил:

— Знакомьтесь, пожалуйста. Это Ольга Сергеевна Рязанцева.

Дамы встретили меня с настороженным любопытством, мужчины с интересом, чему немало способствовала моя популярность в родном городе. На службе у Деда мое имя часто мелькало в местных новостях, пару раз губернские газеты разразились в мой адрес гневными обличениями с фотографией на развороте, что меня, признаться, не особо радовало, но кто ж моего-то мнения спросит?

Я растянула губы в улыбке, демонстрируя большую радость, а Петр Викентьевич, немного волнуясь по неясной причине, продолжил представление.

— Горина Анна Ивановна, — указал он на брюнетку с внешностью роковой женщины. Должно быть, очень высокая (сейчас, когда она сидит, точнее не скажешь), худая, с большим, явно силиконовым, бюстом, огнем в очах и с пухлыми губами, тоже силиконовыми. Она высокомерно кивнула, быстро окинула меня взглядом с ног до головы и едва заметно нахмурилась. Я порадовалась, что не понравилась ей, значит, выгляжу неплохо. — Это Верочка, Вера Ильинична, — перешел Петр Викентьевич к большеротой блондинке, та приветливо помахала мне рукой. — Мы с ней старые друзья, — счел необходимым пояснить Сафронов. — Лапшин Геннадий Яковлевич, вы о нем наверняка слышали, его супруга Валерия Николаевна. Райзман Артур Борисович, а это Никифоров Павел Сергеевич. Ну вот, теперь можно выпить кофе.

Сафронов подозвал официанта и с заметным облегчением устроился на стуле, предварительно усадив меня. Я с удовольствием выпила кофе, приглядываясь к собравшимся и стараясь делать это незаметно. Не похоже, чтобы здесь встретились старые друзья. Мужчины слишком заинтересованно поглядывают на дам, дамы слишком напряжены, не расслабляются, держат спину прямой, улыбки как приклеенные, а взгляды, обращенные друг к другу, ядовитые.

Анна Горина, роковая красотка, интереса у меня не вызвала, с ней более-менее ясно. Наверняка ищет богатого мужа, смотрит высокомерно, нацелилась на Райзмана, села рядом и колено сдвигает в его сторону, уже пару раз успела задеть его ногу, оголила плечико. Приемы грубоватые, но действенные.

Верочка была мне симпатична. Похоже, действительно старый друг Сафронова, улыбчивая и в общем-то равнодушная. Кажется, у них роман с Никифоровым, но скорее всего он уже близок к концу. Она смотрит на него слишком дружески, а в глубине зрачков таится насмешка. Когда любимый не вызывает восторга и гордости, это верный признак, что все движется к завершению.

К Никифорову я приглядывалась особо: он был крупным предпринимателем, по слухам чуть ли не миллионщиком, однако у меня эти слухи, вызывали сомнения. Занимался он, насколько я помню, всем понемногу: имел бензозаправки и сеть магазинов «Сладкоежка». Намекали на некие грехи его молодости и связи с уголовным миром: якобы на их сбережения развернулся и сейчас трудится бок о бок с братками, отмывая их денежки. Но это лишь ничем не подтвержденные слухи, вполне возможно, распускаемые врагами (а у такого парня врагов должно быть пруд пруди). По крайней мере внешне Павел Сергеевич выглядел в высшей степени прилично и даже интеллигентно. Блондин с приятным лицом и мужественным подбородком. Пожалуй, его можно было бы назвать красивым, если бы не ранняя лысина, которую он безуспешно пытался замаскировать. Рука его порой непроизвольно тянулась к ней, проверяя, как лежат волосы. Стало ясно, это «больная мозоль».

Райзман, напротив, был так волосат, что выглядел почти комично, напоминая одетую обезьяну. Рубашка с короткими рукавами позволяла полюбоваться конечностями, сплошь покрытыми густой шерстью. Руки у него были сильными, с хорошо развитой мускулатурой, а грудь широкой, навевающей греховные мысли, в том смысле, что от мужчин с такой мускулатурой ждешь чего-то особенного. А вот ладони у него выглядели по-женски ухоженными, неестественно белыми для начала лета, с безупречным маникюром, и это сбивало с толку. Я немного покопалась в своей памяти, но ничего связанного с фамилией Райзман не обнаружила, хотя мне она показалась смутно знакомой.

Лапшина можно было характеризовать двумя словами: «интересный мужчина». Лет сорока, высокий, спортивный, немногословный и вежливый. За всем этим чувствовалась уверенность в себе и достоинство, переходящее в легкое презрение к тем, у кого этих похвальных качеств нет. На жену, которая сидела рядом, он именно так и поглядывал: снисходительно, с тщательно скрываемой насмешкой, хотя она такого отношения, с моей точки зрения, не заслуживала. Женщина была красива, безусловно умна, взгляды мужа чувствовала и отлично все понимала. Похоже, она его любила, а свою печаль тщательно прятала, скорее всего из гордости, не желая признаться, что чувства мужа к ней претерпели изменения не в лучшую сторону. Впрочем, внешне все выглядело вполне прилично. Геннадий Яковлевич уделял внимание жене, сопровождая свои действия заботливым «дорогая», и в этом было что-то покаянное, точно он знал за собой вину и пытался ее загладить, и вместе с тем не в силах был избавиться от легкой насмешки в глазах, точно мстил ей за что-то и сам этого стыдился.

Компания подобралась занятная. Четверо мужчин и четыре женщины, включая меня. Тут я сообразила, что не просто так таращу глаза, а с неким умыслом: прикидываю, кто из присутствующих мог иметь к Сафронову претензии или недобрые чувства. Выходит, его тревога все-таки нашла отклик в моей душе. Я мысленно усмехнулась и покачала головой.

Разговор за столом шел вяло, все то и дело поглядывали на меня. Возможно, я их стесняла, потому что была в их компании новым человеком, а возможно, все дело в моей репутации. Райзман попытался разрядить обстановку и принялся рассказывать анекдоты. Делал он это мастерски, граждане хохотали и вскоре оттаяли душой, я хохотала громче всех, чем, безусловно, вызвала у Райзмана симпатию. Благодарный слушатель — бальзам на душу рассказчика. Настороженность покинула его, и теперь он смотрел на меня с откровенным интересом, все больше и больше увлекаясь лицезрением моих достоинств. От внимания Анны Гориной это не ускользнуло, она поджала губы и теперь бросала на меня откровенно враждебные взгляды, вызвав беспокойство у Верочки, из чего я заключила, что они подруги или приятельницы.

Сафронов по большей части помалкивал и проявлял излишнюю суету, угощая гостей. Взгляд его то и дело обращался к пристани, мы ждали уже полчаса, а яхта все не появлялась. Он не выдержал и позвонил, выслушал кого-то и удовлетворенно кивнул:

— Сейчас будут.

И действительно, буквально через пару минут мы увидели яхту, на приличной скорости она приближалась к пристани.

Сафронов подозвал официанта с намерением расплатиться, остальные недружно поднялись из-за стола. Райзман оказался рядом со мной.

— Позвольте, я возьму вашу сумку, — предложил он с улыбкой.

Я позволила. Сафронов подскочил с тем же

предложением, но, сообразив, что опоздал, неожиданно расстроился. Мне это не понравилось, может, я зря согласилась на эту работу? В близком друге я не нуждаюсь, да и Сафронов не годится на эту роль, впрочем, я знать не знала, кто бы сгодился, но Райзман все-таки был предпочтительнее.

— У вас немного вещей, — заметил он, кивнув на мою сумку.

— Путешествую налегке, — улыбнулась я.

— Как это не похоже на красивую женщину.

— Ага, — хмыкнула я. — Я вообще такая... непохожая.

Анна наблюдала за нами едва ли не с яростью. Должно быть, она имела на Райзмана серьезные виды и восприняла меня как соперницу. Ее вещи нес Сафронов. Она подхватила его под руку, чем удовольствия ему не доставила: его руки были заняты сумками внушительных размеров и нести их, когда на правом локте виснет дама, затруднительно. Надо отдать ему должное, он с этим справился с честью и даже улыбался, только, встретившись со мной взглядом, страдальчески сморщился.

Когда мы вышли на пристань, яхта уже пришвартовалась, нам перекинули трап, возле которого стояли два дочерна загорелых молодых человека в шортах и пестрых косынках на головах. Им было лет по двадцать пять, и они смело могли претендовать на звание «мачо сезона». На дам они смотрели равнодушно, и те не замедлили ответить тем же, взирали на них как на прислугу.

На мне оба задержали взгляд, наверное, узнали. В восторг от этого я не пришла. «Вот она — цена популярности», — подумала я с печалью.

Мы столпились на палубе, и Сафронов обратился к нам:

— Предлагаю заглянуть в каюты, устроиться. А минут через двадцать соберемся на палубе.

Один из мачо суетился возле трапа, второй пошел провожать нас. Мы с Райзманом шли последними, оттого мне досталась ближайшая к выходу на палубу каюта. Хозяин расположился рядом, а Райзман напротив, далее Горина, затем Лапшины и напротив них Верочка. Никифоров прошел в следующую каюту. Кают я насчитала восемь. Выходило, что одна осталась свободной, хотя ее могли делить мачо. Проследив, кто какую каюту занял (должно быть, к миссии телохранителя я отнеслась гораздо серьезнее, чем мне самой казалось), я захлопнула дверь и огляделась. Особенно рассматривать здесь было нечего — квадратное окно с голубенькой шторкой, каюта крохотная, как раз в ширину окна. Справа полка, вроде тех, что в купе поезда, над ней еще одна, сейчас поднятая, слева откидной столик с вазочкой и одинокой розой. Шкаф с бельем и одеялом, слева вроде бы тоже шкаф, но, заглянув, я убедилась, что это туалет, тут же шторка, которая превращала крохотное пространство в душевую кабину. На всякий случай я проверила: горячая вода есть, полотенце, гель для душа, все как положено. Кондиционер размещался над окном и в настоящее время работал, чему я порадовалась, день обещал быть жарким, и в этой собачьей будке я сойду с ума, никакое открытое окно не спасет.

Забросив сумку в шкаф, я плюхнулась на полку, думая о том, какие странные у людей фантазии. Вместо восьми клетушек, где невозможно развернуться даже в одиночестве, не только вдвоем, могли бы сделать четыре вполне сносные каюты. Видимо, у прежнего хозяина было полно друзей, а со средствами туговато. По крайней мере на океанскую красавицу денег не хватало, вот и родилось такое чудо со всеми удобствами.

Тут за перегородкой включили воду, и я от неожиданности подпрыгнула. Слышимость была потрясающая. Впрочем, в данном случае это неплохо, раз на меня возложена миссия по охране Петра Викентьевича. Если его кто-то задумает придушить, я непременно услышу. Опять же, совершенно не обязательно проводить время в каюте, особенно когда прекрасная погода. На палубе гораздо приятнее.

Решив, что это дельная мысль, я поднялась. Едва я открыла дверь, как соседняя тоже распахнулась, и улыбающийся Петр Викентьевич спросил:

— Устроились?

— Да.

— Может, посмотрим кают-компанию?

— С удовольствием, — ответила я, хотя и собиралась выйти на палубу.

Кают-компания радовала глаз столом в центре, плюшевыми диванами, красными шторами и телевизором на подставке. Больше при всем желании сюда ничего не впихнешь. Десять человек способны здесь разместиться почти с удобствами, но шестнадцать (а именно столько лежачих мест, если моя каюта точная копия всех остальных), так вот, шестнадцать напоминали бы селедок в бочке.

— Очень мило, — заметила я, сообразив, что хозяин чего-то ждет.

Он вновь улыбнулся и остался доволен. Из любопытства я распахнула дверь напротив и обнаружила там крохотную кухню, в которой в настоящий момент тучная женщина лет пятидесяти что-то готовила.

— Здравствуйте, — улыбнулась она мне вполне искренне, хотя я в таких условиях была бы способна разве что чертыхаться. — Обед будет через час, — заявила она Сафронову, когда он заглянул вслед за мной.

— Очень хорошо, Тамара Ивановна. Вы знаете, Ольга Сергеевна, это подруга моей мамы, — счел нужным сообщить он. — Они вместе в детском саду работали. Тамара Ивановна поваром, а мама у меня медсестра. До сих пор дружат. И когда мне необходим повар, Тамара Ивановна не отказывает, хотя два года на инвалидности. Чудесная женщина, а какой борщ готовит... — Он мечтательно закатил глаза.

— Тесновато здесь, — кивнула я в сторону кухни, имея в виду габариты дамы.

— В общем-то она все подготовила дома, а здесь только...

Он не успел договорить, в кают-компании появилась Вера, за ней Никифоров. Павел Сергеевич переоделся в шорты, она в купальник, поверх которого повязала парео ядовито-зеленого цвета, впрочем, ей этот цвет, как ни странно, был к лицу.

— А вы не переоделись? — обратилась она ко мне. — Ничего, что я так запросто? Я, знаете ли, плохо воспитана...

— Я тоже, — осчастливила я.

— Да? Ну и слава богу, давайте без политесов. Меня можно называть Верой, я вас буду звать Олей, потому что терпеть не могу отчеств, я их вечно забываю. Петечка потом долго извиняется перед гостями, у него, знаете ли, бывают гости не простые, а прямо-таки золотые, я весь вид порчу, а он терпит и опять зовет, хотя давно бы надо гнать. Да, Петечка?

— Что ты глупости болтаешь, — отмахнулся он.

— Петечка добрый.

— А я? — проявил интерес Павел Сергеевич, но скорее для того, чтобы обратить на себя внимание.

— А ты злой и страшный серый волк.

Она зарычала, а потом чмокнула его в щеку, но уж очень равнодушно, точно болонку.

— Меня тоже можно звать просто Павлом, — сказал он мне и подмигнул.

Друг за другом мы выбрались на палубу, где уже стояли Лапшины и Райзман.

— А где Анна? — спросила Вера, обращаясь к Артуру Борисовичу. Тот с удивлением ответил:

— Не знаю.

— Я думала, вы присмотрите за моей подружкой, — кокетливо сказала Вера. Он пожал плечами:

— Я могу сходить за ней.

Идти не пришлось, Анна появилась на палубе через мгновение, наверняка разговор она слышала и сказала с неудовольствием:

— Прекрати меня сватать.

— Да брось ты, — отмахнулась Вера.

— Прекрати, — повторила Анна, перейдя на зловещий шепот. Вера засмеялась и повернулась к ней спиной.

В этот момент яхта начала отходить от берега.

— Петечка, а парус поднимут? — спросила Вера.

— Честно говоря, не знаю, это от ветра зависит. Если тебе захочется, обязательно поднимем, хоть на минутку.

— Ох, как я люблю тебя, Петечка.

Войдя в роль сыщика, я прикидывала: дама слегка нервничает по неизвестной причине или такое поведение для нее естественно? Судя по Петечкиной реакции, второе.

Райзман, облокотясь на перила, наблюдал за тем, как яхта удаляется от берега. Анна подошла к нему.

— Дайте закурить. — Он торопливо достал сигареты, щелкнул зажигалкой. — У нас есть какой-нибудь план? — возвысила голос роковая женщина. — Или просто будем болтаться на этой консервной банке туда-сюда?

За консервную банку Сафронов обиделся, но обиду постарался скрыть.

— Вот что я предлагаю, — сказал он и даже хлопнул в ладоши, призывая всех ко вниманию. — Дойдем до Марьиной Губы, искупаемся, позагораем, а вечером пойдем на Бутино, к утру должны быть там. Сделаем остановку, поплаваем, а потом поднимемся к Ковалеву и дальше к городу. Ну, как?

Все согласно закивали, идея была действительно хорошая. Река здесь делала петлю, так что мы, описав круг, подойдем к городу с другой стороны, практически ничего не потеряв во времени, а места там действительно красивые. Марьина Губа — островок километрах в тридцати от города, с потрясающими песчаными пляжами. Во времена моего детства по выходным дням туда ходил речной трамвай. Потом трамвай по неизвестной причине исчез, и Марьина Губа перестала быть местом паломничества городских любителей позагорать. Добраться туда могли лишь обладатели лодок, в основном граждане, живущие на длинной улице вдоль реки, которая, соответственно, и называлась Лодочная. Там до сих пор в каждом доме своя лодка. Улицу периодически затопляло в половодье, и еще лет десять назад ее решено было снести, а людей переселить, но жители покидать малую родину не спешили, потому что все здесь издавна занимались браконьерством и квартиры в новостройках пределом мечтаний для них не являлись. Из-за того, что жили здесь от паводка до паводка, дома выглядели так, точно перенесли две войны, подлатают кое-как, и слава богу, красить их никому и в голову не приходило, все как на подбор

черные. Сейчас они медленно проплывали по левому борту. Впрочем, летом они утопали в сирени и акации и особо убогими не выглядели, в них даже было что-то живописное.

В общем, Марьина Губа стала малопосещаемым местом, и там в основном стояли лагерем байдарочники. Сама я не была на острове лет десять и теперь проявляла неподдельный интерес.

— На Марьиной Губе я чуть не утонул, — сообщил Лапшин. Он, кстати, тоже предложил обходиться без отчества, так что я называла его просто Геной. — Мне лет семь было.

Далее последовал рассказ об этом знаменательном событии. Тут же выяснилось, что практически у всех присутствующих что-то связано с этим островком. Только Анна презрительно ухмылялась, косясь из-под очков на Райзмана. Как видно, бедняжке нечего было вспомнить.

Вскоре подали обед. За столом воспоминания продолжились, что способствовало сплочению коллектива. Так как к обеду подали вина, все очень быстро перешли на «ты». Одна Горина пребывала в напряжении с упорной нелюбовью ко мне, сироте. Видно, я спутала ей все карты. Райзман уделял мне повышенное внимание и даже не желал скрывать это. Я не особенно его поощряла, но и не возражала, скорее из вредности.

Когда поднялись из-за стола, впереди замаячил остров. Мы переместились на палубу. Старенькая пристань произвела неплохое впечатление: кто-то все же проявлял о ней заботу все это время, прогнившие доски в некоторых местах заменили новыми.

Пришвартовывались довольно долго, то ли мачо не были особенно опытными, то ли пристань не казалась им надежной. Когда сошли на берег, солнце

уже жарило вовсю. Заросли ивы начинались от пристани, но мы сразу увидели тропинку, изрядно утоптанную. Мы пошли по ней и через пять минут оказались на пляже. И здесь заросли ивняка отвоевали себе новые пространства. Однако пляж порадовал. Широкая, девственно чистая песчаная полоса. Мы почувствовали себя Робинзонами.

— Красота-то какая, — мечтательно вздохнул Петечка, и я согласилась с ним.

Отдыхать решили с размахом. Появились мачо, установили большой зонт от солнца, такие обычно используют в уличных кафе, шезлонги, стол с сумкой-холодильником, его приткнули в тени, ближе к зарослям, появилось пиво и все, что к нему прилагается. Я устроилась под грибком, развалясь в шезлонге. Джинсы я сбросила еще на яхте, оставшись в рубашке.

— Не собираешься загорать? — спросил Райзман.

— Вряд ли. Предпочитаю подремать в тени. Но искупаюсь обязательно.

— Отличный загар. Где отдыхала?

— В Греции.

— Давно собираюсь.

— И что мешает? — спросила я, чтобы поддержать разговор.

Он пожал плечами.

— Работа.

— Чем ты занимаешься, если не секрет?

— Какой там секрет. Я врач. У меня частная клиника на улице Пугачева. Наверняка слышала рекламу: «Эскулап».

— Конечно, — кивнула я. — Как идут дела? Процветаешь?

— Не жалуюсь.

— У него талант, — сообщила Вера, устраиваясь рядом. — Дамы от него так и млеют.

— Дамы? — не поняла я.

— Конечно. Он у нас гинеколог.

— Ах, вот что, — покивала я.

— Точно, — засмеялся Артур. — Будут проблемы, милости прошу, хотя от всей души желаю крепкого здоровья.

— Пошли купаться, — предложила Вера. Все поднялись. Я лениво прищурилась, шевелиться мне не хотелось.

— Чуть позже, — сказала я, едва сдерживая зевоту.

Компания направилась к реке, а я немного подремала, слыша, как они плескались и вопили, словно дети. Я старательно прислушивалась к голосу Сафронова. «Живой», — пробормотала я с усмешкой.

Первым вернулся Райзман. Упал прямо на песок рядом со мной.

— Здорово. Зря не пошла.

— Еще успею.

Он нахлобучил Верочкину панаму и, приподняв голову, спросил:

— Значит, ты теперь работаешь у Петра? Занятно.

— В каком смысле?

— В смысле, масштабы не те. Говорят, ты у Кондратьева была кем-то вроде серого кардинала. Врут?

— Конечно. Дед... Кондратьев не из тех, кто потерпит возле себя потенциального соперника. Он тяготеет к абсолютизму.

— Так ты поэтому ушла?

Разговор начал меня раздражать, и я прикидывала, что бы ответить, дабы отбить у человека охоту приставать с глупостями.

— Ее выгнали, — услышала я над ухом.

Прелестный голосок принадлежал Гориной, она стояла рядом, обтираясь полотенцем, я умудрилась пропустить счастливый миг ее появления.

— Точно, — кивнула я, не желая спорить. Но этого роковой даме показалось мало, и она продолжила:

— Госпожа Рязанцева — хронический алкоголик. За это и слетела с теплого местечка.

Райзман растерялся, не зная, как реагировать на ее слова.

— Вы и сейчас пьете? Или пытаетесь лечиться? — язвила девица. Положительно у нее ко мне что-то есть, любопытно — что?

— Пью, — покаялась я. — Но выгнали меня даже не за это. Нрав у меня буйный. По пьяному делу могу и в зубы дать, — с младенческой улыбкой поведала я. — За столом вроде и выпила совсем ничего, а не поверите, как хочется скандалить.

Девица слегка опешила, прикидывая, серьезно я говорю или валяю дурака, но на всякий случай рисковать не стала, бросила полотенце и вернулась к компании.

— Не принимай близко к сердцу, — испытывая неловкость, сказал Райзман. — Она идиотка, возомнившая себя роковой женщиной, собиралась здесь всех затмить. И вдруг ты. Это серьезный удар.

— Я ценю твое желание полить бальзамом мои раны.

— Я серьезно. Ты очень красива, в тебе чувствуется характер, у тебя есть стиль, ты независима. Такие женщины всегда производят впечатление, хотя и слегка пугают нашего брата. А эта дура насквозь фальшива. Больше месяца вытерпеть ее невозможно.

— Ты пробовал? — спросила я.

— Слава богу, нет.

— Но ты хорошо ее знаешь?

— Вера везде таскает ее с собой. Совершенно непонятно, зачем ей это надо, особой дружбы между ними я не замечал. Впрочем, Вера немного сумасшедшая и понять ее логику трудно, мне, по крайней мере.

— У Веры был роман с Сафроновым?

— Нет, то есть не думаю. Если только очень давно. Они дружат с детства, ее муж здорово помог Петру в свое время. Потом он погиб, автокатастрофа, и Петр считает своим долгом... в общем, они понастоящему привязаны друг к другу.

— Да, это чувствуется. А с Петром ты давно знаком?

— Года два, наверное. Моя бывшая жена дружила с его бывшей. Познакомили. Петр мне понравился, похоже, и я ему. Вот так и получилось: с женами разбежались, а с ним продолжаем встречаться, не часто, но друг друга из вида не теряем. Он хороший человек.

— Я тоже так думаю, — кивнула я, потому что мне показалось, что Артура интересует мое мнение на этот счет.

— У него сейчас тяжелый период, — продолжил он. — Я рад, что ты будешь рядом с ним.

— Не пойму, о чем ты, — насторожилась я.

— У него навязчивая идея, что его убьют. И вдруг появляешься ты.

— Я устроилась в его фирму...

— Брось, он мне все рассказал.

— Тогда какого черта ты меня спрашиваешь?

— Просто хотел как-то подойти к этой теме.

— Подошел, и что дальше?

— Ничего. Хочу сказать, что все это глупость, то

есть не совсем глупость... Его последняя супруга — страшная стерва, уходя, заявила, что сведет его в могилу. Теперешний ее спутник парень малоприятный... Да еще это ограбление... Словом, у Петьки крыша поехала.

— А почему его супруга так воинственно настроена? Были причины?

— Не думаю. Петька квартиру ей оставил, тачку... Он всем своим бывшим непременно оставляет квартиру и машину — джентльменский набор. Поэтому сам периодически оказывается в двухкомнатной хрущевке, которая досталась ему от бабушки. Супруга нашла свое счастье и задумала уйти, но не могла не пососкандалить по причине повышенной стервозности. Ну и сказала под горячую руку...

— Подожди. Ты говоришь, ее спутник — парень малоприятный. Что, если ограбление организовал он?

— Вряд ли. Хотя он из команды Сотника. Слыхала о таком?

— Не слишком ли хорошо ты осведомлен?

Артур засмеялся.

— У каждого мужчины есть жена, сестра или подруга, и большинство из них не прочь поболтать.

— Ясно, — вздохнула я, прикидывая, как отнестись к данному разговору, а еще разозлилась на Лялина. Утверждая, что у Петра мания преследования, о дружке его бывшей супруги он не пожелал упомянуть. Может, сам не знал? Вряд ли. Обычно он знает все. Скорее, не усмотрел в этом ничего интересного.

Продолжить разговор нам не пришлось, вся компания вернулась. Роковая женщина в мою сторону старалась не смотреть и устроилась между Верой и Никифоровым. Какое-то время все оживленно болтали, потом примолкли и задремали на солнышке. Сафронов лежал в шезлонге в трех шагах от меня и вскоре уже начал похрапывать, а я решила, что мне пора искупаться. Поднялась, сбросила рубашку и тут услышала:

— Ух, ты... — Артур поглядывал на меня из-под сдвинутой на глаза панамы.

— Впечатляет? — усмехнулась я, имея в виду свой греческий загар.

— Не то слово, — ответил он, торопливо поднимаясь, и мы направились к реке.

Вода была теплой и особого облегчения не принесла. Я пару раз нырнула, потом откинулась на спину, закрыла глаза и решила, что абсолютно счастлива. По крайней мере, минут десять вне всякого сомнения. Артур шумно плескался рядом, потом затих, тоже устроился на спине.

— Оля, — позвал он, я не отозвалась, а он продолжил насмешливо: — Что, если я за тобой приударю?

— Попробуй.

— Это, в смысле, без зубов останусь?

— Это, в смысле, попробуй, а там посмотрим.

— Ага. Похоже, у меня есть шанс.

— Похоже. Только помнишь, что сказала прекрасная Анна? Тебя ее слова не настораживают?

— Ерунда. Алкоголички так не выглядят. Я врач, меня не обманешь.

— Тогда дерзай.

— Прямо сейчас?

— Конечно.

— Знаешь, оказывается, ухаживать за женщиной, болтаясь в воде, довольно неудобно.

— Тогда подожди, когда выйдем на берег.

Артур засмеялся и на некоторое время оставил меня в покое. Не помню, сколько времени я пребывала в состоянии блаженства, но с берега начали кричать, и мы с Артуром вернулись к компании. Выпили пива, потом затеяли игру в волейбол, потом компания как-то незаметно распалась. Мы с Артуром решили немного прогуляться и пригласили с собой Петечку, после разговора с Райзманом я стала гораздо серьезнее относиться к своей миссии.

Мы брели друг за другом по песчаной тропинке, миновали заросли и вышли к поляне с остатками костра посередине, взобрались на холм, заросший кустами шиповника, и внизу увидели чей-то лагерь. Отдыхающих было человек десять, не меньше, дети плескались в воде, чуть поодаль покачивались три моторки.

— Прекрасный отсюда вид, — вздохнул Артем.

— Надо было взять видеокамеру, — поддакнул Петр. Мы начали спускаться, но лагерь обошли, чтобы не беспокоить граждан.

Здесь тоже был шикарный пляж. Обойдя остров по кругу, мы вернулись к нашей стоянке и обнаружили Валерию Лапшину, она сидела под грибком в одиночестве и листала журнал.

— А где все? — крикнул ей Петр.

— Гена пошел на яхту за кремом, боюсь, я успела обгореть. Куда делись остальные, понятия не имею. Хотите чаю? Он в термосе. Горячий, с земляникой.

— Предпочитаю холодное пиво, — отозвался Артур.

— Напрасно, ничто так хорошо не утоляет жажду, как горячий чай.

Я решила проверить данное утверждение, и мы с Лерой выпили по чашке чая.

— Что-то Гена долго, — заметила она. — Дождется, что я обуглюсь.

«Пожалуй, ему действительно понадобилось слишком много времени, чтобы сходить за кремом», — машинально отметила я.

— Разомнусь немного, — где-то минут через двадцать сказала Лера и неожиданно предложила: — Составишь мне компанию?

Я с готовностью поднялась, и мы пошли, я была уверена, что мы направимся в сторону пристани, но она выбрала другой маршрут. В последний момент к нам присоединился Петр.

— Пожалуй, я искупаюсь, — сказал он, когда мы оказались на соседнем пляже.

Я тоже полезла в воду, а Лера устроилась в тени. В какой-то момент я, повернувшись к берегу, на прежнем месте ее не обнаружила. Минут через десять, выбравшись на берег, я смогла убедиться, что Лера по-прежнему поджидает нас. Мне показалось, что она чувствовала себя не в своей тарелке. Петр носился по мелководью как мальчишка, а я устроилась рядом с ней.

— Подождем Петра или пойдем? — спросила я.

— Подождем.

— Тогда я ненадолго загляну... — Я не успела договорить, она взяла меня за руку.

— Там люди делом заняты. Я тоже хотела заглянуть и чуть все не испортила.

— Ах вот как, — пожала я плечами. — Что ж, потерплю.

Когда Петр утихомирился, мы вдоль берега вернулись к нашему лагерю. С противоположной стороны шел Лапшин.

— Тебя только за смертью посылать, — заметила супруга.

— Там на пристани пацаны рыбу ловят, приплыли на лодке из Черкасова. Ну, не удержался... — виновато пожал плечами ее муж, протягивая ей крем.

— Ты его на солнце держал? Теперь можно смело выбросить.

— Ладно тебе, ну, извини. — Он виновато кашлянул, она, пожалуй, слишком нервничала из-за тюбика крема.

Тут из зарослей выплыла наша роковая женщина, потянулась, демонстрируя свои прелести, с насмешкой глядя на Леру, а Лапшин неожиданно покраснел. Это показалось мне занятным. Испытывая некоторую неловкость, все заняли свои шезлонги, через двадцать минут появилась Вера, очень похожая на сытую кошку.

— Полный сбор, — засмеялась она, помахав нам рукой.

— Может, в волейбол? — предложил Артур.

— Я пас, — хихикнула Вера, — предпочитаю менее подвижные игры.

— А где Павел? — спросил ее Петр.

— Пошел немного отдохнуть на яхте. Думаю, скоро вернется.

Она оказалась права, через несколько минут Никифоров действительно присоединился к нам, заспанным он не выглядел.

В продолжение следующих нескольких часов все держались вместе, ничего заслуживающего внимания не происходило. Солнце потихоньку клонилось к западу, а мы начали собираться. На яхте нас уже ждали. Тамара Ивановна отдыхала на палубе, оба мачо сидели тут же и резались в карты.

— Ну что, отчаливаем? — обратился к нам Петр. Мы недружно ответили:

— Да.

— Ужин готов, — сообщила Тамара Ивановна, поднимаясь. — Через десять минут подам.

— Давайте через полчаса, надо немного привести себя в порядок, — предложила Вера. Все согласились и разбрелись по каютам.

Вода шла еле-еле, должно быть, все по моему примеру отправились в душ. Я чертыхнулась и накинула полотенце. Яхту качнуло, а я, оставляя мокрые следы, прошла к постели, выглянула в окно — мы успели отойти от берега на приличное расстояние.

Стол накрыли на палубе, и это всех порадовало, после захода солнца здесь было прохладно и сидеть в кают-компании не хотелось. Лера куталась в платок и зябко ежилась.

— Кажется, перегрелась на солнце, — пояснила она.

— Я тебе говорил, надо быть осторожной. Тебе вообще вредно загорать, — сказал Лапшин.

— Мне все вредно, — отмахнулась Лера. Впрочем, особого напряжения между ними не чувствовалось, если что-то и было, то хватило нескольких минут наедине, чтобы все разрешить.

Ужин растянулся. Зажгли фонарики, один из мачо работал за официанта, Тамара Ивановна на некоторое время присоединилась к нам, потом ушла. Наконец посуду убрали, стол унесли. На ящике, приспособленном под бар, стояли бутылки, каждый наливал что хотел. Общество разбилось на группки, мы с Петром и Райзманом, Верочка с Лерой, Лапшин с Никифоровым развлекали Анну. Она выпила лишнего, пару раз порывалась показать стриптиз, но отклика в сердцах мужчин не нашла. Лапшин перебрался к жене, и Павел по его примеру к Верочке. Анна почувствовала себя не у дел и принялась приставать ко мне. Говорить с пьяной бабой — пустая трата времени, а скандалить — трата нервов, поэтому в очередной раз, отправляясь за мартини, я легонько задвинула ей локтем, и она, с удобствами устроившись в шезлонге, ненадолго затихла, а когда обрела способность говорить, стала гораздо осмотрительнее. Правда, один раз злобно прошипела невпопад:

— Он все равно на мне женится, слышишь, ты...

— Очень рада за тебя, — кивнула я.

— Не смей мне тыкать! — заорала она.

— Уймись, — шикнула на нее Вера, — напилась, так веди себя прилично. Не обращай на нее внимания, — обратилась она ко мне.

— Пожалуй, я пойду спать, — кивнула я, решив не портить людям вечер, раз уж я действовала на Горину, как красная тряпка на быка.

— Если и надо кому-то отправиться спать, так отнюдь не тебе, — влез Райзман, хотя я в его помощи совершенно не нуждалась.

— Девочки, девочки, давайте жить дружно, — призвал к порядку Никифоров, протягивая нам по бокалу.

— А знаешь, я приглашу тебя на нашу свадьбу, — сообщила Анна и истерично захохотала. Ее поведение, а главное — ее слова вызвали у меня интерес, но выяснять, что к чему, при посторонних я не стала, решив оставить это на потом.

— Наверное, в самом деле пора расходиться, — поднимаясь, сказала Лера, я последовала ее примеру. За мной встали Райзман и Петр.

— Идите, — махнула рукой Анна, — лижите этой стерве пятки, а меня увольте.

— Ты ведешь себя как идиотка, — не выдержала Вера.

— А ты вообще заткнись. Знаю я тебя как облупленную. Чего ты из себя строишь?

— Ну, хватит. Замолчи, или вылью на тебя ведро воды, чтобы протрезвела.

— Идемте, — позвал Райзман.

— И что, все уходят? — захныкала Анна. — Оставите женщину умирать от тоски?

Мы направились к трапу, Лапшин замешкался.

— Ты идешь? — спросила Лера, он неохотно последовал за ней, с Анной остались Вера и Никифоров.

— Налей мне еще, — услышала я ее голос, уже спускаясь.

— Чтобы я еще хоть раз взяла тебя с собой, — выговаривала ей Верочка.

— Ерунда, скоро они все будут бегать передо мной на задних лапах, а этой стерве...

Остальное я не расслышала, мы спустились вниз.

— Спокойной ночи, — пожелала я, распахнув дверь своей каюты. Прошла в душ, слыша, как за тонкой перегородкой возится Петр. Он что-то уронил, чертыхнулся. На сей раз душ работал исправно, я облачилась в пижаму и легла. Не успела закрыть глаза, как рядом скрипнула дверь и ко мне постучали, я была уверена, что это Райзман, и открывать не собиралась.

— Ольга, — позвал из-за двери Петр, — Ольга Сергеевна.

Пришлось подняться. Он вошел, испытывая неловкость, сесть он мог лишь на мою постель и остался стоять.

— Я должен извиниться, — сказал он, кашлянув.

— Ерунда.

— Анна... она... неплохой человек, не знаю, что на нее нашло.

— В любом случае вам за нее извиняться ни к чему. Считайте, что я уже обо всем забыла.

— Спасибо. То есть я хотел сказать... знаете, у

меня странное чувство. Точно что-то должно произойти. Недоброе.

Я мысленно вздохнула. У парня ночные страхи, боюсь, это надолго. Но так как предполагалось, что я здесь как раз для того, чтобы его от них избавить, я предложила:

— Садитесь и рассказывайте.

— Нет, нет, спасибо. Собственно, нечего рассказывать, просто предчувствие. У вас так не бывает?

— Бывает, конечно. Скажите, Петр Викентьевич, — я сама не заметила, как мы вновь перешли на «вы», похоже, и он не обратил на это внимания, — предчувствие касается кого-то из ваших друзей?

— В каком смысле? — испугался он.

— В смысле, вы кого-то подозреваете в злом умысле?

— Я? Что вы... Они все приличные люди, я давно их знаю, а потом... при чем здесь они, господь с вами...

— Но предчувствие все же присутствует, — напомнила я. Он растерянно огляделся.

— Наверное, я сам себя пугаю. Пойду спать. Еще раз извините.

— Вот что, Петр Викентьевич, перегородки здесь тонкие, если вам вдруг что-то покажется странным или подозрительным, постучите в стену, и без стеснений. Договорились?

— Честное слово, мне очень стыдно. Это как-то совсем не по-мужски.

— А вы наплюйте и помните, что я на работе.

— Значит, вы тоже заметили? — перешел он на шепот, нервно косясь на дверь.

— Что заметила? — нахмурилась я.

— Что-то назревает. Некоторая напряженность...

— Напряженность, пожалуй, присутствует, — согласилась я, чтобы не разочаровывать его. — Если хотите, можете ночевать здесь.

— Спасибо, — растерялся он. — Я и так злоупотребляю вашей добротой.

Петр неловко попятился и вышел из каюты. Я поднялась и заперла за ним дверь, легла и попыталась уснуть. Кондиционер шумел, окно было закрыто, но в каюту доносились голоса с палубы. Значит, еще не разошлись. Я честно попыталась уснуть. За перегородкой ворочался Петр, похоже, тоже не спал. Через час мне стало ясно, что уснуть не удастся.

Я поднялась, решив закурить, делать этого в каюте не хотелось. Я вышла, набросив халат на плечи. С кормы доносились пьяные голоса. Я немного прошлась и осторожно выглянула, надеясь, что меня не увидят. В свете китайского фонаря я разглядела Анну, которая казалась почти трезвой, Веру с бокалом в руках, а рядом с ними Лапшина и Никифорова. Значит, Лапшин покинул жену и решил продолжить веселье. Анна что-то сказала, и все четверо дружно захохотали.

— Тише, — шикнула Вера, — мы мешаем людям спать.

— В такую ночь спать грех, — сказал Никифоров, понижая голос.

Они заговорили шепотом, я прошла на нос яхты, сквозь стекло увидела одного из мачо, он нес вахту. Закурила и тут же пожалела об этом.

— Выкуренная на ночь сигарета — верная дорога к раннему старению, — глубокомысленно изрекла я, выбросила сигарету за борт и немного постояла, пялясь на звезды. Из головы не шли слова Анны. Любопытно, что она имела в виду? Похоже, девушка собралась замуж. За одного из присутствующих? Тогда угрозы довольно бестолковы. Если же она имела в виду кого-то другого, не понятен ее интерес к Райзману. «Пьяный бред», — решила я в конце концов и отправилась спать. Очень скоро выяснилось, что уснуть так и не удастся, и я, закинув руки за голову, предалась праздным мыслям.

В три часа ночи никакие мысли не радуют. Злясь на себя за то, что согласилась на эту поездку, я подумала, что не худо бы выпить чего-нибудь покрепче, авось и усну. Но подниматься на палубу не хотелось, зачем портить людям вечер?

Голоса стихли, но не похоже, что народ разошелся по каютам, я бы услышала. Тут скрипнула дверь, кто-то очень быстро прошел по коридору, и вновь воцарилась тишина. Петр громко всхрапнул, слава богу, хоть он спит, значит, на палубу вышел либо Райзман, либо Лера. Наверное, Лера. Должно быть, тоже не спится. Вряд ли ей по нраву поведение мужа. Хотя ничего предосудительного он не сделал. Это я так думаю, а что думает она, мне неведомо. Я все-таки поднялась. Выпивка должна быть в кают-компании, туда я и направилась. Дверь была отперта, я вошла, включила свет и с удивлением обнаружила Тамару Ивановну, спящую на диване. Я-то была уверена, что она занимает свободную каюту. Впрочем, с ее габаритами в кают-компании удобней. Я торопливо выключила свет, пока женщина не проснулась, и вышла. О выпивке придется забыть. Я как раз стояла рядом с каютой Лапшиных, напротив была свободная. Не зная, зачем я это делаю, я нажала ручку свободной каюты, дверь открылась. Она была пуста. Странное дело, меня вдруг тоже посетило предчувствие. И вместо того, чтобы уйти, я включила свет и огляделась. Каюта — точная копия моей. Но что-то насторожило... запах. Ну, конечно. Пахло крепким мужским потом. «Давай без фантазий, — сказала я себе. — Здесь душно, воздух спертый, потому что кондиционер отключен. К тому же здесь могли отдыхать мачо. Может, кондиционер не работает?»

Кондиционер работал, в этом я могла убедиться, торопливо выключила его и покинула каюту. В этот момент яхта дала крен вправо, я не удержала дверь, и она захлопнулась со страшным грохотом.

— Вот черт, — пробормотала я с досадой.

— Гена, — позвал из-за двери сонный голос, — это ты?

— Это я, извини, дверь неловко закрыла. Спокойной ночи.

— Спокойной ночи, — ответила Лера, а я, досадливо морщась, пошла по коридору. Возле каюты Петра прислушалась, он что-то пробормотал во сне, надеюсь, я его не напугала.

Вместо того чтобы идти к себе, я вновь поднялась на палубу и едва не столкнулась с Лапшиным, нетвердо ступая, он шел к трапу.

— Завтра головная боль мне обеспечена, — пожаловался он неизвестно кому, поскользнулся на ступеньках и едва не упал. — Да что за черт!

— Осторожно, — услышала я голос Леры и, выглянув, увидела, что она стоит в дверях своей каюты. — Я тебе помогу.

— Вы когда угомонитесь? — подал голос Райзман.

— Молчу, молчу, — пробормотал Лапшин.

Так, Райзман каюты не покидал? Выходит, я напутала?

Теперь и фонарики на палубе не горели, но небо уже серело на востоке.

— Ты идешь или нет? — спросила Вера подругу, держась за руку Никифорова.

— Посижу пять минут.

— Ну, как знаешь.

Они пошли к трапу, Никифоров взглянул на меня, но заметил или нет, не знаю. Я направилась на нос яхты, не желая встречаться с Анной, она сидела в шезлонге, держа в руках бокал. А на меня снизошло умиротворение. Опершись на перила, я смотрела в темную воду и думала о том, что жизнь прекрасна. Не часто меня посещают такие мысли, оттого я порадовалась и уходить не собиралась.

Минут через десять я услышала плеск, будто что-то тяжелое упало за борт. «Вдруг Анна свалилась? — нахмурилась я. — А что, любовалась рекой, как я, и... Чепуха». Я пробовала отвлечься от этой мысли, но не тут-то было.

Постояв еще немного, я все-таки отправилась на корму. В предутреннем свете женская фигура в шезлонге была отчетливо видна. «Ну, вот, — подумала я с некоторой обидой. — Никуда она не свалилась. Похоже, дамочка уснула». У трапа я еще раз взглянула на Анну, без всякого к тому желания, и вдруг замерла. Мне не понравилось, как она сидит. Откинутая рука слишком неподвижна, даже для спящего человека.

Я направилась к ней, сердце вдруг забилось с бешеной скоростью, вот тебе и предчувствие. Анна полулежала в шезлонге, глаза открыты, волосы всклочены, на шее от уха до уха страшная рана, удар был чудовищной силы. Ей перерезали горло.

— Твою мать, — пробормотала я, глядя на залитую кровью грудь девушки, пятно постепенно увеличивалось, кровь еще шла, значит, убили ее всего несколько минут назад. Я услышала шаги за спиной, резко повернулась, готовая к тому, что столкнусь с убийцей. В двух шагах от меня стоял Никифоров и улыбался, он хотел что-то сказать, но улыбка тут же сползла с его лица.

— В чем дело? — произнес он испуганно, затем сделал два шага и увидел то, что видела я. — Господи, — простонал он, — что вы наделали?

— Вы в своем уме? — удивилась я, хотя надо было бы испугаться, все складывалось для меня чересчур скверно.

— Так это не вы? А кто?

— Откуда мне знать? Я подошла за несколько секунд до вас.

— Да? Значит, убийца... А как вы здесь оказались?

— А вы?

— Я? Я пошел спать, потом решил покурить, увидел вас...

— Я тоже решила покурить.

— Я видел, как вы прятались, — заявил он.

— Я не пряталась, я просто стояла в тени и не желала вам мешать.

— Все это очень подозрительно, — пробормотал он.

— Вот именно. Своими подозрениями вы, Павел, поделитесь в милиции... Не трогайте! — рявкнула я, заметив, что он потянулся к бокалу. — Ничего здесь не трогайте до прихода милиции.

— Но... где милиция? Как мы...

— Разбудите Петра, пусть поднимается сюда и прихватит мобильный.

— Хорошо, — кивнул он и бегом припустился к трапу.

Вернулся он минут через пять. Надо полагать, разбудить Петра было непросто, тот шел за Павлом в полосатой пижаме, а на лице отчетливо читалось сомнение. Наверняка решил, что его разыгрывают.

Далее последовали неизменные «боже!» и «что же нам теперь делать?».

— Звонить в милицию. Это первое. Второе. Надо вернуться в город. Скажите своим парням, чтобы разворачивались и шли на предельной скорости.

— Хорошо, — кивнул Петр растерянно. — Я пойду... а в милицию, может быть, вы сами?

Он протянул мне телефон, и я набрала номер под напряженным взглядом Никифорова.

Время было позднее, дежурный соображал неважно, а может, я ни черта не соображала, в общем, говорили мы долго, пока он наконец понял, что к чему. Яхта уже успела развернуться. Ко мне подошел Петр.

— Где мы приблизительно находимся? — обратилась я к нему.

— Понятия не имею, — расстроился он. — Сейчас спрошу. — И припустился к рубке. Вернулся быстро, и я продолжила разговор с дежурным.

— Часа через два будем в районе Черкасова. Мы возвращаемся в город, но чем скорее ваши люди будут здесь, тем лучше. — Он бодро согласился, и я отключилась.

— И что теперь? — спросил Никифоров.

— Ничего. Будем ждать милицию.

— Я думаю, имеет смысл сообщить остальным. Разве нет?

— Им ничто не мешает спать спокойно до прибытия милиции.

— Я так не считаю, в конце концов...

— Делайте что хотите, — решила я не вступать в полемику. Никифоров взглянул на Петра, тот пожал плечами и виновато заметил:

— Я думаю, Оля лучше знает, у нее есть опыт...

— Что ты имеешь в виду? — разозлился Никифоров.

— Она работала в милиции, следователем. Ведь это правда, Ольга Сергеевна?

— Всего год, и довольно давно. И совершенно не претендую на роль сыщика. Тем более что через несколько часов здесь будет милиция.

Никифоров посмотрел на нас, кашлянул и сказал:

— Я все-таки сообщу остальным.

Через двадцать минут и остальные пялились на труп и беспомощно разводили руками. На меня поглядывали настороженно, ясное дело, Никифоров уже сообщил, что застал меня рядом с убитой.

— Я ничего не понимаю, — захныкала Вера.

«Неудивительно», — мысленно съязвила я, дама с трудом стояла на ногах, а уж соображать и вовсе не могла.

— Кому понадобилось ее убивать? Зачем? И вообще... А куда он делся? — додумалась спросить она.

— Кто, дорогая? — задал встречный вопрос Никифоров, сверля меня взглядом.

— Убийца, естественно.

Повисло тягостное молчание.

— Я думаю... — откашлялся Петр, — так получается, что... мне очень неприятно...

— Но убийца кто-то из нас, — закончил его мысль Никифоров, продолжая гневно сверкать глазами. — Что скажете? — обратился он ко мне.

— Не уверена, — пожала я плечами.

— Кроме нас, на яхте еще трое, — напомнил Райзман.

— До приезда милиции у нас есть время, — неожиданно подала голос Лапшина, — и мы могли бы все обсудить.

— Что «все»? — не удержался Никифоров.

— Ситуацию. Выяснить, кто чем был занят в момент убийства. Возможно, кто-то слышал что-то подозрительное или видел?

— Мне не по душе игра в сыщиков, — отмахнулся ее муж. — Вот приедут следователи...

— А по-моему, Лера права, — заявил Райзман, поглядывая на меня. — По крайней мере будем знать, чего стоит ждать от жизни. И не обольщайтесь, пожалуйста, для милиции мы все в равной степени окажемся подозреваемыми.

— Господи, как это могло произойти? — едва не плача, вздохнул Петр. — Мне даже в голову не приходило, что убьют ее...

— А насчет кого приходило? — встрял неутомимый Никифоров.

— Я... я... я опасался за свою жизнь.

— Ребята, на ее месте должен быть я, — дурашливо пробормотал Лапшин. — Извините, — сказал он, смутясь, — я не верю, что убийца среди нас. Допустим, за тех двух парней я ручаться не могу, а что касается остальных... Кому надо ее убивать, скажите на милость? Ольге Сергеевне? Чушь. За то, что пьяная баба наговорила гадостей, не убивают.

— Не скажи... то есть слова словам рознь. Лично я даже не понял, что она имела в виду, — заметил Никифоров. — Какую-то свадьбу, так, кажется? — Он уставился на меня, ожидая пояснений.

— Мне самой это очень интересно, — сообщила я. Теперь все уставились на Веру.

— Я ничего не знаю, — заволновалась она. — И не смотрите так. Я считаю, что это просто пьяный бред и ничего более.

— А что, если она кого-то шантажировала? — вдруг подала голос Лапшина. Положительно, дамочка увлекается детективами. — И этот человек воспользовался ситуацией...

— И кто, по-вашему, этот человек? — съязвил Райзман. Я с некоторым удивлением поняла, что он испуган, по крайней мере нервничает всерьез.

— Я попросила бы вас не увлекаться, — призвала я граждан к спокойствию. — Убийством займется милиция.

— Лично мне бояться милиции нечего, — заявил Лапшин. — Убитую я сегодня увидел впервые. Моя жена тоже. Я прав, дорогая?

— Прав.

— Когда я уходил с палубы, Анна была жива. Я выпил лишнего, жена помогла мне добраться до постели. Ни у нее, ни у меня возможности убить просто не было.

— Лера, когда мы разговаривали с вами, вы еще приняли меня за мужа... — обратилась я к Лапшиной.

— Да-да...

— Не помните, который был час?

— Без пятнадцати три. Я проснулась, услышав шаги, и посмотрела на часы. Гены в каюте не было, и я решила, что это он возвращается и не может отыскать дверь, вот и позвала.

— А что вам понадобилось возле чужой двери? — проявил интерес Никифоров.

— Мне понадобилась выпивка, и я надеялась найти ее в кают-компании, но там спала Тамара Ивановна.

— О господи, я ее не разбудил, — вспомнил Петр.

— Думаю, Тамара Ивановна здесь совершенно ни при чем, — отрезал Никифоров, успевший возложить на себя миссию дознавателя. — Мне хотелось бы послушать Ольгу Сергеевну. Итак, вы обнаружили в кают-компании Тамару Ивановну и...

— И пошла к себе. Яхту качнуло, и дверь восьмой каюты хлопнула, от этого Валерия и проснулась, а я, поговорив с ней, поднялась на палубу. Вы как раз прощались. У меня вопрос: кто-нибудь слышал скрип двери и шаги примерно в два тридцать пять?

Все ненадолго задумались, первым вновь ответил Никифоров:

— Мы вчетвером были на палубе и ничего слышать не могли.

— Я проснулась от шума, — сказала Лера, — и вы...

— Да-да, я помню.

— Я ничего не слышал, — с сожалением ответил Райзман.

— Я тоже, — разволновался Петр, он и не мог слышать, раз крепко спал и даже похрапывал.

Тут заговорили все наперебой, кто что видел и слышал. Воспользовавшись этим, ко мне подошел Петр и увлек в сторону. Надо сказать, что собрание происходило на носу, подальше от трупа, его соседство всех откровенно пугало.

— Ольга Сергеевна, — начал Петр, нервно оглядываясь, — вы сказали, что дверь восьмой каюты была открыта...

— Открыта.

— Но этого не может быть, — зашептал он.

— Что — не может быть? — не поняла я.

— Она была заперта, понимаете? А ключ пропал.

Теперь я смотрела на него в крайнем недоумении.

— Давайте-ка поподробней.

— Когда мы поднялись на яхту, все ключи торчали в замках, помните?

— Что касается моей двери — безусловно.

— Все восемь ключей были на месте, я их лично видел. Я же не знал, кто какую каюту займет, да и вообще... Лапшины могли попросить разные каюты, ведь очень тесно, спать на верхней полке довольно неудобно. Но они поселились вместе, и одна каюта осталась свободной.

— А ключ?

— Ключ так и торчал в двери, по крайней мере, я его не брал.

— Ночью никакого ключа не было, — нахмурилась я.

— Конечно, он исчез еще раньше.

— Что значит исчез?

— После ужина я зашел в рубку, Анатолий стоял за штурвалом, а Иван спал там же. Я предложил ему занять каюту, чего мучиться, раз есть место?

— И тогда выяснилось, что ключ пропал?

— Вот именно.

— Вы его искали?

— Честно говоря, нет.

— А Иван дверь открыть не пробовал?

— Замок ломать? Сказал, чтобы я не беспокоился, ключ найдется, куда ему деться, он где-то на яхте. И я пошел, неудобно гостей оставлять. А теперь вы говорите, что дверь была не заперта.

— Вот что, давайте спустимся вниз.

Мы спустились, и я смогла убедиться, что дверь в самом деле заперта. Ключ, конечно, отсутствовал.

— Дела, — заметила я, слегка присвистнув.

— Ольга Сергеевна, я не хочу, чтобы у вас были неприятности, поэтому...

— Я все поняла, — кивнула я поспешно.

Ситуация складывалась паршивая. Открытую дверь видела только я, скрип и шаги тоже слышала я одна, теоретически зарезать Анну мне тоже ничего не мешало, дело двух минут. Она сидела в шезлонге, пьяная, — подошла сзади, схватила за волосы и полоснула ножом по горлу. Никифоров заявит, что не только обнаружил меня рядом с трупом, но и на некоторое время оставил меня после этого одну, так что ничто не мешало мне избавиться от орудия убийства, например, выбросить нож за борт.

В общем, меня нисколько не удивило, что у милиции я оказалась практически единственным подозреваемым. Памятуя мое близкое знакомство с Дедом, они не спешили с обвинениями, но и так все было предельно ясно. Плеск за бортом тоже, кроме меня, никто не слышал. Правда, один из мачо, Анатолий, заметил за несколько минут до убийства мужскую фигуру по левому борту. Мужчину он не разглядел, потому что не очень интересовался, но определенно это был мужчина. Меня он тоже видел в окно рубки.

Значит, мы стояли с убийцей друг напротив друга. Забавно. Выходило, что повод для убийства, хоть и дурацкий, тоже был только у меня. По крайней мере все в один голос заявили, что Анна упорно искала со мной ссоры. То, что я легонько задела ее локтем, тоже углядели. Впрочем, еще у одного человека был мотив — ревность. Но Лапшина убить ее не могла, я видела, как она встречала мужа, и Анна тогда была жива. Конечно, ничто не мешало Лере тут же подняться на палубу, зарезать ее и спуститься вниз, но ее шаги кто-то бы наверняка услышал, а, судя по показаниям, в коридоре царила тишина, лишь Райзман засек, как Никифоров возвращался на палубу, соблюдая максимум осторожности, но в тот момент в шезлонге уже сидел труп. Конечно, обвинение мне не предъявили и вместе со всеми отпустили домой, но покоя в душу мне это не принесло.

Дома я оказалась ближе к обеду, в невеселых думах прошлась по огромной квартире. Взглянула на часы, надо съездить к Ритке, забрать Сашку. Я поморщилась, представив разговор с Риткой. Пожалуй, стоит немного подождать, раз уж я обещала вернуться поздно вечером.

Я села на диван и потерла лицо руками. Зазвонил телефон, я была уверена, что это Лялин, оказалось — Дед. В его голосе слышалась растерянность.

— Что произошло? — спросил он.

«Уже донесли», — с неудовольствием подумала я.

— Убили девушку на яхте моего друга.

— Я...

— Я благодарна тебе за заботу, но должна напомнить, что тебя это не касается.

— Меня все касается, — рыкнул он, а я в досаде ответила:

— Иди к черту. — И бросила трубку. После чего ощутила угрызения совести. Зря я так. Он действительно переживает за меня, как бы то ни было, а мы с ним люди не чужие. Но перезванивать ему мне не хотелось. Я тупо смотрела на телефон, пока Дед сам не перезвонил.

— Ты считаешь виноватым меня? — спросил он нерешительно.

— Не болтай чепухи, — возразила я. — При чем здесь ты, скажи на милость? У меня неприятности, но я с ними разберусь, можешь не сомневаться.

— Если понадобится помощь...

— Не понадобится, — чересчур поспешно сказала я. — Извини, — добавила покаянно, — мы ведь договорились, что не будем лезть в жизнь друг друга. Так?

— Ничего подобного. Ты ушла, наговорив мне гадостей, что, впрочем, не мешает мне любить тебя и проявлять беспокойство. — Мне вновь захотелось послать его к черту, но я сдержалась. — Хочешь, приеду к тебе? — вдруг предложил он. — Или сама приезжай.

От такого-то счастья у меня зуд пошел по всей спине, старому змею палец в рот не клади, махом оттяпает всю руку — сегодня я к нему еду, завтра мы встречаем рассвет в объятиях друг друга, а через день я уже в его команде, выполняю конфиденциальные поручения и получаю по шее. Попутно мне растолковывают, что я должна, а что ни в коем случае. Спасибочки, сыты по горло вашей милостью.

— Не надо никуда ехать, — отрезала я, собравшись с силами и мысленно повторяя: «не дай ему запудрить тебе мозги». — И вообще, ничего не надо.

На сей раз трубку бросил он, что меня вполне устроило. Я вздохнула с облегчением и попыталась смотреть на жизнь с оптимизмом.

Вскоре позвонили в дверь, и я пошла открывать, прикидывая, кого это черт принес. Мелькнула мысль: вдруг Дед, но как мелькнула, так и пропала, у Деда ключ есть. Я посмотрела в «глазок», чтобы в случае чего затаиться. Лялин стоял на моем пороге и теребил рыжие усы, признак повышенной нервозности. Пришлось открывать. Тут выяснилось, что Лялин не один, рядышком с постным видом стоял Артем Вешняков, мент и по совместительству мой приятель, я бы даже сказала — друг. Перед тем как я покинула контору Деда, мы с Вешняковым расследовали убийство в универмаге, накопали много лишнего и попытались восстановить справедливость, получили по мозгам по самое «не могу» и с тех пор встречались редко. Не очень-то приятно лицезреть друг друга и вспоминать, какими олухами мы были. С Лялиным они знакомы, но вряд ли встречались хоть раз с той поры, и если сейчас стоят плечо к плечу, причина одна: я по уши в дерьме, о чем им доподлинно известно, а чужое дерьмо иногда объединяет, вот как сейчас.

— Приятно вас видеть, — сказала я, раздвинув рот до ушей.

— Чего ты зубы скалишь? — буркнул Лялин, заходя первым.

— В самом деле, — нахмурился Артем.

— Меня еще не упекли за решетку, так что давайте без трагизма.

Я захлопнула дверь, подумав: мне надо радоваться, у меня два верных друга, далеко не каждый может этим похвастать.

— Проходите в кухню, коньяком напою.

Они прошли и сели за стол, я выставила коньяк, лимон кружочками и икру, которая завалялась в холодильнике, и тоже устроилась за столом. Лялин взглянул на бутылку, понюхал и сказал:

— Неплохой коньячок. — Но выпить не торопился. Артем даже не принюхивался, а у меня от коньяка изжога. — Давай рассказывай, — сказал Лялин.

— Чего рассказывать? — пожала я плечами. — Небось все уже знаешь. — Я кивнула головой в сторону Артема.

— Знаю, не знаю... мне детали важны.

— Важны, так все открою без утайки, — ответила я и, само собой, рассказала.

— Какие будут соображения? — спросил Лялин

после моего обширного повествования, обращаясь в основном к Артему.

— Теоретически кто угодно мог зарезать, за исключением разве что поварихи. Габариты не те, не смогла бы по коридору незамеченной проскользнуть. А так... у Лапшиных алиби, но они муж и жена, следовательно, тому, что они говорят, веры никакой. Приревновала муженька, уложила на кровать, потом выскользнула на палубу и ножичком по горлу. Муженек тоже мог отлучиться, хмель как ветром сдуло, и тоже за ножичек. Петр твой и Райзман, кто сказал, что они спали? Убедились, что народ по каютам расползся, и наверх. Пока ты рекой любовалась, девушку один из них полоснул. Вера могла иметь что-то против подружки, а Никифоров вообще вел себя подозрительно. Зачем он, к примеру, на палубу вышел?

— Воздухом подышать.

— Ага, воздухом. Девку прирезал, стал спускаться и вдруг твои шаги услышал, сообразил: обнаружишь труп, крик поднимешь и его застанут у трапа, вот он с разворотом опять на палубу и к тебе с претензиями. Могло такое быть?

— Меня сейчас больше интересует, что имела против меня убиенная?

— Узнаем, — кивнул Лялин. Я тоже кивнула, ни секунды не сомневаясь в его способностях. Тут выяснилось, что кое-какие справки он уже успел навести.

— На первый взгляд никто из компании не связан друг с другом какими-либо делами.

— А если шантаж? — насупился Артем. — Девица вполне могла...

— Могла, — согласился Лялин, хотя не терпел, когда его перебивали. — Также не исключаю тесных любовных уз, хотя пока вроде ничего подобного. — Он извлек из кармана джинсов мятые листки бумаги с немыслимыми каракулями, понятными одному ему. — Итак. Петр Сафронов. Человек, весьма опасавшийся за свою жизнь, возможно, и не зря опасавшийся в свете последних событий.

— Подожди, — нахмурился Артем. — Чего-то я не пойму...

— Очень возможно, что кто-то действительно желает ему смерти, а девице об этом стало известно, в результате — труп. Я предлагаю еще раз хорошенько вникнуть в его дела. Милиция вряд ли этим всерьез займется, значит, надо нам. Мне это проще всего, я и займусь.

— Может, он дурака валял и все придумал, угрозу своей жизни то есть, чтобы девку прирезать. А что?

— Это тоже будем иметь в виду. — Терпение Лялина вызывало уважение. В другое время Артем давно бы уже схлопотал за свой жаркий энтузиазм. — Далее чета Лапшиных. Он президент коммерческого банка. Богатый человек, отзывы самые положительные. Супруга работает в музыкальной школе, преподает сольфеджио. Я не представляю, что это такое, но деньги платят плевые, значит, за идею работает. Хотя может быть другой вариант: с муженьком не очень ладит и проявляет независимость. — Я с интересом взглянула на Лялина, признаться, мне бы такое в голову не пришло, все-таки забавный он мужик, во всем умудряется найти корысть или подлость. — По общему мнению, живут дружно. Детей нет, хотя в браке уже десять лет.

— А в чем причина? — спросила я, стараясь, чтобы голос звучал нейтрально, хотя, конечно, язвила.

— Извини, не было времени узнать, — как ни в

чем не бывало ответил он. — Следующая — Вера Нежданова. Та еще дамочка. Муж погиб несколько лет назад, все его деньги отошли сыну от первого брака, она получает что-то вроде пенсии. Живет на широкую ногу, особо ни в чем себя не стесняя. Пенсиона на такую жизнь не хватит, есть мнение, что ее содержат любовники. Однако Никифоров, который как раз числится в любовниках, особо похвастать хорошими делами не может, они идут ни шатко ни валко после трагической гибели его компаньона.

— Что с ним случилось?

— Угорел в бане. Говорят, выпил лишнего, пил в одиночестве, дело произошло на даче, где он тоже отдыхал один. Делами занимался он, Никифоров был на подхвате, и теперь ему нелегко. До разорения далековато, но содержать любовницу с замашками Веры все-таки не по карману. Не женат, детей нет. С убитой встречался, и, может быть, что-то между ними было, но пока не прослеживается. Райзман, врач, имеет собственную клинику, очень богатый человек, его отец, Краковский Борис Натанович, крупнейший торговец антиквариатом. Магазин на Стрелецкой.

— А-а... — дружно протянули мы с Артемом.

— Вот вам и а-а... Папа умер почти год назад, а Артурчик — единственный наследник. Клиника тоже приносит неплохой доход. По поводу клиники не скажу, а вот антиквариат — это интересно. Обычно эта публика с законами обращается вольно. Покопаться стоит, вдруг у нашего мальчика рыльце в пушку. Далее кандидаты менее перспективные: Лавров Иван Николаевич и Сидоренко Анатолий, состоят в родстве, один другому доводится дядей, хотя по возрасту ровесники. Дружат соответственно с детства, ни в чем предосудительном замечены не были, ни одного привода в милицию, оба закончили пединститут, физвос, разумеется, работают тренерами в спортшколе, подхалтуривают зимой в стриптизе в массовке, летом спасателями на лодочной станции, второй год нанимаются на яхты, есть своя лодка, одна на двоих, на ней выходят редко. Живут скромно, единственное, где стоит поискать: близкое окружение, попросту говоря, приглядеться к бабам, их немерено, парни видные, возможно, любовь у них не совсем бескорыстная, но это только мои личные предположения. И последняя, Латина Тамара Ивановна. Эту можно проверять лишь для очистки совести. Главная героиня — Горина Анна Ивановна, двадцать пять лет, три года назад отчислена из педагогического института за неуспеваемость. С тех пор нигде не работала, жила одна в квартире на улице Сталеваров, дом восемь, родители живут в Брянске. Это все.

— Ну что ж, есть над чем поработать, — оптимистично сказал Артем и улыбнулся мне.

— Надо как можно быстрее найти мальчишек из Черкасова, которые вчера рыбачили на Марьиной Губе, — кивнула я, — а еще отыскать отдыхающих, что стояли там лагерем. Вопрос один: не заметил ли кто незнакомого мужчину?

— Какого мужчину? — не понял Артем.

— К сожалению, как он выглядит, сказать не могу, понятия не имею. Но думаю, что это был мужчина, причем он старался гражданам на глаза не попадаться и, возможно, на остров попал вплавь. До берега там недалеко, для хорошего пловца сущая ерунда. Хотя он мог приехать с кем-то из отдыхающих, но тогда должен был придумать причину, по которой отлучался на длительное время.

— У тебя есть версия? — воспрянул духом Артем, в то время как Лялин сверлил меня взглядом.

— Тут вот какая штука. В восьмой каюте, которая оставалась свободной, явно кто-то был. Прежде всего незадолго до убийства я слышала, как скрипнула дверь и некто прошел по коридору. Но все четверо, находившиеся в тот момент в каютах, утверждают, что не выходили, если не врут, конечно. Когда я заглянула в каюту, она была пуста, но пахло потом, что неудивительно, если человеку пришлось проторчать там несколько часов, каюта за день прогрелась и жара, как в печи, а воспользоваться кондиционером он не мог, перегородки тонкие, кто-то услышит и заинтересуется. Сафронов утверждает, что каюта была заперта, а ключ от нее потерян, но я-то прекрасно знаю, что это не так, то есть у кого-то этот самый ключ был. Когда мы перед приездом милиции туда сходили, дверь каюты уже была заперта и ключ отсутствовал. За несколько минут до того, как обнаружить труп, я слышала всплеск. Очень вероятно, кто-то покинул судно и вплавь отправился к берегу. Сообрази я тогда как следует осмотреть реку... наверняка на яхте есть прожектор или что-то в этом роде...

— То есть ты хочешь сказать, кто-то спрятался в восьмой каюте, дождался, когда Анна останется одна, прирезал ее и смылся вплавь?

— Примерно так.

— Он отправился вместе с вами и целый день просидел в каюте с тонкими перегородками? Откуда он мог знать, что именно эта каюта окажется свободной?

— Он взошел на яхту на острове, потому я и прошу опросить всех, кто вчера отдыхал там. Вдруг что-то заметили?

— Ты ментам о своей версии рассказала? — поинтересовался Лялин.

— Ага, только вряд ли они прониклись. Открытую дверь восьмой каюты видела я одна, всплеск тоже слышала только я, вполне резонно предположить, что я фантазирую, чтобы свалить вину на неведомого дядю. Но я не фантазирую, и надо иметь в виду возможность существования Икса.

— Подожди, — хлопнул рукой по столу Лялин, который во всем любил порядок. — Еще раз: по-твоему, кто-то пробирается на яхту с целью убить Горину? Он должен был знать, что яхта зайдет на Марьину Губу и проведет там весь день. Допустим, свободную каюту он нашел сам, увидев, что вещи отсутствуют, хотя это довольно опасно. Он так же знал, что Горина на палубе останется одна. Все это очень... сомнительно.

— Сомнительно, — не стала я спорить. — Выходит, Икс — на редкость рисковый парень. Играл наудачу. Конечно, он мог убить Горину в ее каюте, но ведь туда надо войти и действовать очень тихо, раз перегородки тонюсенькие. Поэтому палуба предпочтительнее. Он покидает каюту, убедившись, что половина граждан уже спит. Сидоренко заметил мужчину как раз тогда, когда я любовалась рекой. Уверена, это был Икс.

— Но откуда ему было знать, что Горина останется одна?

— А почему, собственно, она одна осталась? — задала я встречный вопрос. — Хотела подышать воздухом? А может, выждать время и с кем-то встретиться?

— Точно, — обрадовался Артем. — Ну, конечно. Он ей встречу и назначил.

— Подождите, — поморщился Лялин. — Вы хотите сказать — девчонка знала, что он на борту? Но это бред. В конце концов она могла явиться с Иксом и тому не пришлось бы прятаться.

— А если у них был какой-то план? Девчонка являлась его сообщницей, — не унимался Артем, — но парень вместо этого решил избавиться от Гориной.

— Очень неплохо для детектива, — кивнула я. Предположим, убить хотели кого-то другого, но киллер, которого к тому могла принудить шантажом все та же Горина, вместо этого перерезал горло ей и был таков.

— Не морочьте мне голову, — разозлился Лялин. — Что хорошо для сериала, не годится в жизни.

— У Икса точно был помощник, — настаивала я. — Дверь в восьмую каюту была открыта, а через некоторое время оказалась заперта. Если Икс сразу после убийства нырнул за борт, запереть ее он не мог. Да и сам факт, что он спускается вниз, чтоб запереть дверь, вызывает большой риск. Кто-то запер ее уже после его исчезновения.

— А почему бы ему не запереть ее сразу? — хмыкнул Лялин.

— А ты подумай. Парню надо пройти по коридору, где в любой момент может кто-то появиться.

— Да, возиться с ключами в такой ситуации обременительно, а запереть дверь на то время, пока прячешься в каюте, можно изнутри, оставив ключ сообщнику.

— Какому сообщнику, если он ее зарезал? — растерялся Артем.

— А вот это и предстоит выяснить, — усмехнулся Лялин. — Рабочая версия: некто из присутствующих желает избавиться от Гориной, ему помогает Икс. На острове они встречаются, и некто передает

Иксу ключ от восьмой каюты и объясняет ее местонахождение. Икс пробирается на борт и спокойно сидит там. Поздно вечером, когда половина гостей уже спит, а вторая сильно навеселе, он поднимается на палубу. Некто его уже предупредил о том, что оба спортсмена в рубке, повариха в кают-компании, а Горина на палубе. Он надеется застать ее одну, потому что некто назначает ей свидание. Ну, как?

— Гениально, — кивнула я.

— Мне тоже понравилось, — согласился Артем.

— Отлично, теперь самое простое: найти этого «некто», а вслед за ним и Икса. — Лялин поднял рюмку и предложил: — За удачу.

Мы выпили, потому что за удачу грех не выпить, посидели еще минут двадцать и разошлись.

Если честно, я почувствовала себя гораздо лучше, точно нащупала почву под ногами. Нет ничего тайного, что при известной настойчивости не сделалось бы явным. Чего-чего, а настойчивости у меня хоть отбавляй.

Лялин прав, если у Икса был сообщник, они должны были встретиться на острове. Все хоть раз да отлучались. Но самыми перспективными в этом отношении были: Лапшины, Никифоров и Вера. Я старалась приглядывать за Петром, а Райзман старался не терять из вида меня. Повариха и мачо, если верить их рассказам, с яхты не сходили, правда, мачо дважды купались, по их собственным словам. Значит, Лапшины, Вера и Никифоров. С них и начнем.

Но к расследованию я приступила лишь на следующий день, а в тот вечер поехала к Ритке, потому что меня замучила совесть: Сашка до сих пор в людях. Стоило ей открыть дверь, как я поняла: уже знает, хотя сегодня воскресенье и предполагается, что у нее выходной. Что ж, новости в нашей богадельне всегда распространялись с космической скоростью.

Ритка страдальчески сморщилась и сказала:

— Заходи.

Сашка выскочил из комнаты, с энтузиазмом виляя хвостом.

— Привет, пес, — сказала я, присев на корточки и гладя его.

— Чаю выпьешь?

— Спасибо. Мы, пожалуй, пойдем.

— Рассказывай, что случилось.

— Так ты уже знаешь, — хмыкнула я.

— Ничего я не знаю... Позвонила подруга, у нее муж в ментовке, и сказала, что ты... что при тебе убили человека. Неужто правда?

— Ага. Я тебе больше скажу, у ментов есть подозрения, что я и убила.

— Они что, спятили?

— Да не похоже.

— А Дед в курсе?

— Уже звонил.

— Надеюсь, у тебя хватило ума не выпендриваться, а поговорить с ним по-человечески и все объяснить.

— Более или менее.

— Что — более или менее? — разозлилась она.

— Знаешь что, мы пойдем. Спасибо тебе за приют.

— Кого убили-то? — хватая меня за руку, спросила она.

— Женщину. Молодую. Наверное, красивую.

— А с чего эти олухи решили, что ты можешь каким-то образом...

— Мы с ней малость поскандалили, — покаялась я.

— Ты с ней поскандалила? — не поверила Ритка. — С какой стати? Только не говори, что выпила лишнего, можешь пудрить мозги кому угодно, но не мне. Лишнего ты не пьешь, да и под этим делом, — тут она выразительно щелкнула по кадыку, — соображаешь лучше, чем большинство на трезвую голову. Так что произошло?

— Сама не знаю. По неведомой причине я ей очень не понравилась, что довольно странно, тем более виделись мы впервые. Она вела себя скверно, а я этого не люблю. В результате легонько задвинула ей локтем. Легонько, — весомо добавила я. — От этого не умирают, но менты решили, раз локтем задвинула я, значит, вполне и горло могла перерезать.

— Ей горло перерезали? — нахмурилась Ритка.

— Ага. Малоприятное зрелище, скажу я тебе.

— Надо думать. А имя у этой девицы есть?

— А как же. Горина Анна Ивановна.

Ритка вдруг поперхнулась и вытаращила глаза, после чего они нервно забегали, а ее руки принялись теребить пояс халата. Я выпрямилась и со вздохом заметила:

— Вижу, это имя тебе известно. Не поделишься соображениями?

— Ух ты, черт, — с душевной мукой пробормотала она. — Говоришь, девице перерезали горло?

— От уха до уха. — Иногда беседовать со мной одно удовольствие.

— Пойдем на кухню, — позвала Ритка, я пошла за ней, Сашка поплелся следом, озабоченно глядя на меня.

Я устроилась за столом, поглядывая на подругу. Она включила чайник, сновала по кухне без особого толка, избегая моего взгляда. Я сидела молча, потом начала что-то мурлыкать себе под нос, терпеливо ожидая, когда она просветит меня.

— Прекрати, — шикнула Ритка, имея в виду мое мурлыканье, которое становилось все громче.

— Слушаю тебя очень внимательно, — кивнула я.

Она плюхнулась на стул, подперла щеку рукой, физиономия у нее была страдальческая.

— Эта Горина... кажется, они знакомы с Дедом. По крайней мере, некая Горина Анна Ивановна несколько раз ему звонила. Неужто та самая?

— Думаю, она, — пожала я плечами, поражаясь тому, как тесен мир. — Давай поподробней. Зачем звонила?

— Просто звонила.

— По личным делам или государственным? — скривилась я. Ритка взглянула так, что впору было провалиться сквозь землю вместе со стулом.

— Откуда мне знать?

— Что, ни разу не подслушала, о чем они говорят? — невинно поинтересовалась я. Ритка хотела разозлиться, но лишь рукой махнула.

— Послал он ее.

— В грубой форме?

— Он в грубой форме не может, когда возлюбленным отставку дает. Очень вежливо послал, но вполне доходчиво.

— А девушка?

— Девушка плакала. Дед сказал: «Аня, ты не ребенок и должна была знать, что наш разрыв — вопрос времени. Вот время и пришло». Козел старый! — свирепо рявкнула Ритка. — Когда он наконец угомонится? Пока жил со своей дурищей, хоть в рамках держался, а сейчас что ни месяц, то новая баба. А теперь еще и убийство. Ведь это скандал, неужто не понимает?

— Девчонка звонила по рабочему телефону вместо того, чтобы позвонить на мобильный?

— Наверняка с отчаяния. Поди на звонки на мобильный не отвечал, если номер незнакомый или, наоборот, слишком хорошо знаком. Вот и принялась звонить на работу. Короче, он с ней поговорил, она поплакала, потом еще несколько раз звонила, но он с ней говорить не пожелал. Тогда она заявилась, поджидала у входа. Мне Вовка рассказывал (Вовка, кстати, это один из водителей Деда). Дед усадил ее в машину и разговаривал на этот раз очень сурово. Она обозвала его сволочью, а он велел остановить машину и девушку высадил.

— А у нее характер, — заметила я, назвать Деда в глаза сволочью совсем не просто, я вот несколько раз порывалась, но так и не смогла.

— После этого она не звонила и больше не появлялась, в конторе, по крайней мере.

— Чудненько, — прокомментировала я. Теперь ненависть покойной ко мне вполне объяснима, раз долгие годы в народе ходили не лишенные основания слухи, что я любовница Деда. Анна о них наверняка знала. Хотя почему выбрала меня объектом своей ненависти, неведомо, соперниц пруд пруди. Ритка права, у Деда что ни месяц, то новая пассия. На старости лет он пошел вразнос. Впрочем, мог себе позволить, раз много лет вдовец. Конечно, моральный облик народного избранника мог бы быть получше, но, думаю, электорат это переживет.

— Кто-то его подставляет, — изрекла Ритка, уже несколько минут пялясь в стену. Несмотря на здоровую критику, взять, к примеру, выражение «старый козел», под которым я с удовольствием подписываюсь, Ритка была ему абсолютно предана и сейчас, по всей видимости, начисто забыла о том, что у меня неприятности. Теперь душа ее болела лишь о дорогом работодателе. Впрочем, у меня душа тоже болела, но по другой причине.

— Не глупи, — отмахнулась я. — Кому надо его подставлять?

— Да кому угодно. Что у него, врагов мало? Знать бы, что за сволочь... А ты как во все это влезла? — вспомнила она про меня.

— Случайно. Пригласили покататься на яхте... Впрочем, ты знаешь.

— Не верю я в такие случайности, — заметила она, немного покусав губы.

— Очень интересно. Может, пояснишь свою мысль?

— Ясно, что кто-то под него копает, причем с двух сторон: одну любовницу убивают, а вторую подозревают в ее убийстве. Обложили как медведя... суки.

— Не горячись, — посоветовала я. — Если Дед и похож на медведя, то на очень хитрого.

— Только не говори, что он здесь каким-то боком... С какой стати? Зачем ему, сама подумай?

— Вдруг девочка что-нибудь ненароком узнала...

— Ты прекрасно осведомлена, что девок он к своим делам на пушечный выстрел не подпустит.

— Старый стал, теряет осторожность. Или обнаглел, что больше похоже на него.

— Ты меня нарочно дразнишь, — обиделась Ритка.

— Ага. На душе хреново, вот и вредничаю. Ладно. Мы потопали.

— Найди убийцу, — сказала Ритка, провожая меня до двери.

— На это менты есть.

— Что менты. Я ментам не верю, я тебе верю.

— Премного вам благодарны, — поклонилась я, выходя вместе с Сашкой на лестничную клетку.

— Я серьезно.

— Я тоже. Кстати, найти его в моих интересах. Боюсь, посадят.

— Дед им посадит. А ты отыщи эту сволочь, чтоб другим неповадно было.

— Буду стараться, — сделала я ручкой и направилась к машине.

Сашка затих и с печалью поглядывал на меня. Я хлопнула дверью, завела мотор и задумалась. Открывшиеся вдруг перспективы очень мне не понравились, в основном потому, что они совершенно не понравятся Лялину. Уж сколько раз он зарекался не спорить с властью, и нате вам: опять вляпался.

Думы о Лялине не покидали меня весь вечер, утром я тоже размышляла о нем, стоя под душем и пытаясь настроить себя на оптимистическое видение мира. Миру было наплевать на это, оттого я ничуть не удивилась звонку, который имел место где-то около одиннадцати.

— Детка, — бодро приветствовал меня Лялин, — давай-ка кофейку попьем.

— Приезжай, — согласилась я.

— Лучше на нейтральной территории. И мента прихвати.

Я позвонила Вешнякову и назначила встречу в 11.30 в баре «Пирамиды». Когда я появилась там, Лялин уже сидел в глубине зала. Он помахал мне рукой и даже поднялся, что было верхом галантности для такого лодыря. Судя по всему, ничего хорошего меня не ждало.

— Прекрасно выглядишь, — заявил он.

— Ты тоже.

— Я старый человек... — принялся, по обыкновению, канючить он, но тут появился Артем, и он заткнулся.

— Чего у вас? — спросил Вешняков, присаживаясь и отказываясь от кофе. — Только покороче, дел по горло. Блин, у людей отпуск, а у меня как лето, так запарка. — Тут он взглянул на меня и добавил: Дело буду вести я. Это хорошая новость. — Хорошая новость меня не удивила, раз мы успели побеседовать с Дедом. — А теперь давай свою плохую.

Я выжидающе уставилась на Лялина, а вслед за мной и Артем. Тот крякнул, подергал себя за усы и посмотрел мне в глаза, мудрить не стал и начал с главного.

— Убитая девка — любовница Деда. По крайней мере, была ею некоторое время.

— Черт, — скривился Артем, — только этого не хватало. — В его голосе слышалось едва ли не отчаяние. Небось вспомнил, как нам навешали, когда мы в прошлый раз пробовали бодаться с властью.

Тут оба посмотрели на меня.

— Для тебя это новость? — спросил Лялин.

— Нет. Со вчерашнего дня. — Я коротко поведала о разговоре с Риткой.

— Опять политика, мать ее. Что-нибудь затеяли, а девица в концепцию не укладывалась, — вздохнул Артем. — Кстати, твоя Ритка, может, и права, в самом деле под Деда копают, а уж как начнут копать, им удержу не будет, трупы их, похоже, не особо волнуют.

— Если Дед здесь каким-то образом... я просто высказываю предположение, — нахмурился Лялин, долгие годы в разведке приучили его к осторожности, — тебя не тронут. Прежде всего Дед не позволит, да и умные головы сообразят, что впутывать сюда нашу девушку себе дороже. — Я хотела сказать, что Лялин обо мне чересчур высокого мнения, но лишь махнула рукой. — Могу прозакладывать свою обеспеченную старость: убийство попадет в категорию нераскрытых. Глубоко копать ментам никто не позволит, а без этого никак. Отцы в погонах быстро поймут, чем это может грозить, следствие пойдет ни шатко ни валко, и через пару месяцев об этом убийстве постараются забыть.

— Считаешь, если мы полезем, сделаем только хуже? — с надеждой спросил Артем.

Лялин не ответил, он смотрел на меня. Я их прекрасно понимала: один служивый с двумя детьми, о которых он обязан думать, другой ушел с должности начальника охраны все того же Деда, наплевав на деньги, немалую власть, чтобы жить себе спокойно и не думать о всем том дерьме, которое непременно сопровождает власть и деньги. А я предлагаю им вновь рискнуть собственным спокойствием и, очень возможно, чем-то большим. Они хорошие люди и, если сейчас я скажу, что не отступлю, конечно, мне помогут. Вот только хочу ли я этого?

Я посмотрела на одного, на другого. Можно поставить вопрос иначе: сама-то я хочу еще раз влезть в это дерьмо? Ведь зарекалась. И Лялин прав: Дед не позволит ментам особо меня доставать, ну, потреплют нервы пару недель, а потом все сойдет на нет. Надо просто потерпеть.

— По большому счету, мне по барабану, кто ее убил, — ответила я. — Лишь бы в этом не обвинили меня. Вариант, когда дело окажется в категории нераскрытых, меня вполне устроит.

— Ага, — сказал Артем не очень уверенно, а Лялин вовсе не поверил, нахмурился, сверля меня взглядом. Я взирала на них с легкой придурью: мол, хоть дырку во мне протрите взглядом, ничего другого не услышите. Лялин сунул в рот зубочистку, пожевал ее и заявил:

— Нам следует быть крайне осторожными. Лишних движений не делать, носа не высовывать. Собирать сведения по крупицам, пусть медленно, зато не привлекая к себе внимания. Встречаться тоже ни к чему, без острой на то необходимости. Звонить только на мобильный.

— Мне-то что теперь делать? — взмолился Вешняков.

— То же, что и вчера, только очень осторожно.

— Ага. Ладно.

— И давайте договоримся, — вздохнул Лялин, — если все дело действительно... сразу отбой. Я не трус, — зачем-то сказал он, никому из нас такое и в голову бы не пришло, — просто меня уже тошнит от трупов.

Они опять уставились на меня, а я кивнула:

— Заметано.

Через пять минут мы разъехались. Я вернулась домой, но пробыла там недолго. Решила заглянуть к Деду. Это было вопреки правилам, которые я сама же установила, но на то и правила... Не уверена, что задушевный разговор получится, но попробовать стоит.

— Сиди дома, — направляясь к двери, сказала я Сашке.

Тут взгляд мой упал на зеркало, и я притормозила. На мне были джинсы, а Дед терпеть не мог баб в джинсах. Я всерьез задумалась, стоит переодеться или нет, и поплелась в гардеробную (и такая штука есть в моей огромной квартире), выбрала костюм, повертела и так, и эдак и в конце концов облачилась в короткую юбку и белую блузку. Скромно и со вкусом.

На стоянке найти место оказалось делом не простым, с трудом приткнув машину, я вошла в здание с колоннами и внезапно почувствовала сердцебиение. Сердчишко забилось так, что я о нем вспомнила: мол, да, есть оно, как и положено, неустанно трудится в моей груди.

Милиционер, дежуривший на входе, растерянно улыбнулся, я припустилась к лифту, пока он не опомнился и не спросил пропуск. Впрочем, вряд ли ему это придет в голову, меня здесь слишком хорошо знают.

Я шла по коридору, иногда здоровалась с беззаботной улыбкой на физиономии, запретив себе думать о предстоящей встрече с Дедом. Еще вопрос, захочет ли он меня принять.

Ритка при моем появлении замерла, точно увидела привидение. Обнадеживающее начало, ничего не скажешь.

— Привет, — сказала она, косясь на дядьку, что тосковал в приемной.

— Привет, — ответила я, светясь улыбкой и делая вид, что в моем появлении здесь нет ничего необычного. Я кивнула на дверь в святая святых, а Ритка торопливо сообщила:

— У него совещание. Минут через двадцать должны закончить.

— Тогда подожду в баре, — продолжала я расточать улыбки. — Позвонишь, если он захочет меня принять.

Я направилась в бар, вгоняя в столбняк многочисленных встреченных мною граждан. На их лицах читалось изумление пополам с печалью.

В баре сидели человек пять мужчин, пили кофе, должно быть, тоже чего-то ждали, все дружно повернули головы в мою сторону, затем так же дружно отвели взгляд и далее смотреть на меня опасались. Я тоже заказала чашку кофе и просидела с ней полчаса до звонка Ритки.

Дед таращился в окно, сунув руки в карманы брюк, обычно так он готовился к неприятному разговору. Услышав, как хлопнула дверь, он не обернулся, я молча пристроилась на краешке кресла. Прошло минут пять, мы играли в молчанку, если у Деда есть на это время, я не возражаю, у меня самой его сколько угодно. Сообразив, что я никуда не спешу, он повернулся и смерил меня недовольным взглядом. Я смиренно потупилась.

— С чем пришла? — без намека на любезность спросил он.

«С миром, отец мой, с миром», — дурашливо ответила я, правда, мысленно.

— Кое-что прояснить. Вчера, когда ты вдруг позвонил, я решила, что ты обо мне заботишься. Теперь думаю, может, о себе?

— Что ты имеешь в виду? — нахмурился он.

— Я имею в виду, что ты хорошо знал убиенную.

Я ожидала, что он, по обыкновению, начнет юлить, но он удивил меня.

— Ну, знал, — сказал он просто.

— Ага, — кивнула я, малость не подготовленная к такому ответу. — Она случайно не могла скончаться по этой причине? — не осталась я в долгу, уж коли мы говорили сегодня начистоту.

Он взглянул на меня так, что захотелось залезть под стол, но я поборола в себе это желание и с придурковатым видом продолжала разглядывать своего друга. Вообще-то я готовилась к тому, что он вышвырнет меня из кабинета, но старый змей спутал все мои карты. Он устроился в кресле напротив, взял меня за руку и задушевно спросил:

— Скажи, почему тебе так хочется вцепиться мне в горло?

Против воли я вдруг почувствовала себя предателем, виноватой-то уж точно, только вот в чем?

— На самом деле нет, — ответила я сдержанно. — Я просто хотела жить себе спокойно, ни во что не вмешиваясь. А сейчас хочу знать: стоит ли искать убийцу?

— А что, менты уже вовсе ни на что не годны?

— Как только всплывет твое имя, они ослепнут и оглохнут. Пока у них единственный подозреваемый — я. Очень похоже, что другого не будет. Один умный человек предлагал мне сидеть тихо, починять примус и уверял, что дело спустят на тормозах.

— Умный человек — это Лялин, что ли? — спросил Дед.

— Ага, — не стала я отпираться.

— Я тоже считаю, что тебе ни к чему вмешиваться в расследование. Пусть менты работают. Но, зная твой характер... ты уже готова всех собак на меня навешать, поэтому я говорю тебе: найди убийцу, Детка. Я распоряжусь, чтобы тебе оказывали помощь. Хотя вряд ли ты в ней нуждаешься. Ну что, снова в бой? — В его голосе послышалась насмешка, что мне, по понятным причинам, не понравилось.

— Ты в самом деле этого хочешь? — усомнилась я.

— Забавно, что ты об этом спрашиваешь, — ухмыльнулся Дед. — Ведь тебе на это наплевать. Разве нет?

— Нет, — начала злиться я, — мне не наплевать. Очень бы не хотелось в очередной раз оказаться пешкой в чужой игре.

Дед поморщился, потом с достоинством ответил:

— Я не имею ни малейшего отношения к этому убийству. Ни малейшего. Более того, не желаю забивать этим голову, и так дел по горло. У тебя неприятностей не будет, даже если ты единственный подозреваемый, тут Лялин прав. Я тебя люблю и не премину воспользоваться своим положением, и меня не интересует, что по этому поводу решат другие.

— Звучит убедительно, — вздохнула я.

— Звучит? — нахмурился Дед. — Найди убийцу, Детка, — сказал он таким тоном, точно дарил шубу с царского плеча.

По идее, надо было бы подняться, послать все к черту, и Деда в первую очередь, уйти отсюда и жить долго и счастливо, но уж очень меня задел его тон, оттого я точно приклеилась к стулу.

— Хорошо, — кивнула я с улыбкой, — но тогда тебе придется ответить на несколько вопросов.

— Пожалуйста, — согласился он, хотя вопросы совсем не жаловал.

— Как долго длился ваш роман?

— Месяца три, три с половиной.

— Как она восприняла свою отставку?

— Как женщины воспринимают отставку? Решила, что я мерзавец. Наверное, так и есть.

— Что-то ты очень критичен к себе сегодня, — насторожилась я.

— Мы виделись от силы раз шесть. Познакомились на приеме, ее кто-то представил, даже не помню кто. Девица оказалась на редкость предприимчивой. В общем, инициатива исходила от нее.

— Я думаю, девушка хорошо знала о твоих слабостях.

— Возможно, — не стал спорить Дед, чем вызвал у меня беспокойство, уж очень эта покладистость на него не походила. — Продолжать знакомство, с моей точки зрения, было ни к чему, но ей этого хотелось, а мне как-то неловко было отшить ее сразу. Дважды я приглашал ее на дачу, пару раз ужинали вместе, вот и все. Я надеялся, что все само собой сойдет на нет, но она вновь проявила настойчивость.

— Тебе это не понравилось?

— Конечно, нет. Я совершенно определенно дал ей понять, что не вижу продолжения этой истории.

— А она ее видела?

— Наверное, — пожал плечами Дед.

— Как? Как она это видела? — пояснила я, понаблюдав за физиономией Деда, на которой отчетливо читалось непонимание.

— Ее фантазии меня не интересовали, — наконец ответил он.

— Но она ими делилась? — не унималась я.

— Что ты имеешь в виду?

— К примеру, она не говорила, что хочет выйти за тебя замуж?

— Да это смешно, — хохотнул Дед. — Человек моего возраста и положения не станет жениться на девчонке двадцати с небольшим лет.

— Действительно ни к чему, у тебя этих девчонок как грязи, а жена — это обременительно.

— Попридержи свои замечания при себе, — все-таки не выдержал Дед, а я поспешила извиниться.

— Это твоя точка зрения, — продолжила я, — но у нее была своя. Так она заговаривала о том, чтобы связать с тобой свою судьбу? Или нет?

Дед оценивающе смотрел на меня, явно что-то прикидывая.

— Да, — наконец сказал он, а я вновь спросила:

— Чтобы предложить тебе такое, надо иметь туз в рукаве. Он у нее был?

— Хочешь сказать, она меня шантажировала? — нахмурился Дед.

— Она тебя шантажировала? — поторопилась узнать я.

— Конечно, нет. Говорю, мы встречались раз пять-шесть. Чем она могла меня шантажировать? Рассказать, что я трахнул ее в какой-то подсобке на приеме? И я с перепугу женюсь на ней? Если так, то она просто дура.

Я вдруг ни к месту подумала, что Дед у нас еще ого-го. Не каждый в его возрасте отважится на такое, запала не хватит, а Дед запросто. Молод душой, за что любим сторонниками и уважаем врагами. Если Анна рассчитывала напугать его этим, то она в самом деле дура. Правда, остается еще кое-что.

— А она не могла быть беременной?

— Нет, — ответил Дед с каменным лицом.

— То есть она с тобой об этом не заговаривала?

— Слушай, мне шестьдесят лет, я уже давным-давно не глупый мальчик. И если я говорю нет, значит, нет.

Теперь я не сомневалась, Анна наверняка выставила этот аргумент и была уверена, что сможет убедить Деда, по крайней мере старалась убедить в этом себя, оттого и на яхте настойчиво твердила: «Он на мне женится». Дурочка, редкая дурочка, тут Дед прав.

Он недовольно сверлил меня взглядом, а в моей сумке зазвонил мобильный. Я забыла его выключить, хотя знала: Дед терпеть не мог, когда нас прерывали. Я попробовала не обращать внимания на телефон, Дед поморщился и сказал:

— Ответь.

Звонил Вешняков.

— Извини, я занята, — торопливо сказала я.

— У меня новость, — заявил он. — Не интересуешься данными вскрытия?

— Если можно, коротко, — косясь на Деда, попросила я.

— Девчонка беременна. — Я уставилась куда-то в пол, избегая глаз своего друга, он наверняка Вешнякова слышал, потому что сидел совсем близко. — Срок — двадцать недель. Ну, как тебе?

— Поговорим об этом позднее. — Я торопливо отключилась.

Дед сидел багровый, зубы сцеплены так, что того гляди раскрошатся. Я его понимала, очень неприятно, когда тебя вот так ловят на лжи.

— Ты этот звонок нарочно подстроила? — грозно спросил он. Я, признаться, растерялась.

— Ты меня явно переоцениваешь. Так она говорила тебе, что беременна?

— Говорила, — сказал Дед. — Как видно, считала меня старым идиотом. Какой срок?

— Двадцать недель, — пожала я плечами. — Около пяти месяцев...

Он поднялся и неожиданно покинул кабинет. Ситуация складывалась скверная, но, признаться, меня не удивившая. Разумеется, я ни секунды не думала, что Дед или кто-то из его окружения способны избавиться от девчонки из-за ее беременности. В конце концов, Дед — вдовец и кое-какие радости мог себе позволить. И позволял, не бравируя этим, но и не особенно скрываясь, так что в конце концов эту его слабость стали считать достоинством. Опять же, Дед по-своему человек порядочный, и хотя насчет замужества девушка мечтала напрасно, но на материальную помощь могла рассчитывать смело, причем немалую, а там, расчувствовавшись, ведь своих детей у него нет, Дед вполне мог жениться или хотя бы усыновить чадо. Причина убийства в другом, и ее придется доискиваться долго, упорно, и еще вопрос, принесет ли это удовлетворение. Иногда можно такое откопать, что сама себе охотно надаешь по рукам. Я поморщилась, точно уже наткнулась на что-то неприятное, и подумала: а может, Лялин прав, послать все это к черту, пусть менты в чужом белье копаются, а потом думают, что с ним делать, не с бельем, а с тем, что откопают.

Тут вернулся Дед, прервав тем самым мои мысли.

— Вот, — протянул он мне открытку, которая оказалась приглашением. — Там мы с ней и познакомились.

Я взглянула на дату. Было это почти четыре месяца назад, если быть точным, три месяца и двадцать дней. Я почесала нос открыткой, стараясь смотреть куда угодно, лишь бы не на Деда, а он завис надо мной, чем очень раздражал, потому что физиономия у него была не просто гневная, это бы я легко перенесла, в ней читалось праведное негодование, в основном по поводу моего неверия, надо полагать.

— Это первое, — сурово сказал Дед, который умел считать лучше меня. — А теперь второе. Я не могу иметь детей. По понятным причинам, я это не афишировал, но тебе сообщаю, чтобы избавить от мыслей на мой счет. — Тут он еще больше посуровел лицом и голосом, а я жалобно вздохнула и уже готова была провалиться сквозь землю от стыда, что меня посетили крамольные мысли. — Хочешь, поговори с моим лечащим врачом, — предложил он, но тут же досадливо махнул рукой. — Впрочем, тебя убедить невозможно, когда ты... Короче, слова Анны о ее беременности на меня никакого впечатления не произвели, я не стал спорить, я их просто проигнорировал.

— Но она пыталась убедить тебя в том, что ребенок твой?

— Я ей не дал такой возможности. Просил больше не звонить.

— И она не звонила?

— Возможно, звонила. Об этом лучше спросить у Риты, впрочем, ты наверняка уже спрашивала. Я не люблю повторяться, Детка, но сейчас такой случай... Найди убийцу. Ты вполне способна сделать это не хуже ментов, даже лучше.

— Если следствие не будут тормозить, они с этим вполне справятся.

— Ты сама сказала, их может испугать имя, мое, естественно. А тебя нет. Я не предлагаю, я прошу, — заключил он.

В этом месте мне надлежало расплакаться, потому что, ясное дело, его больно ранило мое недоверие и он хочет, чтобы я лично убедилась, что он невинен, а, убедившись, устыдилась и почувствовала себя предательницей и негодяйкой.

— Хорошо, — ответила я, поднимаясь, чтобы окончательно не погрязнуть в словесах и хитросплетениях наших отношений. — Спасибо, что уделил мне время.

— Пожалуйста, — ответил он, едва сдерживая гнев. Я уже достигла двери, когда он неожиданно позвал: — Детка... — и совсем другим голосом заявил: — Я скучаю по тебе.

— Я тоже скучаю, — ответила я правду, раз она давно уже не имеет значения, и поспешила убраться восвояси, пока мы не начали рыдать на плече друг друга.

— Ну, что? — шепнула Ритка, когда я проходила мимо.

— Полное взаимопонимание, — не стала я распространяться, пользуясь тем, что в приемной находились посетители.

Оказавшись в длинном коридоре с неизменной красной ковровой дорожкой, я с облегчением вздохнула, все-таки встреча далась мне нелегко. Было время, я очень любила этого сукиного сына, а теперь вместо любви одни сожаления и стойкое ощущение, что тебя водят за нос. Дед мастер в таких делах. И то, что он сказал «найди» и выглядел вполне искренним, по сути, ничего не значит. Не раз и не два меня использовали втемную, оттого я давно уже не верила ни слезе младенца, ни благородной седине, ни слову джентльмена. Чему я верю, это вообще отдельный вопрос.

Я направилась к выходу, по дороге зашла в туалет и, едва уединившись в кабинке, смогла убедиться, как популярна в определенных кругах. Хлопнула дверь, судя по голосам, вошли две дамы, и одна другой сказала:

— Встретила в коридоре Детку, представляешь?

Деткой, чтоб вы знали, зовут меня все знакомые олухи, а также особи малознакомые и незнакомые вовсе. Я привыкла и давно на это не реагирую.

— Серьезно? Неужто он разрешил ей вернуться? Она ведь от запоев лечилась.

— Не знаю, от чего она лечилась, но выглядела прекрасно. И такая уверенность, знаешь ли...

— Она всегда была наглой стервой и далеко бы пошла, не стань обычной пьяницей.

— Лично я ее пьяной никогда не видела и не слышала, чтобы она где-то лечилась, а у нас такие вещи не скроешь.

— Ну, люди зря не скажут.

Тут я решила, что мне пора появиться на сцене, вышла и обнаружила двух дам степенного возраста, куривших вблизи таблички «Курение в туалете строго запрещено». Одну из них я неплохо знала, она являлась депутатом и членом многочисленных комиссий, другая числилась в штате Деда помощником какого-то зама, бедняжка, наверное, и сама не знала толком. Заметив меня, обе поперхнулись.

— Здравствуйте, — широко улыбнулась я, направляясь к умывальнику.

— Ольга Сергеевна, — недружно ахнули дамы.

— Вижу, у вас все в порядке, — обратилась я к той, что назвала меня наглой стервой. Я стараюсь всегда соответствовать мнению, которое складывается у людей обо мне. — Вы заметно потолстели. Хорошая должность, хороший дом, что еще нужно женщине, чтобы встретить старость?

— Вот сука, — сказала депутатша, когда я покинула туалет. Я тут же распахнула дверь и весело спросила:

— Простите, не расслышала?

Огня в очах было много, но ответить дама не решилась, с годами человек мудреет. Через минуту после этой выходки мне стало стыдно. Ну, болтают обо мне всякую чушь, что с того? Чего ж уподобляться? Надо быть выше, и вообще... Я усмехнулась и покачала головой. Зачем тетку обидела? Ну, дура, что с того? Депутат имеет право быть таким же недоумком, как и люди, проголосовавшие за него на выборах.

Через пять минут я уже забыла об инциденте в туалете, мыслями вернувшись к Деду и его безвременно скончавшейся подруге. Оказавшись в машине, я перезвонила Вешнякову. Он рассказал более подробно о результатах вскрытия, но ничего нового не сообщил. А я вспомнила об интересе покойной Анны к Райзману. Поначалу я думала, что девушка нацелилась на него лично, а теперь возможны варианты. Анна беременна, а у Райзмана гинекологическая клиника. Может, тут и нет ничего, а может, как раз наоборот.

Словом, я поехала к Райзману без предварительного звонка, надеясь застать его в клинике, минут пятнадцать он найдет, чтобы поговорить со мной, если захочет, а не захочет, так никакие звонки не помогут.

Клиника производила наилучшее впечатление, особенно меня поразили цветочки, пущенные по верху ширмы, которая зачем-то стояла в коридоре. О великолепии кабинетов оставалось только догадываться.

За широкой стойкой сидела девушка в белом чепце и радостно меня приветствовала. Я выразила пожелание встретиться с Райзманом и в ответ услышала:

— Артур Борисович сейчас занят. Я узнаю, когда он освободится. — Девушка сняла трубку и с кем-то заговорила, я особо не вслушивалась. — Простите, как ваша фамилия? — обратилась она ко мне. Я назвалась, девушка вновь улыбнулась и заверила: — Артур Борисович примет вас через пятнадцать минут.

Мне предложили кофе, я с благодарностью отказалась и устроилась на кожаном диване возле окна.

Райзман появился даже раньше, я еще не успела в очередной раз посетовать на судьбу за ее коварство (относилось сие к недавнему убийству, точнее, к тому факту, что я оказалась в нем замешанной), как он возник в коридоре весь стерильно-белоснежный. Выглядел он не парнем с большими деньгами, как на яхте, а врачом, нет, целителем, которому хотелось открыть душу, не сходя с места, и тем самым облегчить свои страдания.

— Привет, — широко улыбнулся он. — Пойдем ко мне, там удобнее.

Кабинет против ожидания выглядел скромно, ничего лишнего, а главное — ничего такого, что говорило бы о личности хозяина. На стене несколько дипломов в рамках, на столе бумажки ровной стопочкой. Фотографии и милые сердцу пустячки отсутствуют. Стены, мебель, все в белых тонах, безукоризненно чистое.

— Садись, — кивнул Райзман на кресло, сам устроился на диване, игнорируя свое обычное место за столом. — Как дела? Выпьешь что-нибудь?

— Нет, спасибо.

— Ну, так как твои дела? Что в милиции?

— Похоже, у них нет подозреваемого, кроме меня.

— И ты, естественно, решила найти убийцу?

— Что тут естественного? — обиделась я. Артур рассмеялся:

— Ну, я в том смысле, что ты знаешь, как это делается.

— Хорошо, пусть будет естественно. На самом деле меня мучает любопытство.

— И ты решила, что я смогу его удовлетворить?

— Если захочешь, разумеется.

— Если захочу, — передразнил он. — Я тебе говорил, что ты мне нравишься?

— Может, говорил, не помню.

Он опять засмеялся.

— И это мне нравится. Ты ведь в самом деле не помнишь. Так как ты мне нравишься, я не хочу, чтобы у тебя были неприятности.

— И поэтому отвечать на вопросы не станешь? — вздохнула я.

— Ты мне нравишься все больше и больше.

— Тогда чаю давай. Не хочешь говорить, так хоть водицы попью, чтоб не вышло, что зря тащилась сюда.

Он позвонил, и вскоре в кабинет вошла девушка, конечно, вся белоснежная, с подносом в руках. Райзман поблагодарил, она исчезла, а я спросила:

— Что, вообще ни на один вопрос не ответишь? Выходит, догадываешься, кто ее убил?

— Не догадываюсь. Начни догадываться, пришлось бы как честному человеку отправляться в милицию. Оттого не догадываюсь и не хочу.

— Вона как, — опечалилась я. — Горина к тебе обращалась по поводу своей беременности?

— Ты... а... вскрытие... Значит, менты тебе сообщили.

— Есть там парень, который не оставляет друзей в беде.

— Ты считаешь, они серьезно могут решить, что ты каким-то образом... Чушь. Ладно, давай свои вопросы. На какие смогу, отвечу.

— Ты давно знаком с Анной? — начала я с самого простого.

— Точно не помню, но однозначно больше года.

— Кто вас познакомил?

— По-моему, Вера. Она вечно ее таскала с собой.

— А с Верой, соответственно, познакомил Петр?

— Нет, я знал ее раньше. Мой отец имел какие-то дела с ее покойным мужем, они часто бывали у нас в доме. Отцу ее муж нравился. Правда, Веру он терпеть не мог, впрочем, отец вообще к женщинам относился с большим предубеждением.

— А что ты можешь сказать о Лапшиных?

— Ничего особенного, — пожал плечами Артур. — По-моему, обычная пара.

— Тебе не показалось, что Лапшин заинтересовался Анной? — Стоило упомянуть Анну, как Райзман непроизвольно поморщился, положительно, имелась причина для столь явной неприязни.

— Она всегда пыталась кого-то заинтересовать. У нее была навязчивая идея выйти замуж. Ты же слышала. И похоже, все равно за кого.

— Она и тебя соблазняла? — улыбнулась я.

— Соблазняла — не совсем подходящее слово. Девице вроде нее бесполезно тратить на меня свои силы. Глупая, жадная, злая. Список можно продолжить. Чем она могла привлечь?

— Красотой, — не сдавалась я.

— Красота — понятие относительное. Да, ноги у нее растут прямо от ушей, а у тебя средний рост и ноги абсолютно пропорциональны, но рядом с тобой девушка выглядела пигмеем, хотя ты ей до уха не доставала.

— Это что, комплимент?

— Конечно. С моей точки зрения, ты очень красива, хотя ведешь себя так, точно этого стесняешься. А она... ладно, о покойниках плохо не говорят.

— Скажи, тебе просто не приглянулся ее характер или было все-таки еще что-то? — спросила я, с напряжением ожидая, ответит он или нет.

— Было.

— Можно спросить: что?

— Ты уже спросила. Несколько дней назад она явилась ко мне в клинику, настояла, чтобы я лично осмотрел ее. Она была беременна, о чем я ее уведомил. Был уверен, что она захочет поскорее избавиться от ребенка.

— Но она не захотела?

— Нет. Она невероятно обрадовалась. Поразительно для девицы, начисто лишенной каких-либо чувств, кроме эгоизма. Я ее поздравил, и она удалилась. На следующий день позвонила и попросила дать ей справку о беременности. Я выписал справку, указав в ней срок, оставил ее в регистратуре, чтобы лишний раз не встречаться с Анной, но она вскоре явилась ко мне в кабинет и попросила справку переписать, как она выразилась. Ей было нужно уменьшить срок на три недели. Я посоветовал ей обратиться к другому врачу.

— Очень интересно, — пробормотала я.

— Вот именно.

— Значит, ты ее выгнал, подозревая, что она задумала какую-то аферу?

— А ты бы что решила? Я не желал в этом участвовать, тем более догадываясь, кому она собиралась пудрить мозги.

— Ты имеешь в виду Деда, то есть господина Кондратьева, хотела я сказать?

Последовала пауза, не скажу, что продолжительная, но все же Артуру потребовалось время, чтобы сформулировать вопрос.

— Надо полагать, тебе об этом доподлинно известно?

— Мне известно, что она некоторое время назад пришла к нему и заявила, что беременна, он в этом усомнился, как выяснилось, не зря. В сроках некоторая нестыковка. Они познакомились чуть позднее. Теперь ясно, что она пыталась обойти это несоответствие.

— Может, и обошла, только без моей помощи.

— Допустим, она нанесла тебе оскорбление, предложив пойти на этот подлог, но кое-что в твоем рассказе заставляет думать, что и до этого момента особенно тепло ты к ней не относился.

— Точно. И это мягко сказано. Она была мне попросту противна.

— А можно поподробней или я вступаю на запретную территорию?

— Так и быть, расскажу, — засмеялся Артур. — А то, чего доброго, ты решишь, что у меня был повод убить ее. Я узнал, что, будучи студенткой, эта девица забеременела от женатого человека, родила от него ребенка, причем уехала для этого в другой город и оставила ребенка там, человек этот был в возрасте, серьезный, порядочный, достаточно порядочный, — заметив мою ухмылку, поправился Артур, — чтобы прийти в ужас от того, что его ребенок где-то в приюте и это при том, что других детей у него не было. Зато была жена-инвалид, которую он не мог оставить. Анна беззастенчиво шантажировала его, требуя денег взамен сведений о ребенке. Утверждала, что мальчика уже усыновили и без нее он никогда ничего не узнает о сыне. Я думаю, это обстоятельство и привело его к безвременной кончине: сердце не выдержало.

— Да, история не из приятных, — вынуждена была согласиться я. — Ты узнал ее уже после знакомства с Гориной?

— Она мне сама ее рассказала, — ответил он. Его плечи были опущены, и вообще Артур Борисович внезапно показался мне очень уставшим человеком.

— Шутишь? — не поверила я.

— Нет. Чистая правда. Я запал на ее длинные ноги и как-то раз... мы неплохо провели время, возможно, выпили лишнего, так что девушка окончательно поглупела, ей эта история показалась забавной. Она хохотала до слез, когда подробно все рассказывала, особенно ей нравился эпизод, когда после ее сообщения ему вызвали «Скорую», «он так потешно хватался за сердце».

— Жаль, что дядя умер, — посетовала я. — Чем не повод для убийства. Впрочем, ты ведь все равно его не знаешь. Или знаешь?

— Имя она не назвала, но он действительно умер, зачем ей врать? Да и в деньгах она нуждалась, потому что доить уже было некого.

— Жаль, — повторила я. — Значит, вы познакомились, она рассказала тебе эту историю и ты выставил ее вон.

— Меня от нее тошнило. Я отправил ее на такси и забыл думать о ней.

— Но она не забыла?

— Конечно, нет. Ведь я завидный жених. Надеюсь, ты уже в курсе: я богатый наследник.

— Наслышана.

— Она такие вещи узнавала мгновенно. Не иначе как чутье.

— А еще говорят, деньги не пахнут, — поддакнула я. — Так как же ты от нее отделался?

— Она нашла мне замену. Очень для нее подходящую, — усмехнулся Артур и тут же пожалел об этом, не об усмешке, конечно, о том, что ненароком проговорился. Теперь «замена» необычайно заинтересовала меня.

— Кого, если не секрет?

— Секрет.

— Мы так мило говорили, полное взаимопонимание и все такое... И вдруг секреты.

— Мне не нужны неприятности, — покачал головой Райзман. — А они непременно возникнут, если я назову его имя. Ведь ты не успокоишься, просто удовлетворив свое любопытство. А ему вряд ли понравится быть замешанным в деле об убийстве.

— Заинтриговал-то как, — хихикнула я. — Может, все-таки договоримся?

— Нет.

— Тогда хоть намекни, где искать. Ей-богу, он никогда не узнает...

— Еще чаю выпьешь или тебя проводить? — ласково поинтересовался Райзман.

— Да что за черт? Ладно, не называй имени, но ты можешь рассказать хотя бы о том, как ты узнал, что она нашла замену. Шепнул кто или случайно встретил?

— Все было еще забавней. Мне позвонил знакомый и сообщил, что у его приятеля проблема с подружкой. Просил помочь. Конечно, я согласился. Мы как раз и существуем, чтобы решать проблемы. В назначенное время является этот тип, а с ним, не поверишь, прекрасная Анна.

— Почему же, охотно верю. Мир тесен.

— Вот-вот. Она сделала вид, что незнакома со мной, чему я порадовался от души.

— Она была беременна?

— Да. Срок небольшой, словом, рядовая операция.

— Имя знакомого тоже не назовешь?

— Конечно, нет.

— Что ж это за таинственный любовник? Как считаешь, он мог ее убить?

— Не обсуждается, — лучисто улыбнулся Райзман.

— Не хочу говорить тебе гадости, но ты утаиваешь от следствия особо важные сведения.

— Кто тут говорит о следствии? А пришлешь ко мне ментов, я вовсе говорить не буду, ничего не знаю, и все тут. Не забивай себе голову, — сказал он совсем другим тоном, — на яхте его не было. Ведь убил кто-то из тех, кто там находился.

— Похоже, ни у кого причин убивать ее не было.

— Кто знает. К примеру, ревность. А что, классический вариант. Ее могла убить Вера или Лапшина, она отчаянно флиртовала с мужем одной и любовником другой.

— А еще могла убить я, — заметила я со вздохом.

— Точно. Еще она могла кого-то шантажировать. Меня, к примеру. Только меня не покидает чувство... нелепости, — с трудом нашел он нужное слово. — Кому в самом деле понадобилось убивать эту дрянь? Ведь так ничтожна, что рук пачкать не хочется.

— Видно, убийца рассуждал иначе, — вздохнула я. — Тут вот какая штука: реальная возможность убить была лишь у меня. По крайней мере, очень похоже на это. Но я не убивала.

— Но ведь это абсурд.

— Нет, при условии, что на яхте был еще один человек.

— Киллер? — быстро спросил Артур. И отвернулся.

— Не обязательно киллер... Человек, которому

не терпелось от нее избавиться. И тот факт, что таинственного любовника Анны на борту не было, еще ни о чем не говорит, потому что это вовсе не факт. Следователь тебя непременно об этом спросит.

— Но я...

— Это очень серьезно, Артур, — мне расхотелось шутить, и он это понял.

— Она приходила с ним почти год назад. Скорее всего, сразу после этого он ее и бросил. Уверен, так и было.

— А от кого она опять забеременела?

— Да от кого угодно. Она просто шлюха. Тут как раз подвернулся Кондратьев, и она решила воспользоваться беременностью. Тот человек совершенно ни при чем. Он никогда не позволил бы себя шантажировать, и она не такая идиотка, чтобы этого не понять.

— Назови мне имя, — задушевно попросила я.

— Вот что, — вздохнул Райзман, — я позвоню ему сегодня. Объясню ситуацию, скажу, что менты интересовались, при каких обстоятельствах мы познакомились с Анной. Я не могу ответить на этот вопрос, не упоминая его имени.

— По-твоему, он даст свое высочайшее соизволение?

— Если ему нечего бояться, конечно.

— А если есть чего?

— Тогда я назову ментам имя.

— Назови его прямо сейчас. Ты же в любом случае собрался его назвать, так какого черта тянуть?

— Не хочу лишних проблем, — заявил он таким тоном, что стало ясно: настаивать бесполезно.

В дверь постучали, в кабинет заглянула медсестра и сказала:

— Артур Борисович, Нелли Сергеевна пришла, ждет в коридоре.

— Извини, — с заметным облегчением обратился ко мне Райзман. — Я тебе позвоню.

— А если ее любовник замешан в убийстве? Надеюсь, ты понимаешь, что рискуешь?

— Если ты намекаешь на то, что меня как ненужного свидетеля в детективе уберут... Тебе не кажется, что в этом случае я уже труп? — развеселился Райзман.

— Плохая шутка, — не одобрила я, хотя бывает, тоже шучу на троечку.

Мы простились, я покинула клинику в большом раздражении и очень недовольная собой. Не вытрясти имя... теряю квалификацию. С печалью я вспомнила о самом близком мне существе, Сашке, и поехала домой, уповая на то, что Райзман в скором времени позвонит и назовет имя.

Сашка, сидя в прихожей, с великим томлением смотрел на дверь.

— Бедный мой пес, — едва не прослезилась я. Сашка развернулся и, понуря голову, побрел на кухню, его даже слегка покачивало от обиды. Я пошла следом, приставая к собаке, потому что чувствовала себя виноватой. — Чего ты дуешься? У меня были дела, важные. Не могу же я вечно таскать тебя с собой. В конце концов, у меня есть личная жизнь. Почему ничего не ел? Ну, чего ты дурака валяешь? Ешь, и пойдем гулять. Часа на два, хочешь?

Пес вздохнул, косясь на меня, и с неохотой принялся есть, правда, вскоре он увлекся. Я тоже перекусила, после чего мы отправились на прогулку. Мне при ходьбе лучше думается, а подумать было о чем.

Появление неведомого любовника Анны здорово меня воодушевило. Прежде всего это позволило думать, что Дед, возможно, действительно не имеет отношения к убийству. Признаться, сие очень облегчало мне жизнь, и не только потому, что я получала шанс найти убийцу. Не хотелось думать, что Дед окончательно спятил и к шестидесяти годам стал просто беспринципным убийцей, которому собственное кресло в тысячу раз важнее чьей-то жизни. Для неведомого любовника, судя по реакции Райзмана, киллер — слово привычное. Упорное нежелание Артура назвать имя вкупе с этим обстоятельством прозрачно намекает на то, что человек этот могущественный и, скорее всего, к законодательству равнодушный. Если Райзман его боится больше, чем Деда, я даже затрудняюсь предположить, кто это. Наверное, какой-то криминальный авторитет. Все наши политики по сравнению с Дедом просто шавки, и бояться их не придет в голову, разве что с детства очень напуган или чересчур сильно развил в себе чинопочитание, но на такого Райзман не похож. Значит, криминальный авторитет. С этой стороной жизни нашего города я была знакома плохо, точнее, вовсе не была знакома. Как все граждане, слышала прозвища и фамилии, и этим мои знания исчерпывались. По роду своей деятельности встречаться с ними не приходилось, миловал бог, а личное желание отсутствовало начисто. Где-то этот тип с Анной появлялся, следовательно, кто-то их видел вместе. Значит, я смогу выяснить имя, даже если Артур продолжит упрямиться.

Я достала из кармана сотовый, набрала номер Вешнякова и поделилась с ним своими соображениями.

— Слава тебе господи, — радостно возвестил он. — Я согласен на любого мафиози, лишь бы не наши доморощенные политики. Мафиози я вполне переживу. Дядю найдем и, возможно, даже посадим.

— Как-то странно ты реагируешь, — попеняла я ему. — Если верить общественному мнению, заедаться с мафией себе дороже.

— Да какая у нас мафия? Так, бандиты, одни поудачливее, другие сами в постоянной заботе, как сберечь шкуру. Кто поумнее, уже в бизнесе или в депутатах, а уж как не любят, когда им о бурной молодости напоминают. Самая популярная фраза — «мы добропорядочные граждане». Один меня до слез довел, слез умиления, разумеется. В новостях жизни учил, сетовал на коррупцию в органах, а я его на заре туманной юности дважды арестовывал и один раз даже посадить изловчился.

— Я рада, что ты счастлив, — хмыкнула я, сообразив, что Артему есть что сказать и говорить он будет долго.

— Пока нет, но ты зародила в моей душе надежду. Наши мафиози обожают казино, куда им, сиротам, еще пойти, не в театр же. Вот где следует поспрашивать.

— Поспрашиваешь?

— Лучше ты. Казино для тебя дом родной, у меня же там депрессия начинается, а у рядовых чинов и вовсе скверные мысли о собственной неполноценности.

— Это серьезно.

— Еще бы. Думаешь, девчонка от него забеременела и он ее убил?

— Довольно глупо, не находишь?

— Разные бывают обстоятельства.

Мы простились, я позвонила Лялину, чтобы и его порадовать, но он ответить не пожелал, должно быть, был сильно занят.

Сашка забрел на детскую площадку, нашел там подружку из российских дворовых и забыл про меня начисто. Я устроилась на качелях и предалась совершенно бесполезным мыслям о смысле жизни. Смысл то маячил вдали, то исчезал, и не было от него никакого прока, я разозлилась и собралась испортить Сашке настроение, позвав его домой, но тут меня саму окликнули:

— Оля! Ольга Сергеевна!

Так как большинство людей из моей прежней жизни и за глаза и в глаза называли меня Деткой, просто «Оля» не только пролило бальзам на душу, но и намекнуло на то, что это кто-то из недавних знакомых. Не так-то их у меня много. Я огляделась, кусты раздвинулись, и я увидела Валерию Лапшину, вот уж действительно на ловца и зверь.

— Здравствуйте, — сказала она.

Странное дело, на яхте мы перешли на «ты» и чувствовали себя вполне комфортно, но после убийства дружно вернулись к исходной точке, то есть упорно «выкали» (Райзман, правда, исключение). Это что такое: нежелание быть на короткой ноге с убийцей? Поразмышлять на этот предмет времени не было. Я торопливо поздоровалась.

— Очень рада вас видеть. Я боялась, что вас... что вы... Все обошлось?

— Пока на свободе, — невесело пошутила я, — но в любой момент могу оказаться за решеткой, вот тороплюсь надышаться свежим воздухом.

— Вы шутите?

— Почти. А мы не могли бы немного поговорить?

— Об убийстве? — нахмурилась Лера.

— Ага. Я теперь ни о чем, кроме убийства, говорить не в состоянии.

— Понимаю, — серьезно кивнула она. — Я в милиции все рассказала. Вы не представляете, сколько вопросов мне задали, по-моему совершенно бесполезных.

— Можно я вам тоже бесполезные вопросы задам?

— Хорошо, — обреченно согласилась она и даже жалостливо вздохнула, как Сашка, когда я оставляю его одного. Тут, кстати, и он появился, выскочил из-за домика, энергично виляя хвостом. — Ой, это ваша собачка? — улыбнулась Лера.

— Ага. Зовут Сашка. Очень вредный тип.

— Почему Сашка? — удивилась она.

— Мне его подарил моя большая любовь. Любовь прошла, Сашка остался. Я вполне довольна заменой.

Мы не спеша направились по аллее в сторону троллейбусной остановки.

— Вы часто здесь гуляете? — спросила Лера.

— Иногда. Вообще-то от дома это далековато. Но сейчас у меня полно времени. А вы живете неподалеку?

— Работаю. Вторая музыкальная школа, вон там, за углом.

— В музыкальной школе нет каникул?

— Есть, — улыбнулась она. — Я зашла по делу... увидела вас, подумала, может, меня ждете.

— Я не знала, что вы здесь работаете. Почему бы нам не выпить по чашке кофе?

— Лучше погуляем, если не возражаете. Муж занят на работе, и отпуск я в основном провожу на балконе с книгой в руках.

— Почему бы вам не съездить куда-нибудь?

— Муж обещал выкроить пару недель. Пока не получается. Задавайте ваши вопросы, я слушаю.

— Вы просто расскажите, что вам известно об Анне, о ее жизни и вообще... — Я остановилась, чтобы дать Сашке возможность поравняться с нами.

— Рассказывать совершенно нечего. Я познакомилась с ней в день убийства. Веру, конечно, знала раньше, но у нее хватало ума не приводить к нам эту девицу. Конечно, о покойниках плохо не говорят, но...

— При мне можно, — заверила я. — Я не особо привержена традициям.

— Очень трудно понять, когда вы шутите, — серьезно глядя на меня, заметила Лера.

— Я и сама не всегда понимаю, но сейчас речь не обо мне.

— С моей точки зрения, эта Анна — вульгарная девица, которая вела себя как нимфоманка. Готова была броситься на шею первому встречному.

— Вы мужа имеете в виду? — полюбопытствовала я. Меня очень интересовала ее реакция. Лера с честью выдержала испытание, взгляд не отвела и ответила спокойно, с едва уловимой запинкой:

— И мужа тоже. Мы давно вместе, я хорошо его знаю и не думала всерьез, что он способен увлечься женщиной такого типа. Но видеть все это было неприятно.

— Если честно, был момент, когда я решила, что ей это удалось, — продолжала провоцировать я.

— Это когда он долго не возвращался с яхты, а Анна тоже отсутствовала?

— Конечно.

— Если вы заметили, отсутствовали не только они двое.

— Заметила.

— Так вот, я не удержалась и спросила мужа. Если откровенно, устроила небольшую сцену, хотя это не в моем характере, но уж очень меня возмутила эта девица. Он поначалу отнекивался, болтал про рыбную ловлю и прочее, а потом... потом рассказал, как оно было на самом деле.

— И как оно было?

— Никифоров решил уединиться с Анной и обратился к моему мужу с просьбой помочь, он боялся, что в разгар их рандеву появится Вера. Совершенно напрасно, между прочим. Вот мой муж и устроился с мальчишками на пирсе, чтобы охранять покой парочки.

— В случае появления Веры он обязан был подать сигнал бедствия?

— Вы считаете, он все это выдумал? — Между ее бровей пролегла складка, а в глазах появилось беспокойство.

— Вы своего мужа любите? — спросила я.

— Очень, — испуганно кивнула она.

— Тогда почему сомневаетесь в его словах?

— Вам легко говорить, — перевела она дух. — Я его очень люблю, и он меня тоже. И долгое время этого хватало нам обоим.

— А чего не хватает сейчас?

— Детей. Я бесплодна. Мы пол-Европы объездили, все бесполезно. Конечно, он меня утешает, но я боюсь, вдруг появится какая-нибудь вертихвостка, родит ему ребенка... Кажется, я сама на себя наговариваю. Чем не повод для убийства?

— Да, повод неплохой, — согласилась я, — особенно в том случае, если Анна беременна.

— Как-то странно вы это сказали, — нахмурилась Лера. — Она что, действительно была беременна?

— Да.

— Но не могли же ее убить из-за этого? Господи, как-то даже не по себе, — поежилась Лера.

— А ваш муж тоже впервые увидел ее на яхте?

Лера внимательно посмотрела на меня и заговорила, подбирая слова:

— Я понимаю, вас подозревают в убийстве и вы хотите найти убийцу, точнее, повод, который мог быть у кого-то... Мой муж познакомился с ней в один день со мной. Хотя, если честно, мне показалось... мне показалось, что он удивился, увидев ее, вроде бы они где-то уже встречались. Знаете, так бывает, когда пытаешься вспомнить человека. Я с вами совершенно откровенна. Возможно, во вред себе, я просто хочу, чтобы вы поняли: мы не имеем к убийству никакого отношения. Вы же сами видели, когда все это произошло, мы...

— На яхте был еще один человек.

Теперь на ее лице читалось недоверие.

— Да? Возможно. Никто из нас не мог совершить этого убийства по чисто техническим причинам. Вы не убивали... Выходит, на борту был кто-то еще.

— Откуда у вас уверенность, что я не убивала?

— Вы не похожи на убийцу, а потом, зачем вам ее убивать? Подождите, вы сказали, она беременна? И она что-то там кричала о замужестве... Вы знаете, кто отец ребенка?

— Похоже, установить это не так-то просто. Но сама она пыталась убедить в том, что он отец ребенка одного нашего общего знакомого, надеясь, что он женится на ней. По мне, он может жениться хоть завтра, но формально это повод. Для убийства, я имею в виду.

— Да, запутанная история. Надеюсь, убийцу все-таки найдут и я смогу спать спокойно. Муж должен встретить меня на площади. Если не возражаете, я пойду.

— Еще один вопрос, — заторопилась я. — Помните, вы отсоветовали мне заглядывать в кусты под тем предлогом, что там уже занято. Кого бы я увидела, не прислушайся я к вашему совету?

Она вновь задумалась.

— Вряд ли это страшная тайна, но мне бы не хотелось... я поэтому и в милиции промолчала. Вы бы увидели Веру.

— Но ведь не одну?

— Нет, конечно. С мужчиной.

— Слава богу, что не с женщиной. Так кто же из мужчин? Ваш муж стоял на шухере, Никифоров, как вы сказали, был очень занят, значит, Райзман?

— Нет. Один из этих парней. Ну из тех, что управляли яхтой. Лица я не видела, но фигура... характерная. Вера... она, как бы это выразиться... у нее своя точка зрения на отношения между мужчиной и женщиной.

— То есть в вопросах морали пуританкой ее не назовешь? Вы и о Никифорове с Анной в милиции умолчали?

— Я обо всем узнала уже дома, после разговора с милицией, а муж ничего не рассказал, потому что не желал подводить Никифорова.

Она торопливо простилась и направилась к площади, а мы с Сашкой потопали домой.

Весьма забавная ситуация вырисовывается. Собирается компания на яхте, на первый взгляд люди как люди, никакими особыми делами друг с другом не связанные, и вдруг выясняется, что Никифоров занимается любовью с Анной, а Вера тоже времени зря не теряет и, пока любовник занят, отрывается с кем-то из мачо. Кстати, неплохой выбор, независимо, Анатолий это или Иван, все лучше, чем зануда Никифоров. Лапшин сторожит счастливых любовников, и все дружненько помалкивают в милиции, дабы не подмочить незапятнанные репутации.

Любопытно, что еще они скрывают? А если Лапшин Анну увидел тогда не впервые? Девица приветствовала беременности, потому что неплохо на этом зарабатывала, если верить Райзману. У Лапшина нет детей, мог и в самом деле жениться. Но тут подвернулся Дед, кандидатура во всех смыслах привлекательная, и девушка решила все переиграть. Лапшина по боку, а Деду сказочку об отцовстве. И вдруг они встречаются. Ну и что? Зачем Лапшину убивать ее? Из ревности? На Отелло он походит мало. Хотя черт его знает. В любом случае сам убить не мог и нанял киллера. Очень неразумный поступок. Киллер, зная о его положении, Лапшин у нас банкир, будет доить его всю жизнь. Велика цена за месть шлюхе. Хотя о вкусах не спорят... Возможно, Лера и не встречалась ранее с Анной, но о ее существовании знала и умело воспользовалась ситуацией, то есть киллера наняла она, дабы избавиться от соперницы, а ее откровенность не более чем ловкий ход... Женщине найти киллера далеко не так просто, не давать же объявление в газету? Опять же, этот шаг — верная дорога к тому, что всю оставшуюся жизнь из тебя будут веревки вить. Ко всему прочему, Лера мне нравилась и представлять ее в роли убийцы не хотелось.

Зазвонил мобильный, и я услышала голос Лялина:

— Ты меня искала?

— Ага, но ты в руки не давался.

— Не поверишь, но я иногда работаю.

— Везет же некоторым, а мне себя совершенно нечем занять.

— Я тут посмотрел кое-какие бумажки, с людьми поговорил... — продолжил Лялин. — Картина, знаешь ли, безрадостная. Девица вела веселую жизнь, знакомых пропасть, но среди них никого из тех, кто был на яхте.

— Я почти уверена, что Лапшин и Анна были знакомы раньше.

— И откуда эта уверенность?

— Просто интуиция, — вздохнула я.

— Хорошо. Если они хоть раз были на людях...

— Может, они умнее, чем мы думаем.

— Ерунда. Если они проявляли повышенные меры безопасности, выходит, на то имелась причина.

— Конечно, имелась, — усмехнулась я. — Лапшин женат.

— Это не повод, чтобы отказывать себе в удовольствиях. Даму требуется обольстить, следовательно, ужином ее накормить ты просто обязан. Такой человек, как Лапшин, подружку в дешевое кафе не поведет, не потому, что слишком щедр, а просто к ним не приучен. Сегодня же пошлю ребят по всем дорогим кабакам с их фотографиями. Либо он задумал устранить ее еще в первый день знакомства и оттого не показывался на людях. В этом случае он просто психопат, не могла же она сразу допечь его настолько. Либо мы найдем человека, который видел их вместе.

— Надеюсь, он не психопат. А у тебя есть его фотография?

— Обижаешь, — буркнул Лялин и отключился, а жаль, я бы еще немного поговорила с хорошим человеком.

Уставший Сашка заспешил к дому. Я проявила сострадание и взяла его на руки. Дома мы завалились спать, я на диване, Сашка в кресле, он, из-за того что устал, а я по той причине, что не придумала, чем себя занять. Когда стоит выбор: посмотреть телевизор или соснуть, я всегда выбираю здоровый сон.

Разбудил меня телефонный звонок, я открыла глаза и обнаружила, что успело стемнеть, Сашка громко тявкнул, призывая меня снять трубку, что я и сделала с некоторой неохотой. Голос Вешнякова звучал так, точно его обладатель стоит одной ногой в подземном царстве.

— У нас неприятности, — лаконично сообщил он.

— Меня посадят уже сегодня?

— Слава богу, нет. Но новость скверная.

— Да не тяни ты, — попросила я, с трудом справившись с зевотой.

— Райзман убит, — огорошил он меня. — Застрелен час назад на ступеньках своего магазина.

— Черт! — выругалась я. — Вот черт... идиотка.

— Ты?

— Кто же еще? Ведь могла бы сообразить...

— Наверное, я тоже идиот, — запечалился Вешняков, — потому что ничего не понимаю.

— Чего не понять, — отмахнулась я. — Райзман не желал назвать мне имя любовника Гориной. Он опасался, что тому это не понравится.

— И тому это до такой степени не понравилось, что он подстраховался. Теперь Райзман вообще ничего не сможет сказать, — продолжил Вешняков. — Да, дурака сваляли по-крупному. Ну надо же... так сглупить... Ладно, хорош самобичеванием заниматься. Давай приезжай, адрес знаешь?

Я вскочила, натянула джинсы. Сашка, понаблюдав за мной, торопливо забрался в сумку и жалобно поглядывал оттуда. Пришлось взять его с собой.

— Будешь ждать в машине, — предупредила я, заводя мотор.

Антикварный магазин находился в трех шагах от Соборной площади, и, хотя это практически центр города, место особо оживленным не назовешь. Сам собор в стороне, в тени огромного парка, а магазин в Митрофановом переулке, там вообще тишь да гладь, три особняка по правую руку и четыре по левую, занятые крупными фирмами, далее овраг с ручейком, гордо именующийся Красной речкой. Фирмы уже не работали, и в свете уличных фонарей темнели зарешеченные окна. Я бросила машину на площади, дабы не привлекать внимания. Сашку пришлось взять с собой, стоило открыть дверь, как он начал жалобно скулить.

Возле поворота в переулок и в самом переулке выстроилась вереница машин. Справа толпились человек тридцать, из тех, что любят толпиться по поводу и без повода, слева возле магазина группа людей гораздо меньшая по численности, которым здесь положено было находиться по долгу службы.

— Привет, Детка, — услышала я, и из темноты выплыл Валера, мой старый знакомый, хронический оптимист.

— Привет, — ответила я.

— Говорят, ты опять на коне?

— Врут.

— Надо же, а я порадовался. Здесь по делу или из любопытства?

— Нет у меня никаких дел, — огрызнулась я. Тут

подошел Вешняков, сердитый, но собранный и деятельный.

— Привет, — сказал он и машинально протянул мне руку, я пожала ее, а он фыркнул и махнул рукой. — Труп уже увезли. Огнестрельное. В грудь и голову. Похоже на работу профессионала. Что скажешь? — повернулся он к Валере.

— Похоже, — с улыбкой кивнул он.

— Скажи на милость, — вдруг разозлился Вешняков, — чего ты все время лыбишься? Что, трупы такое приятное зрелище?

— Я радуюсь, — серьезно ответил Валера.

— Чему? — не понял Артем.

— Тому, что я еще здесь. — Вешняков только вздохнул, а Валера продолжил: — На мой взгляд, выглядело это так. Парень вышел, стоял лицом к двери, возможно, запирал ее или проверял что-то, убийца подошел почти вплотную. Стреляли с очень близкого расстояния, в последний момент Райзман повернулся...

— Свидетели есть?

— Бабка, что торгует на площади семечками. Говорит, видела парня в чем-то темном. Вывернул из переулка и побежал через площадь в сторону банка. Наверняка там его ждала машина. Здесь кругом офисы, их сдают на охрану, сторожей никто не держит, а время позднее.

— Он всегда закрывал так поздно? — спросила я.

— Обычно работал до семи. Но сегодня привезли какую-то хреновину, то ли шкаф, то ли буфет, резной урод величиной с мою кухню. Стоит в подсобке. Райзман ждал реставратора, чтобы показать ему это чудо. Реставратор опоздал, потом они еще долго болтали.

— С ним уже беседовали?

— Пока только по телефону. Вызвали сюда сотрудников, вот они о встрече и рассказали. Реставратор уехал в половине десятого, а Райзман по неизвестной причине еще задержался, он сюда лишь по вечерам заезжает. В охрану он звонил в 22.55, значит, примерно в это время его и убили. Завтра проверим все звонки отсюда и из клиники.

— Скорее всего, человеку, интересующему нас, он звонил с мобильного.

— И мобильный проверим. Я думаю, все более-менее ясно. Оба убийства связаны: Райзман позвонил, убийца забеспокоился, в результате у нас еще один труп. Теперь мы этого сукина сына найдем, — сделал Вешняков оптимистичное заключение. Тут его позвали, и он заспешил к коллегам. Валера тоже ушел, а я пристроилась на скамейке возле кустов шиповника, Сашка полез было из сумки, я на него шикнула, и он успокоился. Мысли у меня были отнюдь не оптимистичные.

Толпа понемногу начала расходиться, а господа из органов разъезжаться. Я решила дождаться Вешнякова, вдруг накопали что-то интересное. Однако он ничем меня не порадовал, плюхнулся рядом, закурил и философски изрек:

— Вот жизнь. Был человек и нет человека. Уж, кажется, пора бы к этому привыкнуть, а все равно каждый раз дрожь берет.

— Дрожь — это ничего, — вздохнула я. — Вон Валерка зубы скалит.

— Да, это симптом. Домой меня отвезешь? Я сюда на служебной...

Мы подошли к моей машине и нарвались на Лялина, он приткнул свой джип аккурат перед моей машиной. Вышел и насмешливо сказал:

— Ну что, Пинкертоны, еще один труп?

Стыдясь и пряча глаза, я поведала о том, что должна была рассказать Лялину гораздо раньше, а вместо этого увлеклась кандидатурой Лапшиных на роль возможных убийц, и вот результат. Лялин взглянул так, что мне стало очень неуютно в этом мире.

— Деятели, — бросил он презрительно. — Что, так трудно сложить два и два?

— А что, по-твоему, мы должны были сделать? — начал Вешняков. Лучше бы молчал, ей-богу.

— По-моему, надо было людей за Райзманом приставить, как только этот мафиози нарисовался.

— Почему обязательно мафиози? С чего вы вообще взяли...

— Ладно, чего теперь, — махнул рукой Лялин, — человека не вернешь.

— А не может быть, что Райзмана убили из-за его антикварных дел? — вздохнула я, решив немного помечтать.

— Может, конечно, — кивнул погрустневший Артем. — Все его контакты проверим. Да ясно как божий день, застрелили, потому что он знал убийцу Гориной. Надо выяснить, кто был ее любовником, и он, считай, у нас в кармане.

— У вас, ментов, всегда все просто, потому-то и раскрываемость дохлая, — съязвил Лялин.

— Да пошел ты, Олег, — не выдержал Вешняков. — Хорошо в сторонке сидеть и критику наводить.

— Хватит вам, — решила вмешаться я. — Понятно, что я дурака сваляла. Прямо-таки непростительная глупость. Если убийства связаны, вывод о том, что Райзман знал убийцу, сам напрашивается. Он позвонил убийце, и тот решил, что Артур может быть опасен.

— Кстати, нашли мальчишек из Черкасова, —

кашлянув, сообщил Артем. — Они действительно рыбачили с пирса. Говорят, дяденька с ними сидел с полчаса. Судя по описанию, Лапшин. А еще дядя с тетей на яхту поднимались. Она очень похожа на Горину, а мужик на Никифорова, хотя на допросе он об этом факте ни гугу.

— А при них сходил на берег кто-нибудь из парней, что на яхте работают?

— Сидоренко. Он с борта прыгнул, чтобы поплавать, но долго ли был в воде или нет, они внимания не обратили. Сам он говорит, что отсутствовал полчаса, на берегу немного на песочке полежал. Мальчишки не помнят, когда он вернулся назад. Почему тебя это так интересует? Ведь убили не на берегу, а на яхте, — спросил Артем с таким видом, точно ждал, что я, не сходя с места, открою ему все страшные тайны.

— Если я не ошибаюсь, и Горину убил киллер, а у него, соответственно, был помощник из гостей или команды. Где-то они должны были встретиться. Естественно предположить, что на берегу, оттого и недурственно было бы знать, кто где находился и чем был занят.

Артем взглянул на часы и со вздохом заметил:

— Черт, жене забыл позвонить. Получу нагоняй. Бросит она меня, ей-богу, бросит.

— Пока не бросила жена, бросай свою работу, — изрек Лялин.

— Ага. И куда я пойду?

— Да хоть ко мне. Платят не в пример больше, а хлопот меньше.

— Я подумаю, — серьезно кивнул Артем, но Лялин только махнул рукой: мол, горбатого могила исправит.

Мы простились, Лялин отбыл восвояси, а я повезла Артема домой. Всю дорогу он хмуро молчал, должно быть, готовился к скандалу с благоверной. Высадив его возле подъезда, я выехала на проспект, но на светофоре свернула, решив, несмотря на поздний час, навестить Веру. Ее адрес был мне известен, а вот номер телефона нет, и я поехала наудачу, надеясь застать ее дома. Впрочем, еще вопрос, захотела бы она встретиться со мной, и в том, что я свалюсь ей как снег на голову, были свои преимущества.

Вера жила в огромном доме возле рынка. Найти нужный подъезд оказалось делом не простым, дом на две неравные части разделила арка. Убедившись, что нужный мне подъезд со стороны улицы отсутствует, я свернула во двор, решив нарушить правила. Движение сейчас из-за позднего времени небольшое, и стражей порядка поблизости не наблюдается, я свернула в арку и едва не была наказана, чуть не столкнувшись с темным «БМВ». Я испуганно затормозила, «БМВ» тоже, стекло приоткрылось, и мне махнули рукой, милостиво пропуская вперед. Подъезд был третьим, слева от арки. «БМВ» сзади вроде бы собрался притормозить вслед за мной, но точно передумал и проехал дальше. Я проследила за ним взглядом, машина доехала до конца детской площадки и скрылась с моих глаз, потому что дорога здесь делала плавный поворот, дом был выстроен в форме подковы.

Выходя из машины, я еще раз взглянула в ту сторону, машины не видно, но это ничего не значит, во дворе горит единственный фонарь, и свет в ту часть двора не доходит. «Дался мне этот «БМВ», — в сердцах подумала я, но чувство беспокойства не исчезало, хотя с чего бы беспокоиться: мало ли в городе машин?

Я подошла к двери подъезда, набрала на домофоне номер квартиры и стала ждать. Эту операцию пришлось проделать дважды, прежде чем я услышала голос Веры:

— Кто?

— Ольга Рязанцева. Я хотела бы поговорить с вами.

— В такое время?

— Извините. Но я с плохими новостями.

— А что случилось? Ладно, заходите, — буркнула она, сообразив, что довольно глупо держать меня перед дверью. — Седьмой этаж.

Выйдя из лифта, я обнаружила Веру в купальном халате рядом с открытой дверью в квартиру. Лицо сердитое, в руках бокал с коньяком, дама была слегка навеселе.

— Вы одна? — спросила она, глядя на меня с подозрением.

— Вы же видите, — пожала я плечами.

— Я подумала, может быть, Петечка... Проходите.

Квартира оказалась небольшой, но отделанной с шиком и достойна была занять видное место в каком-нибудь глянцевом журнале.

— У вас хороший вкус, — не удержалась я.

— Я тоже так считаю. Но ведь вы притащились не за тем, чтобы сказать мне это? Выпьете что-нибудь?

— Пожалуй.

Мы прошли в кухню, белые стены, серый камень, на полу темная паркетная доска, впечатление, что ты где-то на Средиземноморье. Вера налила мне коньяку и толкнула бокал по стеклянной поверхности стола. Коньяк я терпеть не могу, но все-таки пригубила. Я тянула время, прикидывая, как построить разговор.

— Что у вас за плохие новости? Меня обвиняют в убийстве? — спросила Вера с усмешкой.

— Несколько часов назад застрелили Райзмана.

Она замерла, не донеся бокал до рта.

— Застрелили? О господи. Кто, за что?

— Ведется следствие, — пожала я плечами.

— А вы здесь при чем? И при чем здесь я?

— Вы его хорошо знали?

— Ну, знала. Только о его делах я и представления не имею. Антикварный бизнес не так безопасен, как может казаться человеку несведущему.

— А вы человек сведущий?

— Слушайте, с какой стати вы сюда явились? Я вам уже сказала, что знать ничего не знаю о его делах. Уверена, мне еще предстоит неприятный разговор в милиции, так что встреча с вами явный перебор. Что вы пристали с этими убийствами? Вам что, нечем себя занять?

— Я встречалась сегодня с Райзманом, — не обращая внимания на ее слова, сказала я. — Ему было известно нечто об убийстве вашей подруги. Он не пожелал мне сказать, что именно, а теперь Райзман убит.

— И вы считаете... Ну, хорошо, допустим. Но я-то здесь при чем?

— Вы ее ближайшая подруга. Кому знать обстоятельства ее жизни лучше, чем вам?

— Ах, вот оно что... Я уже говорила об этом в милиции и могу повторить вам: понятия не имею, кто и за что мог бы убить ее. Если только из ревности. Но и здесь мне ничего не известно. Насколько я понимаю, вы — подозреваемый номер один. Ведь так? Ваше желание спихнуть вину на другого мне ясно, но...

— Ну, если уж мы заговорили о ревности, — с

усмешкой перебила я, с удобствами устраиваясь в кресле, — у вас тоже был повод избавиться от соперницы.

— От соперницы? — возмутилась Вера. — Да вы спятили. Анна была моей подругой, и мы, к вашему сведению, никогда не соперничали. Я ей помогала, у нее был не лучший период...

— И она решила как-то скрасить свою жизнь.

— Что вы имеете в виду?

— Ее интерес к вашему другу.

— Забавно. — Вера устроилась напротив, нервно одергивая халат. — У вас разыгралась фантазия.

— Еще бы, — вздохнула я. — Однако тот факт, что господин Никифоров на некоторое время уединился в своей каюте с вашей подругой, сомнений не вызывает.

— Вот сучка, — в сердцах заметила Вера. Я не сразу поняла, к кому сие относилось, но она продолжила: — Правду говорят: все подружки — потаскушки, или что-то в этом роде, не сильна я в пословицах. Выходит, она его затащила в постель? Что ж, ничего не скажешь, молодец. Он сообщил об этом в милиции?

Врать не имело смысла, раз уж у нее телефон под рукой.

— Он скрыл сей прискорбный факт.

— И откуда в этом случае он известен вам?

— Господин Никифоров беспокоился о том, что вы можете застать его за этим неблаговидным занятием, и попросил некую особу побыть на шухере.

— Эта особа Райзман, и я его за это убила? — засмеялась Вера. — Чушь какая-то.

— С пирса детишки ловили рыбу и видели, как ваш друг и ваша подруга поднялись на борт. Так что теперь господину Никифорову этот факт не скрыть, и завтра ему наверняка зададут вопросы.

— Что ж, — она пожала плечами, допила коньяк и оттолкнула стакан, — пусть он на них и отвечает.

— Он ответит, и у милиции появится еще один подозреваемый. Ваш друг помогал вам материально, и потерять его вы вряд ли хотели. А тут еще подруга, она молода, он увлекся...

— Вам обязательно говорить мне гадости? — разозлилась Вера. — Допустим, Павлу захотелось ее трахнуть. Даже очень возможно, раз она из кожи лезла, чтобы к кому-то из них залезть в штаны. И что? Думаете, он меня бросит? Как бы не так. Нас соединяет кое-что покрепче...

— Можно узнать, что? — Я не очень надеялась, что Вера ответит на этот вопрос, но она здорово разозлилась, а люди в сердцах говорят лишнее, вдруг повезет?

— Нет, — язвительно улыбнулась она, — но если я решу напакостить, у него могут появиться неприятности. В бизнесе, я имею в виду. Пожалуй, стоит немного пояснить, не то вы вообразите бог знает что. Сейчас дела у него идут не слишком хорошо. Он нуждался в большом кредите, и он его получил благодаря моим связям, условия самые что ни на есть выгодные для него. Я не хочу, чтобы у вас сложилось обо мне скверное представление. Я помогаю ему, потому что он мне нравится. И я точно знаю, что он относится ко мне очень хорошо. Не буду произносить слово «любит», не жалую я его, но мы близкие люди и дорожим друг другом. Как всякий мужчина, он иногда делает глупости. Я спокойно отношусь к этому. В конце концов, он мне не муж, да если бы и был мужем...

— То есть измена не произвела на вас впечатления?

— Это всегда производит впечатление, причем исключительно неприятное. Вопрос в том, как ты к этому относишься: один с пониманием, другой хватается за нож. Так вот, мне не придет в голову хвататься за нож.

— А вы ему изменяете так же легко?

Вера с минуту смотрела на меня, точно пыталась понять смысл вопроса, потом зло рассмеялась.

— Значит, эта курица все-таки подглядывала и настучала на нас, — сказала она язвительно.

— О ком это вы? — подняла я брови.

— Да бросьте прикидываться, это Лерка вам сказала. Ну, конечно, она видела, как Толик пошел за мной, и, разумеется, сунула свой длинный нос. Надеюсь, ей понравилось. Рыба мороженая. Вот дрянь. Она и ментам рассказала?

— Нет. Пока, по крайней мере.

— Что ж, теперь вы в курсе: пока Павел развлекался с моей подружкой, меня ублажал этот безмозглый мальчишка. Как видите, наша нравственность оставляет желать лучшего, но тут, как говорится, ничего не поделаешь. Мы достойны друг друга. И повод для ревности у меня отсутствует.

— Одно дело изменять самой, и совсем другое...

— Уверена, ваши друзья из милиции решат так же. Что ж, придется быть подозреваемой.

— На самом деле я не думаю, что убийство совершено из-за ревности, моей или вашей, — дав ей возможность немного успокоиться, начала я.

— Мне не интересно, что вы думаете. Идите к черту, мне не следовало пускать вас на порог. А эта дрянь... терпеть ее не могу. Строит из себя недотрогу, а на самом деле просто фригидная. Оттого и детей нет. Кстати, по поводу своего муженька она обольщается, болтает налево-направо, какая у них идеальная семья, а у него между тем есть подружка. Жаль, Анька его не трахнула. Я ей предлагала, деньги бешеные, и жена дура. Жила бы как у Христа за пазухой. Да... черт, не слушайте меня. — Она поднялась, налила еще коньяку и залпом выпила. — Что там Райзман? Ах да, застрелили. Сумасшедший дом.

— Вы знаете, что Анна обращалась к нему за помощью?

— Конечно. Она думала женить на себе Кондратьева. Ни много, ни мало. За одну эту глупость ее следовало бы придушить. Вам-то хорошо известно, что он за человек. Да он просто рассмеялся бы. Ну, предложил бы ей денег и помощь в воспитании ребенка, но на кой ей черт ребенок? Обуза. И она это знала прекрасно. Я отговаривала ее от этой глупой затеи, но она решила, что обойдется без моих советов. И вот результат.

— Вы считаете, ее убили из-за этого? — вкрадчиво поинтересовалась я.

— Могли убить вы. Из-за ревности. Перепугались, что он и вправду женится. А что? — Она засмеялась и махнула рукой. — Ерунда. На этот счет вы могли не беспокоиться. В конце концов, вы знаете его много лет, а я всего шесть месяцев. Что смотрите? Я была его любовницей. Давно. Господи, какая я старая... — Она еще выпила, глубоко вздохнула. — Шантажировать его бессмысленно. Он просто проходит мимо. И все. Знаете, я его любила. Позвал бы, побежала бы на край света, но ему такое в голову не пришло. Он просто исчез из моей жизни. Выскользнул. Я даже не поняла как, был — и нет. И ничего не поправить. Улыбки, ласковые слова при случайной встрече, и все. Все. Впрочем, кому я рассказываю, он ведь вас тоже бросил. Я утешала себя тем, что продержалась дольше других. А чем утешаетесь вы?

— Сую нос в чужие дела.

— Помогает?

— Когда как.

Она рассмеялась, разглядывая меня.

— А вы интересный человек. Нет, в самом деле, в вас что-то есть... Ведь это было нелегко пережить, я имею в виду то, что он вас бросил?

— Я постепенно готовила себя к этому, если хотите, я вам подробно опишу свои душевные переживания, но чуть позже.

— Почему вы не хотите говорить о нем? Вам все еще больно?

— Еще как. Мое сердце до сих пор кровоточит, — заявила я с таким видом, что Вера так и не смогла заподозрить меня в издевке, хоть и приглядывалась с подозрением. Думаю, этому весьма способствовал тот факт, что дама успела изрядно превысить дневную норму выпивки.

— Наверное, так и есть, — глубокомысленно изрекла она. — Когда она с ним познакомилась, я имею в виду Анну, прибежала и все мне рассказала, она всегда мне все рассказывала, или почти все. Наверное, я бы свихнулась от ревности, если бы не знала, что ее ждет. Но я-то знала и слушала с удовольствием, а сама думала: давай, давай, радуйся, а через месяц, максимум полгода, он вышвырнет тебя из своей жизни и ты даже ахнуть не успеешь. И все ее никчемные попытки вызывали у меня смех. Дура, она даже не поняла, с кем имеет дело. Привыкла возиться со всяким ничтожеством. А он... Знаете, что я подумала?

— Нет, но хотела бы знать.

— Я вдруг подумала: а ведь я могла бы ее убить.

Серьезно. Если бы у нее получилось, если бы он вдруг взял да и влюбился... Ведь и с такими, как он, иногда случается... Так говорят. — Она вроде бы ждала ответа, и я пожала плечами:

— Не всему стоит верить.

— Вот-вот, — Вера опять засмеялась, с интересом приглядываясь ко мне. — Если бы вдруг... я бы смогла убить. А вы?

— Боюсь, это быстро вошло бы в привычку.

Теперь она захохотала, чересчур театрально запрокинув голову и опершись руками о стол.

— Да, с его способностями это действительно скоро стало бы привычкой, — прекратив смеяться, кивнула она. — У него было столько баб, что их пересчитать невозможно.

— На самом деле не так уж и много. За последние три года всего-навсего четырнадцать душ. У меня есть список, если интересуетесь, могу подарить на память.

— Вы это серьезно? — помолчав немного, спросила она.

— Насчет списка?

— Кто-то нас... их кто-то считает?

— По большому счету, это мало кому интересно, но есть определенные правила. К примеру, охрана просто обязана знать во избежание всяких неожиданностей. Теперь, когда мы обменялись впечатлениями, мне бы хотелось спросить вас вот о чем: от кого Анна была беременна?

— Что? — удивилась Вера. Удивление она вряд ли разыгрывала, по крайней мере не похоже.

— Вопрос, по-моему, простой, — в свою очередь удивилась я.

— Но постойте, как же так... она сказала, что Кондратьев отец ребенка.

— А зачем ей Райзман?

— Господи боже, что за глупость, он же гинеколог.

— Гинекологов в городе много. Почему именно он?

— Ну... не знаю. А она действительно была беременна?

— У вас этот факт вызывал сомнения?

— Да, если честно. Все, о чем она говорила, вызывало у меня сомнения. Идиотка с фантазиями. Простите за откровенность, конечно, она моя подруга, но что есть, то есть. У нее начисто отсутствовало ощущение реальности, она считала, что она невероятно красива и этого вполне достаточно, чтобы распрекрасно устроиться. Лучший способ оказаться к сорока годам без мужа и копейки за душой. Мне было ее жаль. Все ее романы заканчивались полным крахом. Она начала панически бояться невезения, старости, черт знает чего еще. А все дело было не в невезении, а в отсутствии мозгов. Я попробовала деликатно объяснить ей, наставлять, если угодно. Мне хотелось ей помочь, потому что она казалась мне просто глупенькой девчонкой, и я надеялась, что рядом со мной... а она трахнулась с Никифоровым, — неожиданно закончила Вера и опять захохотала: — Добрые дела наказуемы.

— Не могу не согласиться, — кивнула я, без удовольствия наблюдая, как она подливает себе в рюмку, эдак дама свалится, так и не сказав ничего путного.

— Вам тоже? — спросила она, кивнув на рюмку.

— Нет, спасибо.

— Не любите коньяк? А я люблю. Я люблю коньяк, деньги и мужчин. И можете мне поверить,

они любят меня. Только однажды меня бросили, зато как... По-вашему, он не был отцом ребенка?

— Утверждает, что нет. Якобы они познакомились четыре месяца назад.

— Так и есть, — перебила Вера.

— Срок беременности больше. Вы сказали, она
вам доверяла.

— Почти все. Но о том, кто на самом деле сделал ей ребенка, не рассказала. Должно быть, боялась за свою тайну.

— У нее были романы до этого?

— Сколько угодно.

— Можете кого-то назвать?

— Студентик, художник, кажется. Тип по имени
Женя, фамилии не знаю, но точно помню, что у него кафе на Никитской, мы как-то туда заходили...
Слушайте, перечислять неинтересно, какая-то шу-
шера, на которую не стоило тратить время.

— Вам известно, что некоторое время назад она
делала аборт? — спросила я, наблюдая за тем, как
изменилось выражение ее лица.

— Аборт? Нет. А это точно?

— Райзман сказал.

— Подождите, но... этого просто не может быть.

— К Райзману ее привез любовник. Вы не знаете, кто бы это мог быть?

— А что сказал Райзман?

— Ничего. Было бы здорово, сумей вспомнить
вы. Итак, примерно год назад...

— Как я могу вспомнить, если я даже не знала о
том, что она делала аборт?

— Допустим, но ее рассказы о возлюбленных
припомнить можете?

Она вдруг занервничала.

— При чем здесь какие-то рассказы? Вы решили, что ее из-за этого убили? Из-за того, что год назад она от кого-то сделала аборт? Вам не кажется это глупостью?

— Как взглянуть, — пожала я плечами. — Предположим, у нее был возлюбленный, она его бросила после того, как сделала аборт, для женщины это всегда травма, и винит она обычно мужчину. Они продолжали встречаться, и тут появился Дед. Анна решила воспользоваться очередной беременностью для воздействия на него, а ее друг узнает о ее планах, в нем вспыхивает дикая ревность, и в результате мы имеем труп.

— Я сейчас умру от смеха. Да он выставил ее вон и думать забыл.

— Кто? — вкрадчиво поинтересовалась я.

— Что?

— Вы говорите о человеке, который привез ее к Райзману?

— Ей все мужики указывали на дверь, она была не в состоянии удержать кого-либо из-за своей непроходимой глупости. Один студентик прижился, и то потому, что виделись не часто. Спросите у него. Менты наверняка нашли ее записную книжку, там его телефон записан. А меня увольте... — Тут она взглянула на часы. — Вы явно засиделись. Ко мне собирался заглянуть старый друг. — Она решительно поднялась, и мне пришлось последовать ее примеру.

— Вера, — сказала я уже возле двери, — Райзман не назвал мне имя этого человека, решив для начала поговорить с ним. А через несколько часов был застрелен. Вы тоже не желаете его назвать. Не хотите сообщить мне, сообщите в милицию. Для своей же безопасности.

— Да вы совсем спятили! — рявкнула она и распахнула дверь.

— По крайней мере, будьте осторожны, — попросила я, хотя знала, что ей наплевать на мои советы.

Недовольная, я направилась к машине. Разумеется, мне не очень верилось, что Анну кто-то убил из-за ее беременности, хотя чем черт не шутит. Скорее всего дело в том, что она много знала, что-то видела или слышала, находясь рядом с загадочным любовником, чье имя мне упорно не желают назвать. Остается уповать на то, что Вешнякову удастся установить, по какому номеру звонил Райзман перед своей смертью.

Я покосилась на окна, прикидывая, какие из них Верины. Не хотелось оставлять ее одну. Я даже подумала, не позвонить ли Артему Вешнякову. Он скажет, что я порчу ему жизнь, и будет прав.

Я завела мотор, развернуться было негде, и я поехала прямо, понадеявшись, что и с той стороны есть выезд со двора. «БМВ» стоял возле детской площадки. Человек бросил машину во дворе и отправился спать. Рядом еще с пяток машин. Дался мне этот «БМВ». Я притормозила на выезде со двора. У «БМВ» зажглись фары, он медленно тронулся с места, поехал в противоположную сторону и скрылся с глаз. Я быстро обогнула дом, проспект был пуст, ни одной машины. Если бы машина покинула двор через арку, я бы ее видела. Хотя есть выезд со двора в переулок. «Ты и в самом деле с ума сходишь», — пробормотала я. Однако «БМВ» упорно не шел из головы. Верно говорят: обожжешься на чае, начнешь дуть на молоко. Вот я и подула: набрала номер Петра и подняла человека с постели.

— Ольга Сергеевна, — вроде Сафронов был не в

обиде за столь поздний звонок, — вы слышали, Райзмана убили.

— Слышала, — вздохнула я.

— Вы поэтому звоните?

— Нет. Если честно, я считала, что плохая новость подождет до утра. А мне очень нужен номер домашнего телефона Веры.

— В такое время? Извините, кажется, я лезу не в свое дело. — Он продиктовал номер, и мы простились, а я тут же позвонила.

— Слушаю, — отозвалась Вера. Судя по голосу, бутылка уже подошла к концу.

— Это опять Ольга, — вздохнула я. — Просто хотела убедиться, что у вас все в порядке.

— Да иди ты... это я не тебе, — хихикнула она, обращаясь к кому-то.

— Ваш друг уже пришел? — продолжила я расспросы, хоть и рисковала нарваться по полной.

— Вот именно. Займите себя чем-нибудь, дорогая. — Вера повесила трубку.

— Ладно, она не одна, — сказала я Сашке, который мирно спал в своей сумке.

Утром пес разбудил меня ни свет ни заря, должно быть, в отместку за вчерашнее сидение в машине, получил нагоняй, но своего добился: мы пошли гулять в парк прямо напротив моего дома. Сашка трусил впереди, время от времени оглядываясь, точно проверял, иду ли я следом. Думаю, мой пес считал меня довольно бестолковым существом. И суетным. Сам он личность серьезная и обстоятельная, иногда я даже испытываю угрызения совести, глядя на него: у питомца могла быть хозяйка и получше. Впрочем, еще вопрос, кто тут кого считает питомцем.

Вернувшись домой, я попыталась найти себе занятие, прошлась по квартире и поняла, что сидеть в четырех стенах физически не в состоянии, а на улице мне, по большому счету, делать нечего, разве что с Сашкой еще погулять.

Думаю, благодаря нежеланию сидеть дома я и решила отправиться к мачо Анатолию, хотя сначала попыталась встретиться с Никифоровым и Лапшиным. Оба дали мне от ворот поворот. Причем Лапшин, вежливо сославшись на занятость, а Никифоров был вполне конкретен.

— Послушайте, тут менты с вопросами задолбали, еще вы... У меня ни малейшего желания говорить об этом убийстве. Оставьте меня в покое. — И повесил трубку. Пришлось волей-неволей выполнить его пожелания.

Стало ясно: поговорить с ним не удастся, Петр все, что знал, уже поведал. Из интересующих меня личностей остаются только мачо, вот к ним я и направилась. Чтобы выяснить их адрес, пришлось звонить Вешнякову. Моей затее он не обрадовался.

— Зачем тебе этот парень? Только время терять. Нам нужен ее любовник.

— Ну, если его пока еще не нашли, то чего бы не поговорить с человеком? — дипломатично ответила я.

Мачо жили в двухэтажном доме на окраине. Рядом парк, большой пруд, в общем, все располагало к мыслям о прекрасном, но я могла думать лишь об убийстве, и тут уж никакие пруды не помогут. На мой звонок в дверь никто не отреагировал. Я немного потопталась на месте и пошла обзванивать соседей. В первой же квартире мне повезло. Открыла юная особа с волосами, отливавшими синевой, и на мой вопрос: не знает ли она, где парни, ответила:

— А они вам зачем?

— Я из милиции, — радостно сообщила я и предъявила удостоверение, оставшееся от моей прежней жизни. Я числилась членом редколлегии газеты, издаваемой нашими органами. По виду оно ничем не отличалось от обычного милицейского, чем я, понятное дело, частенько пользовалась. Когда я покинула контору Деда, забрать его у меня никто не потрудился. Сейчас оно пришлось весьма кстати. Девчушка сунула в него нос, нахмурила бровки и принялась читать, смешно шевеля губами, должно быть, читала по слогам, потому что времени потратила много. Вздохнула и покосилась на Сашку. Интерес ее был понятен, не каждый день видишь представителя порядка с таксой под мышкой.

— А чего случилось-то? — спросила она.

— А вы им кто? — не осталась я в долгу, и переговоры зашли в тупик, потому что ответить на этот вопрос девушка не смогла, пожевала губами и вновь спросила: — Вы из-за убийства, да? Их же в милиции уже допрашивали.

— Так где они сейчас? — поторопила я ее.

— На реке, — ответила она с большой неохотой. — Я могу проводить.

Я кивнула, она крикнула кому-то в глубину квартиры, что уходит, и мы вышли на улицу. Моя машина произвела на нее впечатление, девушка переводила взгляд с нее на Сашку, наконец не удержалась и спросила:

— А вы точно из милиции?

— Вы же удостоверение видели. Людям надо верить. Вас как зовут? — поинтересовалась я, устраиваясь за рулем.

— Ольга.

— Меня тоже Ольга. Ну что ж, говорите, куда ехать.

Мачо я увидела издалека, лишь только мы нырнули под мост, спускаясь к реке. Рядом с лодочным гаражом из старого шифера. Они возились с какой-то штуковиной, при ближайшем рассмотрении оказавшейся мотором. Девушка вдруг попросила:

— Вы меня здесь высадите, я дальше не поеду.

— А как же домой доберетесь?

— А я вас возле моста подожду.

Я согласилась и высадила ее возле бывшего кафе «Ива», в настоящее время заколоченного после пожара. При моем приближении оба мачо прекратили трудовой подвиг и выжидательно замерли, поглядывая в мою сторону. Может, надеялись на богатую клиентку? Когда я вышла из машины, их лица приобрели кислое выражение, Иван вытер руки тряпкой, а Анатолий принялся разглядывать мотор, точно удивляясь, откуда он вдруг взялся.

— Привет, — сказала я, а Сашка тявкнул.

— Здравствуйте, — недружно ответили мачо.

— Поговорить надо, — с улыбкой сказала я, но ответных улыбок не дождалась.

— Поговорили уже, — буркнул Иван.

— Это как сказать, — гнула я свое, продолжая улыбаться. — Кто-то говорил, а кто-то молчал в тряпочку.

Анатолий кашлянул, а Иван замер и взглянул на него с подозрением.

— Давайте прогуляемся, — предложил Анатолий, чем окончательно озадачил родственника, тот машинально тер руки тряпкой, глядя нам вслед.

Когда мы удалились на несколько метров, Анатолий вновь кашлянул и посмотрел на меня так, точно просил о помощи.

— Вы ведь поняли, почему я приехала?

— Ну... — промычал он неуверенно.

— В милиции вы сказали, что покидали борт, чтобы искупаться, а на самом деле у вас была назначена встреча на берегу.

— Да не было никакой встречи, — поморщился он. — То есть встреча была, только ни о чем мы не договаривались. Она сама вам рассказала? Или та баба, что нас застукала?

— Сначала одна, потом другая, — кивнула я.

— Ясно. А в ментовке знают? Черт... выходит, что я соврал... Я с самого начала хотел правду, как все было, ведь дело-то серьезное — убийство. Но она... зачем говорить о наших личных отношениях, ведь они к убийству каким боком? Отношения... — фыркнул он.

— Если можно, пожалуйста, подробно, — попросила я.

— Рассказывать, собственно, нечего. Она давно на меня глаза пялила, на меня, на Ваньку, да ей все равно...

— Вы имеете в виду Веру? — все-таки уточнила я.

— Веру, — хмыкнул он. — Она давала понять, что не прочь, а я... мы с Ванькой договорились: на работе никаких баб, чтоб не было лишних заморочек и неприятностей с клиентами, а Вера эта как раз ходячая неприятность. Мужик ее, тот еще тип, да и с Сафроновым вроде у них что-то есть, а у нас с ним договор до октября, сами понимаете, деньги терять неохота. Ну, я делал вид, что совсем тупой и ее намеков не понимаю. А на яхте, когда ее мужик стал к этой девке клеиться, ну к той, что убили, ей вовсе удержу не стало. Подошла ко мне и прямо открытым текстом. Я опять дурачком отхожу, улыбаюсь, то да се...

— С чего вы взяли, что Никифоров клеился к Анне? — насторожилась я, пытаясь вспомнить тот день в деталях. Вечером точно клеился, а вот днем...

— Ну, он на корме с ней стоял, а рука на ее заднице. Я это называю клеиться. А вы?

— Я тоже, — пряча усмешку, кивнула я.

— Короче, когда вы на острове были, мы дела свои закончили, и я решил искупаться. У пирса мальчишки рыбачили, ну я и поплыл подальше, чтоб им рыбу не вспугнуть. И тут она, Вера эта, на берег вышла и ко мне. Полежим, говорит, на песочке. Я хотел на яхту вернуться, правда, хотел. Но... не знаю, как и вышло. Там тропинка, ивняк этот, туда и пошли. И вдруг голову поднимаю, а по тропинке баба эта чешет, меня точно холодной водой окатили, но Вера сказала «ерунда». Ей виднее, мне-то что... Но на душе пакостно стало. И Ваньке сказать не решился, ведь договаривались. А потом и вовсе... Поэтому в милиции промолчал. Мне стыдно, и ее подводить не хотел. Потом ясно стало, почему ей так не терпелось меня в кусты затащить, мужик ее в это время с этой подружкой развлекался, а Лапшин их сторожил. Дурдом. А еще приличные люди. Банкир и бизнесмен. А бабы точно кошки.

— О том, кто с кем развлекался, ты от Ивана узнал?

— Бабуля сказала, это мы так Тамару Ивановну зовем, повариху. Перегородки хлипкие, а она в кают-компании. Ванька как раз ничего не слышал, спал.

— Как, по-твоему, мог кто-то с берега незаметно подняться на яхту и с нами отчалить?

Он посмотрел на меня с сомнением, потом задумался.

— Почему бы и нет? На борт подняться легче легкого. Ванька спал, я с этой... Тамара Ивановна стряпней занята. Когда я вернулся, пацаны с пирса уже ушли, так что кто угодно мог пройти, и не заметят. Правда, укрыться негде, разве только в каюте... Постойте, так ведь ключ пропал. Я почему и спать лег в рубке: каюту открыть не могли. А утром ключ нашелся, на гвозде в кают-компании висел. Очень может быть, что кто-то действительно...

— Но вы ничего не заметили?

— Только мужика, что возле рубки стоял. Но я его не разглядел, ни к чему было. Мужик, это точно, и приблизительно в одно время с вами. Он и убил, не ходи к бабушке-гадалке, больше некому. — Тут он осекся и покосился на меня. — Чего мне теперь, к ментам идти? Выходит, я врал и вообще...

— Пока я в этом смысла не вижу. Тут Вера права, то, чем вы с ней занимались, к убийству отношения не имеет.

Он пожал плечами и стал смотреть куда-то в даль.

— А у вас как дела? — спросил он неожиданно.

— Нормально, — пожала я плечами.

— Вы что, сами пытаетесь?..

— В меру сил, — не стала я вдаваться в детали, он в них тоже вникать не хотел, кивнул в знак согласия, и мы простились.

Он вернулся к мотору, а я к своей машине. Задумавшись, едва не забыла про девчонку, она появилась слева, размахивая руками. Я притормозила, Ольга забралась в кабину и выжидательно уставилась на меня.

— Ну, что? — спросила тихо.

— Что? — удивилась я.

— Ну... поговорили?

— Ага. Только не спрашивайте о чем. Не люблю я на вопросы отвечать, спрашивать тоже не люблю, но приходится.

— Но они ведь ни в чем не виноваты, — прошептала она.

— А вы за кого из них, собственно, переживаете?

Вопрос оказался чересчур сложным, по крайней мере, отвечать на него она не стала. Отвернулась к окну, а когда выехали на проспект, попросила:

— Остановите здесь, я сама доберусь.

Я остановила, и девушка поспешно покинула меня, забыв попрощаться.

Едва я собралась позвонить Вешнякову, чтобы справиться о новостях, не особо, впрочем, рассчитывая на то, что они есть, иначе бы сам позвонил, как объявился Петр, по телефону, естественно.

— Ольга Сергеевна, — голос его звучал так, точно он задолжал мне большую сумму денег, а отдавать нечем. — Мне Лапшин звонил и Никифоров. Говорят, вы хотели с ними встретиться.

— Я хотела, а они нет. Пришлось мне это пережить.

— Я боюсь, мои друзья решили, что вы в самом деле каким-то образом... короче, я им все рассказал про наш с вами уговор. — Тут и я вспомнила про уговор и почувствовала себя неловко, парень беспокоится за свою жизнь, и я вроде обещала помочь, но об обещании забыла. — Вы извините, что так вышло, — торопливо продолжил он, хотя я сама собиралась извиняться. — Я чувствую себя виноватым и очень бы хотел помочь... Вы сказали, возможно, на яхте еще кто-то был. Я тоже так думаю: не мог никто из моих друзей... ведь это абсурд. Кому нужно убивать Анну? Ясно, что ни вам, ни мне и вообще никому... Я думаю, убить хотели меня. А Аня случайно увидела убийцу. Ведь все уже покинули палубу, а она осталась, и убийца мог с ней случайно столкнуться, поэтому она и погибла. — Тут можно было бы сказать: «кто про что, а вшивый все про баню», у парня навязчивая идея. Но, несмотря на это, его мысль не показалась мне вовсе уж невероятной. — Я сегодня разговаривал со следователем, — продолжил Петр, — но он несерьезно отнесся к моим словам. Может, они вас послушают?

— Вот что, — сказала я. — Я сейчас поговорю со своим знакомым, он найдет вам охрану. С этими ребятами вы будете в безопасности. И со следователем поговорю.

— Это было бы отлично. А с Лапшиным можем встретиться сегодня во время обеда. Вас устроит? Я с ним договорился. Он согласился, а Никифоров нет. Не знаю, почему он так настроен против вас. Я уточню время с Лапшиным и перезвоню вам.

На этом мы простились, и я поехала к Лялину. Стоило мне заговорить об охране Сафронова, как он пошел пятнами.

— Делать мне больше нечего, как этого шизика охранять.

— Может, он не шизик, может, у него предчувствие. Как бы нам потом не начать кусать локти.

— Ага. Прошляпили Райзмана, теперь...

— Теперь проявляем обоснованное беспокойство, — продолжила я. — В конце концов, он друг хозяина вашей конторы и тот вряд ли откажет.

— Да он меня просил найти кого-нибудь, лишь бы Сафронов ему не надоедал.

— Не зря надоедал. Убийство имело место, правда, убили не его, и все же...

— Хорошо, — без особой охоты согласился Лялин. — Что, мечешься вслепую? — понаблюдав за мной, спросил он.

— А куда деваться? — развела я руками.

— Мои ребята прочесали все кабаки, — вздохнул он. — И хоть бы какую зацепку отыскали... У Вешнякова тоже никаких результатов?

— Нет, иначе бы порадовал.

Совесть моя была чиста, если уж Лялин пообещал дать Петру охрану, то сделает. А вот настроение мое особо не улучшилось, Олег прав, я шарю в темноте и без всякого толка.

Я попыталась еще раз разложить все по полочкам, сидя в машине и почесывая Сашку за ухом. Убил либо некто поднявшийся на борт на острове, либо точно я. Хоть бы с Райзманом прояснилось, были у него враги, жаждавшие его кончины, или все упирается в таинственного любовника?

Я взглянула на часы, ехать домой не имело смысла, Петр мог позвонить с минуты на минуту, вздохнула и, откинув сиденье, закрыла глаза, решив вздремнуть. Но ничего не вышло. Мысли кружили и возвращались к исходной точке, так что я в конце концов разозлилась и даже в сердцах решила: пусть менты голову ломают, свою жалко.

Когда я начала сатанеть и уже собралась ехать домой, наконец-то позвонил Петр. Встречу назначил во «Фламинго», и я поехала туда, в глубине души сомневаясь, что от этого будет толк.

Лапшин в костюме, при галстуке и белоснежной рубашке выглядел исключительно официально и держался соответственно. Петр рядом ерзал, изо всех сил стараясь придать нашей беседе задушевный характер. Старался он зря. Лапшин кивнул в знак приветствия и принялся за свой обед, отвечал он односложно, в большинстве случаев просто кивая или отрицательно качая головой. Разговаривать с таким типом одно удовольствие.

— Вы встречались с моей женой? — спросил он меня.

— Встречалась.

— Не понимаю, зачем вы вмешиваетесь в следствие? Пусть профессионалы работают. — Надо полагать, это был намек на мое дилетантство.

— Пусть, — согласилась я. — Но у них убийств много, а мне бы очень хотелось с этим разобраться.

— Я же тебе говорил, — робко вмешался Петр, — Оля по образованию юрист и даже работала в убойном отделе.

Я непроизвольно поморщилась, потому что не любила распространяться о своей жизни, и сейчас это ни к чему.

Лапшину принесли кофе, и стало ясно, что через несколько минут он откланяется. Терять мне было нечего, и я спросила:

— Вы случайно не в курсе, почему Анна осталась на палубе? Может, она ждала, когда все разойдутся по каютам, чтобы с кем-то встретиться? И не желала, чтобы об этом узнали?

— Черт, — неожиданно выругался Лапшин, — вы что хотите, чтобы я доносил на приятеля?

— Это вы к чему? — удивилась я, а он раздраженно повторил:

— Черт... — И взглянул на меня так, точно я предложила ему продать Родину за смехотворную цену.

— Гена, сейчас не время... — вновь робко вклинился Петр и удостоился того же взгляда, а я разозлилась.

— Несколько человек видели, как Никифоров с Анной поднялись на борт яхты, а также слышали характерные звуки, доносившиеся из каюты, что позволяет сделать вывод... какой, вы, должно быть, догадываетесь. Думаю, по этой причине Никифоров отказывается говорить со мной и скрыл факт свидания от милиции. Вам об этом факте хорошо известно, коли уж вы на пирсе сидели.

— Вам жена рассказала? — нахмурился он.

— О чем?

— О том, что я на пирсе сидел?

— Вы не один сидели, а с ребятишками, и про дядю с тетей они следователю рассказали. А Никифоров, упорно отрицая все, ставит себя в дурацкое положение.

Лапшин подумал и кивнул, после чего заметно подобрел, ко мне, я имею в виду.

— Все это выглядит... некрасиво, — для начала сообщил он. — У Анны с Павлом было свидание. И на палубе она осталась для того, чтобы... тут вы совершенно правы, она ждала Никифорова. В каютах слышимость такая, что... — Он неожиданно покраснел, так пекся о нравственности. — Павел хотел проводить Веру, а через некоторое время вернуться, ну, вы понимаете, чтобы приличия соблюсти. Мы все много выпили, и Вера тоже, так что... И, по-вашему, я должен был все это рассказать в милиции? Павла я прекрасно понимаю, а что, если об этом узнает Вера? И сейчас он нервничает.

— Вы давно дружите? — спросила я.

— С Павлом? — Лапшин перевел взгляд на Петра. — Нет. Год, может, больше. Верочка частый гость у Петра, а Павел... Слушайте, — перегнулся он ко мне, — я вас уверяю, Павел совершенно ни при чем. Но не убил же он ее в самом деле? Он же с нами ушел и просто возможности не имел. Ну да, вел себя некрасиво, связался с этой девчонкой, просто пошел на поводу у своей прихоти, а теперь переживает. Из-за Веры. Ведь у них серьезные отношения. Они думали пожениться, а теперь все это... Если выплывут наружу малосимпатичные факты...

— Вы правы, — кивнула я, — милиции все это действительно знать ни к чему. У меня вот какой вопрос. Никифорову были необходимы деньги, и Вера ему помогла их получить...

— И это лишний повод держать в секрете свои шалости, — заговорщицки шепнул Лапшин. — Он теперь сам не свой.

— Не ваш банк ссудил его деньгами? — напрямую спросила я, раз он такой добрый.

— И наш банк тоже. Вера и Петр попросили, и я не отказал. В конце концов, друзья для того и существуют...

— Но был еще кто-то...

— Конечно, — откашлялся Петр, радуясь, что у нас пошел задушевный разговор. — Если надо, я вас сведу с этими людьми. Там все законно.

— Не сомневаюсь, — с серьезным видом заверила я. — Геннадий Яковлевич, — обратилась я к Лапшину, — а вы с Анной давно знакомы?

Он замешкался с ответом, взглянул на Петра и изрек:

— В тот день я видел ее в первый и последний раз.

— И никогда раньше не встречали? К примеру, случайно?

Он явно заподозрил подвох, должно быть, ожидал, что у меня туз в рукаве, развел руками и сказал:

— Ну, если только случайно. Но я этой встречи не запомнил. Знаете, у меня не очень хорошая зрительная память. Нет, я уверен, что видел ее впервые. Да, уверен, — повторил он.

— Теперь вопрос, который может вас удивить, — предупредила я, поняв, что попытки добиться от него правды ни к чему не приведут. Теперь я почти была убеждена: его жена не ошиблась, и он встречался с Анной раньше. Допустить, что он и есть таинственный любовник, я все же не могла, трудно вообразить, что он с радостью откликнулся на просьбу Никифорова покараулить на пирсе, пока они предаются утехам. Но был ведь еще человек, который свел их с Райзманом, тот самый приятель, оттого я и продолжила, наблюдая, с каким сосредоточенным вниманием Геннадий Яковлевич уставился на меня. — Вам не приходилось обращаться к Райзману как к врачу?

— Мне? — вытаращил он глаза. — Помилуйте... а... вы Леру имеете в виду? Нет, она к нему не обращалась. Лера очень стеснительна, Артур — мужчина и друг семьи, не совсем удобно.

— По этому поводу могут быть разные мнения, — вздохнула я. — Значит, не обращались? Может быть, рекомендовали его кому-то из знакомых?

— Н-нет. При чем тут Райзман? Вы же не думаете, что его застрелили, потому что... Но ведь это абсурд. Как это может быть связано?

— Если бы я все знала, гуляла бы со своей собакой, а не приставала к вам с расспросами.

— Артура убили из-за антикварных дел, — торопливо заговорил Петр. — От отца он унаследовал процветающий бизнес. Отец был человеком... как бы это выразиться... железной воли и... в общем, он ни перед чем не останавливался, если вещь ему нравилась. Я не хочу сказать, что он совершал что-то противозаконное...

— Да брось ты, — неожиданно перебил Геннадий Яковлевич и махнул рукой. — Весь город знал, что на закон ему попросту плевать. Правда, умен он был до гениальности и законы легко обходил. С конкурентами был беспощаден, у них на него большой зуб. Задираться с папашей никто не рисковал, хотя под конец жизни его начали понемногу теснить, хватка не та, да и здоровье. А когда отец умер, конкуренты и вовсе духом воспряли.

— Да-да, — торопливо кивнул Петр, — Гена совершенно прав. Мы с Артуром не раз говорили об этом. И в милиции я все рассказал, то есть о нашем разговоре, но Артур не собирался ни с кем воевать, как он выразился. Он любил отцовский магазин и красивые вещи, он с этим вырос, но медицина интересовала его гораздо больше. И он не мог слишком много времени уделять магазину, а отец только им и жил.

— Иными словами, он был не прочь расстаться с магазином, предложи кто-нибудь приличные деньги? — подытожила я.

— У меня сложилось такое впечатление, — согласился Петр.

— За что ж тогда его убивать? — развела я руками.

— Мы не знаем всех обстоятельств, — вздохнул Лапшин, — но одно несомненно: связывать его смерть с убийством Анны просто глупо.

— Видите ли, — начала я, сама толком не зная, соглашаться с ними или противоречить, — вчера я была у Артура, и мы, естественно, обсуждали убийство. И он сообщил мне кое-что интересное. Примерно год назад какой-то знакомый попросил его об одолжении и привез в клинику Анну. Она была беременна, ее сопровождал мужчина. — Оба смотрели на меня во все глаза, но молчали. Наконец Лапшин не выдержал:

— И что?

— Райзман отказался назвать имя этого человека.

— И вы решили... абсурд, — отмахнулся Лапшин. — За это не убивают.

Петр согласно закивал.

— Я не знаю, за что убили Анну, но убийц Райзмана надо искать среди его конкурентов. Отец не гнушался иметь дело со всяким ворьем, а такие люди опасны. Могли что-то не поделить, старые долги и прочее...

Лапшин так увлекся, что вроде бы забыл о времени. Ораторствовал он довольно долго, но на часы все-таки взглянул и поспешно поднялся из-за стола. Уходил он с явной неохотой. Да, люди — существа загадочные. Мы с Петром тоже потянулись к выходу.

— Теперь вы мне верите? — спросил он с грустью. — Ни у кого не было повода убивать ее. Райзман здесь вообще ни при чем. Анна стала случайной жертвой.

— Я разговаривала со своим другом, уже сегодня у вас будет надежная охрана.

— Мне звонили, — поспешно кивнул он и добавил с улыбкой: — Спасибо вам.

Он проводил меня до машины, где глухо рычал Сашка. Я перекусила во «Фламинго», а Сашка был голоден, и я заспешила домой. Еще отпирая входную дверь, я услышала, как звонит телефон, бросилась в холл, схватила трубку и не сразу узнала женский голос. Звонила Лера.

— Ольга Сергеевна... — Голос ее дрожал от волнения. — Ваш телефон мне дал Петр. Я знаю, он сегодня звонил моему мужу и тот отказался встретиться с вами. И я подумала, почему бы вам не прийти к нам в гости? — Я малость опешила и потому в ответ невнятно промычала что-то, а Лера развила свою мысль: — Вы просто приходите на чай ко мне. Я вас приглашаю сегодня вечером, скажем, часов в восемь. Муж будет дома. Он хороший человек и не откажется поговорить с вами.

— Спасибо, — наконец смогла произнести я, — но мы уже поговорили, расстались полчаса назад. Встречу устроил Петр.

— Да? Что ж, тогда извините.

— Я вам благодарна за желание помочь, — произнесла я дежурную фразу.

— Просто я хочу, чтобы все скорее закончилось, — вздохнула она. — И я не заинтересована в том, чтобы вы или кто-то еще решили, что я или мой муж... вы понимаете... Так что это чистой воды эгоизм и благодарить не за что.

— Тогда не буду, — согласилась я, намереваясь проститься, но она заговорила вновь:

— Вы слышали о Райзмане? Ужасно, правда? Мне он нравился. Гена очень переживает, и я... Все эти убийства... я места себе не нахожу. Какое-то беспокойство, вроде предчувствия.

Далее разговор протекал весьма эмоционально и совершенно не продуктивно. Я слушала из вежливости, раз уж должна была быть благодарна ей за желание помочь, хотя она сама определила это как чистый эгоизм. Ей видней.

Наконец мы простились и я пошла кормить Сашку, потом завалилась на диван, ожидая развития событий, в основном рассчитывая на весточку от Вешнякова. Вдруг ему повезет и он установит, кому звонил Райзман? Вешняков упорно отмалчивался, и я уснула, а когда вновь открыла глаза, часы показывали семь. Стало ясно: день ничего интересного не принесет.

Скорее от безделья я сама позвонила Вешнякову. Он неожиданно обрадовался мне, хотя, по собственному утверждению, при звуках моего голоса начинает маяться зубами.

— На ловца и зверь, — возвестил он.

— Неужто нашел чего? — не поверила я.

— Номерочек один. Во-первых, по нему практически сразу после встречи с тобой звонил Райзман, если верить распечатке разговоров, что лежит передо мной, а я ей верю.

— А во-вторых? — поторопила я.

— Во-вторых, я заглянул в телефонную книжку мобильного погибшей Анны и натолкнулся на тот же номер.

— Кто это? — опять поторопила я.

— В телефонной книжке он обозначен буквой Т. Забавно, правда?

— Таинственность по полной программе, хотя, может, девчонке лень было набирать остальные буквы, вот она и обходилась одной Т, прекрасно зная, кто это.

— Ну, не уверен... Я фамилии пишу полностью, а то потом начнешь голову ломать, что за Коля там или Вова. Приезжай ко мне.

— А надо?

— Ага. Я жду, когда мне номерочек пробьют. Обещали, что в течение часа я буду знать имя хозяина.

— Телефон мобильный?

— Конечно.

— Я могу позвонить через час.

— Ведь все равно же тоску гоняешь на своем диване. Приезжай.

— Так и скажи, что сам тоску гоняешь, потому что неймется узнать фамилию.

— Угадала. Так приедешь или нет?

— Приеду, куда мне деваться.

— Давай. — Я уже хотела отключиться, но Артем окликнул меня: — Погоди. Я вот что подумал. Надо бы нам на квартиру Гориной заглянуть.

— Там что, обыск не проводили? — удивилась я.

— Ну, смотрели, конечно. Вдруг чего-нибудь не заметили?

— А ты заметишь?

— Время есть, чего не съездить? — обиделся Вешняков.

— Хорошо, давай адрес, я туда подъеду.

Сашка, услышав это, ходко затрусил к двери, пришлось взять его с собой. Дом, где недавно жила Анна, выглядел безрадостно. Найти его оказалось нелегко, потому что улица вилась так затейливо, что пятьдесят пятый дом оказался раньше двадцать седьмого. Я была уверена, что опоздала и Артем начнет выговаривать мне, но возле подъезда его машины еще не было. Он появился минут через семь, кивнул мне и приткнул машину в сторонке.

— До чего мне твоя тачка нравится, — выходя из своей «шестерки», заявил он.

— А я?

— Чего ты?

— Я тебе нравлюсь?

— Я женатый человек, не стыдно тебе приставать с такими вопросами?

— Могу приставать без вопросов.

— Смотри, договоришься.

— И что ты сделаешь?

— Ольга, — погрозил мне пальцем Артем, — не провоцируй.

— Да ладно, я знаю, что ты исключительно добропорядочный семьянин.

— Слушай, а у тебя есть кто-нибудь? — пропуская меня в подъезд, спросил Артем. Я прикинула, что проще — послать его к черту или ответить какую-нибудь глупость, и ответила:

— Ага.

— Из ментов? — сразу же спросил он.

— С какой это стати, — обиделась я.

— Четвертый этаж, — подсказал Артем. И я нажала нужную кнопку лифта. — Ну... — задумался он, — общие интересы, есть о чем поговорить.

— С ментом? — съязвила я. — Нет у меня с вами общих интересов. О чем мы с тобой говорим, к примеру?

— Об убийстве, — пожал он плечами.

— Вот именно. Свет в окошке.

— С женой-то я об убийствах не говорю.

— А о чем ты говоришь?

— О детях, обо всем, вообще о жизни. Да ну тебя, — махнул он рукой, наконец заметив, что улыбку я уже не прячу. — Все тебе смешочки. Я ж по-товарищески, не из пустого любопытства.

Лифт остановился, Артем вышел первым. Металлическая дверь, обшитая дерматином, была опечатана. Я машинально почесала Сашку за ухом, ожидая, когда Артем достанет ключ, но он вдруг замер, потом воскликнул:

— Посмотри-ка! — Бумага на двери была порвана, хотя это и не бросалось в глаза, потому что кто-то очень аккуратно подклеил ее с обратной стороны скотчем. — А ты ехать не хотела, — перешел он на шепот.

— Я и сейчас не хочу, — порадовала я его тоже

шепотом. — Кто-то успел побывать здесь до нас, и мы, понятное дело, ничего не найдем.

Артем дернул дверную ручку, и дверь открылась.

— Запереть не потрудились, — прокомментировал он и вошел в квартиру. Хоть я и знала, что это лишняя трата времени, если до нас здесь уже были гости, но оставаться на лестничной клетке не хотелось, и я вошла тоже.

Вешняков миновал холл и присвистнул, я поторопилась за ним. Двухкомнатную квартиру перепланировали, и сейчас она представляла собой одно большое пространство с барной стойкой, отделяющей кухню от гостиной-спальной. Вся квартира отсюда как на ладони. Вешняков свистел не зря, здесь кто-то основательно потрудился. По полу разбросаны фотографии (их оказалось великое множество), вещи выброшены из шкафов, ящики открыты.

— Это ваши так постарались? — на всякий случай спросила я. Артем ответил суровым взглядом, я лишь пожала плечами.

— Чего-то искали, — пробормотал он.

— Золото, бриллианты? — спросила я.

— Кончай, а? — обиделся Вешняков.

— Тогда фотографии, записные книжки или дневник, если таковой имеется. Но нынче барышни дневниками не увлекаются. Так что скорее фотографии или номер телефона.

— Думаешь, это тот самый таинственный любовник?

— Не такой уж он теперь и таинственный, раз ты уверен, что через час будешь знать его имя.

Артем вздохнул, точно сам не верил своему обещанию.

— Ну, что делать-то будем? — спросил он с печалью.

— Ждать, — ответила я.

Ждать пришлось недолго. Минут через десять Артему позвонили, он гаркнул «да», пробормотал «наконец-то», после чего физиономия его вытянулась. «Не иначе как опять политик затесался», — наблюдая за ним, решила я, и оказалась не права. Вешняков дал отбой, взглянул на меня с тоской в очах и для начала спросил:

— Знаешь, чей номерок?

— Узнаю, если скажешь.

— ТТ, — заявил он с таким видом, точно ожидал, что потолок обвалится. В тот вечер я была несообразительна, скривила постную мину, мол, охота вам, дяденька, над сиротой глумиться, но Вешняков был далек от этого и, видя такую мою бестолковость, поспешил пояснить: — Тимур Тагаев, более известный в нашем городе под кличкой ТТ. Вот и мафиози нарисовался, — с тяжким вздохом продолжил он. — Ну ладно бы кто другой, нет, нате вам. Сплошная невезуха.

Настроение Вешнякова можно было понять. Тимур Тагаев, или попросту ТТ, как возможный противник был не лучше любого политика. Если честно, даже хуже. Я попыталась обнаружить в памяти кое-какие сведения о нем. Всенародную славу ему принес «Хаммер», первый и пока единственный в нашем городе. Тагаев появился на нем пять лет назад, вызвав скрежет зубовный у властей и многочисленных недругов. «Хаммер» был новенький и стоил кучу денег, таким образом, ТТ демонстрировал свое богатство, давая понять, что скрывать его не намерен, а на следующий год заплатил все налоги, справедливости ради надо сказать, впервые. До этого он скромно числился экспедитором в одной из фирм и получал триста рублей, что даже для налоговой полиции, ко всему привыкшей, выглядело издевательством. Налог, который господин Тагаев изволил заплатить, вызвал шок у нашей администрации, хотя чиновники должны были порадоваться, потому что при сравнении суммы с городским бюджетом щека невольно начинала дергаться. Дед называл ТТ не иначе как «удачливой шпаной» и принципиально игнорировал его, будто того и нет вовсе. Однако во времена его правления на Тагаева дважды начинали охоту различные службы, и дважды он выходил безусловным победителем. Все у него складывалось без сучка и задоринки.

Менты еще раньше потеряли к нему интерес, то есть не к нему, конечно, а к идее посадить его за решетку из-за абсолютной бесперспективности таковой. ТТ особо властям не досаждал, будучи человеком благоразумным. В политику он не лез и разъезжал на своем «Хаммере», вызывая у граждан легкую зависть. С той частью городской жизни, где царил ТТ, мне сталкиваться ранее не приходилось, оттого и Тагаевым я никогда не интересовалась, но «Хаммер», конечно, видела. Ясно как день, тягаться с ним силами — совершенная глупость. Сия мысль отчетливо читалась в этот момент на челе Артема.

— Расскажи мне об этом типе, — попросила я. Артем скривился.

— Что о нем рассказывать, а то сама не знаешь.

— Откуда мне знать? У меня знакомая шпана в основном среди слуг народа.

Вешняков вздохнул так, точно хотел убедиться, что я говорю серьезно, и опять вздохнул.

— Да нормальный он мужик, — заявил он совершенно неожиданно. Я подняла брови, демонстрируя удивление, переходящее в испуг, в основном за рассудок собеседника, а он упрямо продолжил: — Ну, был шпаной, то есть... сама понимаешь. Поднялся быстро, потому что совершенно безбашенный. А как в силу вошел, первым делом навел среди своих порядок. Вон в соседней области братва бойни устраивала, а у нас все поделили тихо-спокойно. Так, труп, другой появится за городом, и опять тишина. А сейчас и вовсе все решают миром, уж не помню, когда в последний раз стреляли. Так что, по большому счету, ему есть за что спасибо сказать.

— Интересные у вас разговорчики, Артем Сергеевич, — укоризненно покачала я головой.

— Да ладно, твои слуги народа разве лучше?

— Оно конечно, — не стала возражать я. Оглядела квартиру и вынесла вердикт: — Ничего мы здесь не найдем. Наверняка твой ТТ обшарил здесь все сверху донизу.

— Думаешь, девчонка — его работа?

— А ты что думаешь?

— С какой стати, скажи на милость, ему ее убивать? — поморщился Артем.

— Это ты у него спроси.

— Ага, спросишь тут...

— Тогда сам выясни.

— Как-то мне не верится... не похоже это на него. Девица в здравом уме шантажировать его не станет. Надо ж понимать, что башки лишишься.

— Вот-вот, она и лишилась. О здравом уме там и речи не было.

— Ну, пугнули бы... а убивать.

— Выходит, знала о нем что-то такое, из-за чего ее и убить, по его мнению, стоило. И вообще, странное у тебя отношение к человеку, который является твоим потенциальным противником. Ведь является?

— Может быть, — вновь поморщился Артем.

— Вот, пожалуйста, — развела я руками. — Диву даюсь, чем тебе этот парень в душу запал.

— Говорю, нормальный мужик.

— На «Хаммер» он заработал своим горбом? Миллионы просто так не наживают.

— А Дед твой горбом нажил?

На это возразить было нечего.

— Несмотря на твою большую привязанность к этому типу...

— Перестань, — обиделся Артем. — Я просто высказал свои сомнения. Имеет человек право высказаться?

— Имеет. Допустим, он кладезь добродетелей, но против фактов не попрешь. Райзман ему звонил и в тот же день помер, и Анна была с ним знакома. Его... э-э-э... деятельность предполагает наличие тайн, которые он хотел бы сохранить. То есть все прекрасно укладывается в схему.

— Что схема... — заныл Артем.

— Мы обязаны все проверить.

— Я что, отказываюсь? Вызову его на допрос повесткой. Кому звонишь? — нахмурился он, увидев, что я достала мобильный.

— Лялину. Надо человека осчастливить. — И пошла к выходу.

— Подожди, ты куда?

— Домой. Говорю, делать здесь нечего, ты на своей тачке, так что доберешься.

Лялин, услышав, кто такой предполагаемый любовник Анны, вздохнул.

— Не было печали, — сказал он в сердцах. Помолчал и затянул свою любимую песню: — Знаешь, Детка, забей ты на это дело. Пусть Вешняков воду в решете носит, а тебе зачем? Если к убийству имеет отношение Тагаев, дело совершенно бесперспективное. Я даже не знаю, кто хуже: Дед или этот ТТ. Слышишь меня?

— А как же.

— И что скажешь?

— Ничего.

— Ну, вот... Нет бы порадовать старика.

Я послушала его еще немного, но ничем так и не порадовала. Появление на горизонте мафиози с таким громким именем в тот момент меня не очень-то напугало. Я считала, что преступники должны сидеть в тюрьме, а убийство — тяжкое преступление. Отчего бы Тагаеву не отправиться за решетку? Я даже верила, что это вполне осуществимо. Не говорю, что легко, нет, тут я как раз не обольщалась, но осуществимо. Главное, что-то сдвинулось с мертвой точки. В любом расследовании важно отыскать ниточку, за которую можно ухватиться, и в тот вечер мне казалось, что я ее нащупала. Оттого и отправилась домой отнюдь не в самом плохом настроении.

Подъезжая к дому, я смогла увидеть мужчину, который прохаживался около моей двери, и не сразу сообразила, что это Дед. Давненько не видела я его вот так прогуливающимся по улице, точно простой смертный. Ко всему прочему, Дед был одет исключительно демократично, в джинсы и трикотажный пуловер, чем поверг меня в шок. Рядом ни охраны, ни машины, что уж вовсе ни на что не похоже.

Я посигналила, он обернулся и махнул мне рукой. Я открыла гараж, загнала машину. Дед продолжал топтаться на улице, и я вышла к нему.

— Ты чего здесь? — спросила я, пытаясь найти правильную интонацию, но не преуспела.

— Жду тебя, — ответил он мягко и даже вроде бы заискивающе.

— Да я не об этом. Чего в дом не вошел? Или ключи потерял?

— Я никогда ничего не теряю.

— Это точно.

— Не решался, — заявил он, отводя взгляд. — К тому же полезно подышать свежим воздухом.

— Почему не позвонил?

— Звонил на мобильный, у тебя было занято. Вот жду.

— Прогуляемся? — предложила я, кивнув в сторону парка. — Сашке надо побегать.

Дед с готовностью согласился, и мы пошли в парк. Сашка с подозрением косился на него, и я, признаться, тоже.

— Машину отпустил? — спросила я, чтобы прервать молчание.

— Я на такси приехал.

— Шутишь? — ахнула я и тут же пожалела об этом, прозвучало это как-то издевательски.

— Нет, — просто ответил он. — Освободился сегодня пораньше, и оказалось, что в квартире стены давят. Тебе такое чувство знакомо?

— Я от него избавилась, как только завела Сашку.

— Да, — вздохнул Дед, — родное существо рядом.

— У тебя же жила... как ее... Маша? — Он укоризненно посмотрел на меня, и я поспешила отвести взгляд, но Дед сам развил тему.

— Маша, Даша... старый я дурак.

— У тебя неприятности? — выждав немного, спросила я.

— Что? — Он вроде бы не расслышал. — Нет, все нормально. Спасибо.

— Спасибо?

— Ну, что поинтересовалась...

— Слушай, ты зачем приехал?

— Не знаю.

Он шагал по аллее, глядя себе под ноги, и молчал. Потом взял меня за руку. Я тоже молчала, вдруг поймав себя на мысли, что время точно вернулось вспять: вот мы идем с ним за руку, и не обязательно произносить слова, и так все понятно.

Минут через двадцать он нарушил молчание:

— Ничего, если я спрошу: как твои дела?

— Вообще или расследование?

— И то и другое, — пожал он плечами.

— Вообще нормально, и в следствии кое-какие сдвиги есть. Похоже, тут замешан господин Тагаев. Тимур Тагаев, — повторила я.

Дед удивленно присвистнул:

— А он там с какого бока?

Пришлось объяснить. Он задумался, замедлил шаг, но руки моей по-прежнему не выпускал, я плелась рядом, выжидательно поглядывая на него.

— Не лезла бы ты в это дело, — сказал он с неудовольствием.

— Здрасьте, — пропела я. — Не ты ли мне на днях сказал: «Найди супостата».

— Тогда там никакого Тагаева не было. Теперь есть, и я не понимаю, зачем тебе...

— Вы что, сговорились? — не выдержала я.

— Что, не один я так думаю? Иногда к чужим словам стоит прислушаться.

— Бандит должен сидеть в тюрьме. Я правильно озвучила твою позицию или она изменилась?

Он поморщился.

— Правильно. Только неясно, почему этим должна заниматься ты?

— Чтобы стены не давили, — отрезала я. На это он не знал, что ответить, и опять замолчал. Сашке надоело гулять, и он, не обращая на нас внимания, потрусил к дому. Мы повернули за ним. — Зайдешь? — спросила я, доставая ключи из сумки.

— Не уверен, что тебе этого хочется.

— Как знаешь, — пожала я плечами.

— Что ж, я пойду.

— До свидания, — сказала я, чтобы он наконец сдвинулся с места.

— До свидания.

Он дошел до угла дома, а я все стояла возле двери. Затем открыла ее и решительно вошла. Сашка побрел в кухню, а я захлопнула дверь, потом чертыхнулась и выскочила на улицу. Дед успел свернуть за угол, я бросилась бегом, а увидев его, закричала:

— Игорь!

Он повернулся и шагнул навстречу.

— У тебя правда все в порядке? — спросила я.

— Как обычно. — Он подошел вплотную, поднял руку и поправил мои волосы. — Я хотел тебя попросить... звони мне иногда.

— Прекрати, черт тебя побери. Я сейчас зареву, кинусь тебе на шею и вообще наделаю глупостей.

— А потом будешь об этом жалеть?

— Буду, — ответила я сурово.

Он порывисто обнял меня и прижал к груди.

— Как же мне без тебя хреново.

— Мне тоже, — правдиво ответила я, хоть это и было неразумно. — Ладно, пойдем чай пить. Стоим посреди улицы как два идиота.

— Нет. Я же понимаю, в тебе сейчас говорит жалость, а она никудышный советчик.

— Жалким ты не выглядишь, — взяв его под руку, успокоила я. — Просто не умеешь. Но ты меня здорово напугал. Может, все-таки объяснишь, что случилось?

— Ровным счетом ничего. Старею. Боюсь одиночества. Тоскую без тебя.

— Какое одиночество, у тебя баб, как грязи.

— Это точно, — хмыкнул он. — А у тебя кто-нибудь есть? Извини, что я спрашиваю...

— Спросил и спросил...

— Так есть или нет?

— Нет.

— Почему? Ты такая красивая... Не поверишь, но если бы ты и вправду влюбилась, я был бы рад.

— Ты меня с ума сведешь.

— Нет, серьезно. По крайней мере, знал бы, что ты счастлива. А у тебя тоже все по-прежнему: собака, дурацкие убийства и одиночество.

— Какую-то безрадостную картину ты нарисовал, — вздохнула я.

— Ну вот, я тебя проводил.

Мы вновь оказались возле моей двери. Дед поцеловал меня вполне по-отечески.

— Помни: я тебя люблю. Очень-очень.

— Я знаю.

— Вот и отлично. — Он вновь поцеловал меня, махнул рукой и пошел, на этот раз в сторону парка, а я, глядя ему вслед, едва сдержалась, чтобы опять не кинуться вдогонку, но здравый смысл победил. Такое бывает редко, но иногда бывает.

На душе было тоскливо, я бестолково бродила по комнатам, борясь с желанием позвонить ему. Что-то с ним происходит. Может, правда стареет? Боится одиночества... Ведь у него действительно никого нет. Хотя вполне возможно, что это хорошо разыгранный спектакль. И мне нравится так думать, потому что освобождает от чувства вины. Поняв, что эти мысли заведут меня далеко, я запретила себе ломать над этим голову. Об убийствах думать и то приятнее.

Я устроилась в кресле и включила телевизор для Сашки, он вскарабкался ко мне на колени и уставился на экран, а я попробовала разложить все известные мне сведения, что называется, «по полочкам». Никифоров, по слухам, имел связи с криминальным миром. Если у киллера на яхте был сообщник, то сама собой напрашивается его кандидатура. Он «закручивает» роман с Анной, назначает ей свидание на палубе, что позволяет киллеру застать ее в одиночестве. Не худо бы установить, знаком ли Никифоров с господином Тагаевым. Если связь есть, можно так прижать Никифорова, что он не откажется ответить на кое-какие вопросы. Киллера он сдаст, а там и до самого ТТ рукой подать. Согласна, самоуверенность моя граничила с наглостью, но отчего ж не помечтать иногда?

Тут меня посетила еще одна мысль: встретиться с Тагаевым и поговорить, что называется, по душам, в неформальной обстановке. И Артем будет доволен, вон он как переживал, что Тагаева повесткой вызывать надо, а тут тихо, по-дружески. Может, парень действительно ни при чем и захочет помочь нам по доброте душевной? Конечно, такое легче было придумать, чем осуществить, хотя чем черт не шутит. Я еще немного поразмышляла и потянулась к телефону. Был у меня приятель Алексей, который имел связи с криминальным миром, одно время входил в какую-то группировку, потом ушел водителем к известному бизнесмену, а когда того убили, начал жить на вольных хлебах, открыв свой автосервис. Ему я, кстати, доверяла свою машину, когда в том появлялась нужда. Алексею я помогла избавиться от тюрьмы, когда его упекли туда по ложному обвинению, и он считал себя мне обязанным. Я, правда, так не считала, но сейчас подумала, что вполне могу обратиться к нему с просьбой, хоть и уверена, что она его не обрадует.

Трубку сняла жена Алексея, пришлось извиняться и объяснять, кто я есть. Знакомы мы были лишь заочно, и, подозреваю, она моему появлению в их жизни не радовалась, должно быть, ревновала. Однако разговаривала со мной неизменно приветливо, вот и сейчас пропела:

— Ольга Сергеевна? Одну минуту, я позову Алексея.

— Здравствуйте, — возник в трубке его голос.

— Привет, — вздохнула я. Скрипнула дверь, еще какие-то звуки, и Алексей заговорил совсем другим тоном:

— Лучше звони на мобильный.

— Чего прятаться? Я же не любовница.

— Очень жаль, — совершенно серьезно заявил он. — У тебя неприятности?

— Уже знаешь?

— Слышал краем уха. Я ж на бойком месте, сегодня тип один заезжал, из милиции, вот и сказал. Хочешь, чтобы я приехал?

— Хочу, чтобы ты доброе дело сделал. Мне надо встретиться с Тагаевым. Только не говори, что не знаешь, кто это.

— Встретиться? — удивился он. — Зачем?

— Задать пару вопросов.

— Ну, ты даешь... и он, по-твоему, захочет на них ответить?

— Почему бы и нет? Ему их все равно зададут в милиции. Там он вряд ли начнет откровенничать, раз у них взаимная аллергия, а для меня очень важно докопаться до истины. Если он к убийству не причастен, то в истине тоже заинтересован, а если нет... что ж, потратим немного времени впустую.

Алексей ненадолго задумался.

— Я попробую, — сказал он сдержанно. — Не уверен, что получится. Ты ведь понимаешь...

Конечно, я понимала, а простившись с Алексеем, даже подумала, что сваляла дурака, ничего путного от этой встречи ждать не приходится.

Утро выдалось солнечное, что вызвало в душе оптимизм. Часов в десять мы встретились с Вешняковым и до обеда мотались по городу без всякого толка. Измученный Сашка уснул в машине, а мы заскочили в какое-то кафе перекусить.

— Тагаева на допрос вызвал? — спросила я.

— Пригласил, — ответил Артем, — но его сейчас нет в городе.

— Удивляюсь я тебе, — покачала я головой, а Артем нахмурился, давая понять, что дальнейшие разговоры на эту тему ему не по душе.

Мы немного поиспытывали терпение друг друга, рассказывая о своих догадках, у Артема догадок было даже меньше, чем у меня. Цепочка Тагаев—Анна—Никифоров—Райзман ему показалась вполне логичной: Анна — любовница Тагаева, и, когда у нее появилась проблема, Никифоров свел ее с Райзманом. То, что Никифоров знаком с Тагаевым, конечно, вилами на воде, но почему бы и не допустить такое?

— Все замечательно, кроме одного, — покачал головой Артем. — Если к Райзману Анну отправил Никифоров, то о ее связи с ТТ он знал, а если знал, то тащить ее в постель — глупость несусветная, что он, о здоровье не думает?

— Думает или нет, не скажу, может, его от возможной опасности еще больше разбирало. К тому же Тагаев и Анна к этому времени, скорее всего, уже разошлись, она ведь за Деда замуж собралась.

— И зачем в этом случае убивать ее? — скривился Артем.

— Она его шантажировала.

— Хорошо. Допустим. Но я бы на месте Никифорова поостерегся бы подходить к ней. А почему ты думаешь, что к Райзману ее привел Никифоров, а не Лапшин, к примеру?

— У Никифорова есть грехи молодости, а Лапшин у нас в связях с криминалом не замечен.

— Бабушка надвое сказала. Знаешь, как бывает? Копаешься в делах, никаких точек соприкосновения, и вдруг выясняется, что дел действительно никаких, а вот на охоту вместе ездят или дачи рядом.

— Ну так проверь, нет ли у твоего ТТ дачи рядом с домом Лапшина.

Убедившись, что без того кислое настроение Артема и вовсе достигло критического уровня, я решила дать ему возможность немного отдохнуть от меня, а себе, естественно, от него. Заскочила еще в пару мест, задавая бесконечные вопросы, а потом отправилась в косметический салон с целью сделать свой облик еще прекрасней, хотя куда уж еще, и так лучше некуда.

Я лежала на кушетке и почти дремала, забыв не только об убийствах, но вообще обо всем на свете, в этом расслабленном состоянии меня и застал звонок Вешнякова.

— Как настроение? — спросил он ядовито. Уже по его голосу мне стало ясно: у него новости, и, конечно, скверные.

— Так себе, — готовясь к испытаниям, ответила я.

— Сейчас будет еще хуже. Приезжай.

— Куда? — Он назвал адрес, по которому жила Вера. — Что там? — спросила я с беспокойством, хотя могла бы и не спрашивать.

— А ты как думаешь? — продолжал язвить Артем.

— Черт, — вздохнула я.

Въехав во двор дома-подковы, я сразу же обратила внимание на вереницу машин возле нужного подъезда. Вешняков стоял на тротуаре, курил, заметив меня, махнул рукой. Припарковав машину, я бегом припустилась к нему.

— Меня оттуда не погонят? — на всякий случай спросила я.

— Здесь все свои, а прибредет кто чужой, ты просто делай вид, что так надо. Народ решит, что ты вновь на службе, а спросить не рискнут.

На лестничной клетке молодой мужчина разговаривал с парой средних лет, должно быть, соседями, дверь в квартиру Веры была распахнута настежь. Первое, что бросилось в глаза, это чемодан, он валялся между столовой и кухней, был открыт и доверху забит разными тряпками.

— Где? — спросила я Артема.

— Давай сюда, — услышала я родной голос и через мгновение смогла лицезреть Валерку с улыбкой от уха до уха. Он выглянул из спальной и заявил: — Рад тебя видеть.

— А я тебя не очень, — вздохнула я. — Почему-то мы всегда встречаемся возле трупов.

— И труп есть, — радостно закивал он. — Как же без него? Вот, полюбуйся.

Я сделала шаг, готовя себя к крайне неприятному зрелищу, и в первое мгновение даже растерялась. Вера лежала на постели, укрытая покрывалом, волосы разметались по подушке, лицо я видела плохо, потому что лежала она на боку. Казалось, что она просто спит. В комнате работал кондиционер и оттого особого запаха не ощущалось, но, когда я подошла ближе, стало ясно, что лежит женщина давно, сутки, даже больше. Если бы не кондиционер...

— Работает на полную мощность, — кивнул на него Валера. — Чувствуешь, здесь холодно.

Я невольно поежилась, то ли от зрелища, то ли правда от холода.

— Ее убили? — спросила я.

— Ага. Два выстрела в упор. С глушаком. Соседи ничего не слышали, — сообщил Валера, а Артем, не удержавшись, добавил:

— Как всегда.

— Застрелил он ее в прихожей, а потом перетащил сюда, в прихожей кровь и здесь в двух местах. Кондиционер включил и прикрыл дело рук своих покрывальцем.

— Что-нибудь искали? — спросила я.

— Да не похоже. Вещи все на месте, кредитки, деньги в шкатулке. Хозяйка сама куда-то собиралась. Чемодан видела?

Я кивнула. В спальню заглянул молодой человек и сообщил:

— Артем Сергеевич, на кухне два бокала и пустая бутылка, на бокалах пальчики...

— Хорошо, — задумчиво кивнул Артем. Не дождавшись бурной радости начальника, молодой человек исчез.

— Когда, по-твоему, это произошло? — обратилась я к Валере, он пожал плечами, назвал примерное время и тут же оговорился:

— Точно будем знать после вскрытия. Но имея в виду кондиционер...

Я покопалась в своей памяти и без всякой радости смогла убедиться, что убили Веру в ночь моего визита. Валерка сказал, скорее ближе к утру, но если действительно принять во внимание холод в комнате, может, и раньше. Значит, почти сразу после моего ухода. Она ждала гостя и торопилась выпроводить меня. Когда я позвонила, у нее точно кто-то был, но она этого человека не боялась, скорее всего, с ним они и выпивали на кухне. Или со мной...

— Пальчики могут быть мои, — осчастливила я Вешнякова.

— Час от часу не легче, — фыркнул Артем и так взглянул, что мне оставалось лишь одно: пожать плечами: мол, а что поделаешь?

Тут я подумала о Лялине и затосковала. Много добрых слов я услышу от своего старшего товарища. Сначала Райзман, теперь Вера... Еще один труп, и все благодаря моей глупости.

Лялин не замедлил объявиться, приехал ко мне вечером и нелицеприятно высказал все, что думает. Но так как я была готова к нагоняю, то принимать близко к сердцу его слова не стала.

— Ты за собой «хвоста» не приметила? — выпив коньяку и подобрев, поинтересовался он. Вопрос подвиг меня на глубокие размышления.

— Считаешь, убийца бродит за мной и убирает свидетелей, при этом пытаясь подставить меня?

— А ты что считаешь? — начал вредничать Лялин. Тут я и вспомнила про «БМВ». У Лялина мой рассказ вызвал скрежет зубовный. — И ты, заметив тачку, преспокойно поехала домой? — вроде бы не поверил он.

— Я ей позвонила. У нее был гость, я слышала, как она к кому-то обращалась, не похоже, что она чего-то опасалась.

— Но чемодан все-таки собрала.

— Если ее пристрелил этот гость, то не сразу. А Валерка утверждает, что убил он ее в прихожей.

— Значит, дядя собрался уходить и вдруг решил, что оставлять подружку в живых не резон.

— Тогда в какой момент она начала собирать вещички? До его прихода или при нем?

Тут мне в голову пришла еще одна мысль, и я кинулась звонить Вешнякову. Несмотря на поздний час, он был еще на работе.

— У тебя что, озарение? — спросил он без всякого намека на любезность.

— Вроде того, — не стала я спорить, раз уж выходило, что моим друзьям от меня одно беспокойство. — Меня интересует ее чемодан, точнее, его содержимое.

Артем задумался, не зная, как отнестись к моим словам.

— Тряпки там были, обычные бабские тряпки.

— Мне надо еще раз побывать в квартире, — сказала я твердо. Артему это не очень понравилось.

— Может, объяснишь, в чем дело? — ворчливо поинтересовался он.

— Сначала мне надо взглянуть, может, мои догадки гроша ломаного не стоят.

Лялин прислушивался к разговору с интересом, но вопросов задавать не стал. Поехал со мной. Артем ждал нас возле дома Веры, выглядел он так, точно часа три провел у зубного врача.

— Иметь с ней дело — не сахар, — с сочувствием сказал ему Лялин, но лучше бы он молчал, Артем махнул рукой и повел нас в квартиру.

Чемодан все еще валялся между кухней и столовой, я пристроилась возле него на корточках и тщательно проверила вещи, потом прошла в гардеробную Веры. Одежда висела на плечиках ровными рядами. Человеком она была аккуратным и за своим гардеробом следила. Впереди легкие и вечерние платья, далее костюмы и у противоположной стены две шубы в целлофане. Ближе к двери болтались пустые вешалки.

Лялин всегда соображал быстро и сейчас усмехнулся.

— И чего вы такие радостные? — съязвил Артем.

— Где ее сумка? — спросила я.

— Чемодана тебе мало? — продолжил язвить Вешняков. — Сумок у нее десяток, можешь взглянуть.

Сумок было даже больше, стояли на полке в гардеробной, а внизу коробки с обувью. Надо полагать, сумки она подбирала в тон обуви, будучи женщиной элегантной, а главное — не бедной.

Я вышла в прихожую, туфли возле вешалки и сумка тут же, рядом.

— Там всякая ерунда, — буркнул Артем. — Кошелек, косметичка...

— Сколько денег в кошельке?

— Тысячи полторы. Скажи, что тебе надо?

— Никуда уезжать она не собиралась, — вздохнула я. Артем взглянул на Лялина, словно ища у него поддержки, но тот согласно кивнул.

— Не надо быть Шерлоком Холмсом, чтобы понять...

— Видно, я совсем идиот, — начал злиться Артем.

— Нет, просто ты мужчина, — сообщила я.

— А Олег, девица на выданье? — съехидничал он. Лялин демонстративно отвернулся, не желая участвовать в перепалке.

— Не злись и послушай, — попросила я, прекрасно понимая, как действую ему на нервы. — Я приезжаю к Вере, задаю всякие вопросы, она испугалась, хотя испуганной мне не показалась. Но, допустим, все же испугалась и решила покинуть город. Достала чемодан, заметь, их два: черный и бежевый. Она берет черный, хотя сейчас лето, и, по идее, она должна взять бежевый.

— Может, ей было не до цвета чемодана?

— Такие вещи женщины, вроде Веры, проделывают машинально. Идем дальше. Допустим, ты хочешь побыстрее смыться. Что возьмешь в первую очередь?

— Деньги и документы, — пожал плечами Артем.

— Точно. А они лежат на полке в гостиной. Кредитки, документы и деньги. В чемодане совсем нет белья. Зато куча платьев, в основном на выход, из шифона и шелка. Почему?

— Потому что они висели на плечиках ближе к двери, — вздохнул Артем и тут же добавил: — Убийце зачем-то понадобилось, чтобы мы решили, что она собралась в дорогу.

— Иногда полезно послушать женщин, — поддакнул Лялин.

— Конечно. Мне бы, например, и в голову не пришло... А если она так торопилась, что хватала первое, что под руки подвернулось? — решил не сдаваться Артем. — Так была напугана...

— Но не после встречи со мной, — возразила я. — Если она была так напугана, что не сообразила первым делом взять деньги и паспорт, то не стала бы тратить время на гостя.

— Она могла испугаться после встречи с ним. Поговорив с тобой, ничего опасного для себя она не усмотрела, а вот он объяснил ей, что оставаться ей здесь не стоит, и она побросала вещи в чемодан...

— Ему это не понравилось, и он ее пристрелил, — закончил Лялин.

Мое недавнее воодушевление испарилось.

— Он застрелил ее в прихожей, что укладывается в схему, она как раз здесь металась, собирая чемодан. Самое интересное не это, — вздохнул Лялин. — Самое интересное то, что у ее друга оказался пистолет с глушаком. Довольно занятная штука. Либо дядя с оружием на «ты», либо знает, где достать. Вот я, к примеру, знаю. А ты? — Вопрос адресовался мне.

— Откуда? — обиделась я.

— В самом деле, откуда добропорядочному гражданину, каковыми являются, по общему мнению, ее друзья, знать, где можно разжиться такой игрушкой.

— Не вижу в этом ничего особо сложного, — теперь вредничать начала я. — У Никифорова довольно сомнительное прошлое, Лапшин президент банка, у него есть служба безопасности, и ребята там сплошь бывшие спецназовцы.

— Не годится, — покачал головой Артем. — К своим обращаться опасно. Как только узнают об убийстве... и при чем здесь вообще Лапшин? — спросил он с подозрением.

— Это я к примеру, — поспешила я его успокоить.

— Так, еще раз: Вера, по твоим словам, ждет гостя...

— Думаешь, я это выдумала?

— Не думаю. С пальчиками повозились, отпечатков полно, здесь, похоже, проходной двор, а уборщица приходит по пятницам, так что наследить успели. Самое интересное — рюмки, отпечатки отчетливые, одни принадлежат хозяйке, другие неизвестному лицу. Не тебе.

— Значит, после моего ухода она рюмку вымыла.

— А также значит, что, на твое счастье, после твоего ухода действительно был гость. Они выпивали, а вот потом...

— Потом он ее пристрелил по неизвестной причине. Черт, почему бы мне не обратить внимания на номер «БМВ», что во дворе стоял.

— Действительно. Правда, нет никакой уверенности, что на нем прибыл гость.

— А ты не сравнил отпечатки пальцев на рюмке с тагаевскими? — скромно улыбнулась я.

— Не с чем сравнивать, — улыбнулся в ответ Артем. — Он не привлекался. Если вы ничего больше не желаете поискать, может, свалим отсюда? Только нагоняя от начальства мне и не хватало.

Квартиру мы покинули, но разъезжаться не спешили.

— Пока нет акта вскрытия, мы даже не знаем, в какое время произошло убийство.

— Зато с уверенностью можем сказать, что убийцу Вера хорошо знала. Был ли это гость, которого она ждала, или кто-то еще, но одно несомненно: ночью женщина не откроет дверь незнакомому человеку. С Никифоровым беседовали?

— А как же. Говорит, не встречались с воскресенья. Он был очень занят, на ночь убийства у него есть алиби. Он ночевал у Сафронова.

— С какой это стати? — насторожилась я.

— Ну, говорит, засиделись, Сафронов предложил остаться у него, вот он и остался. А ты считаешь, что убитая ждала Никифорова?

Вопрос вызвал размышления.

— Не знаю. Скорее нет, чем да. Почти наверняка нет. Очень ей не хотелось, чтобы мы встретились. А чего ей Никифорова прятать, скажи на милость? Ну, сказал бы мне пару ласковых...

— Ему могло не понравиться, что она ведет с тобой доверительные беседы, вот она и поспешила от тебя избавиться.

— У Никифорова случайно нет «БМВ»? — спросила я.

— У него «Лендкруизер», довольно старенький, лет семь на нем катается, — сообщил Лялин. — То ли привык к нему, то ли на новую денег нет. Дела у него идут так себе.

— Вера помогла ему с займом, недвусмысленно намекнув, что Никифоров никуда от нее не денется, иначе ему туго придется. Мне она сказала, что ревновать его ей и в голову не приходило, сама она тоже не хранила ему верность. Но, как знать, могла и разозлиться, что он так весело проводил время с Анной.

— Пригрозила ему, и он ее за это убил? — вздохнул Артем. — А Анну убил, потому что боялся, что она подружке проболтается. И Райзмана заодно. Что, если неизвестный любовник Никифоров и есть?

— Райзман ему перед смертью звонил?

— Нет. А вдруг они случайно встретились, без всяких звонков? Заехал к нему домой или на службу?

— А он заезжал?

— Говорят, что нет, но мы ведь серьезно не проверяли...

— Значит, Никифоров? — вздохнула я. — Скажи, Артем Сергеевич, тебе очень не хочется, чтобы в это дело был замешан Тагаев?

— А тебе очень хочется?

— Мне хочется найти убийцу.

— Тогда сиди дома и никуда не суйся. После тебя одни трупы. — Он слегка смутился и нервно кашлянул.

— Не похоже, чтобы Никифоров особо опасался гнева любовницы, — вздохнула я, решив не обращать внимания на слова Артема. — Приличия соблюдал, это верно: попросил Лапшина на стреме постоять, чтоб на Веру не нарваться, но боялся вряд ли, не то не стал бы вести себя так по-дурацки, я имею в виду ту же Анну.

Лялин взглянул на часы и сказал:

— Гадание на кофейной гуще, предлагаю на сегодня закончить.

Мы простились с Артемом, Олег проводил меня до машины.

— Кажется, я действую парню на нервы, — сообщила я ему с печалью, наблюдая, как Артем отчалил на видавших виды «Жигулях».

— Ничего удивительного, мне ты тоже действуешь на нервы, — заметил Лялин.

— Я же хочу помочь, — возмутилась я.

— Конечно, но получается, что все еще больше запутываешь. Где ты — там очередной труп, что в этом хорошего?

— Иди ты к черту, — в сердцах сказала я. Лялин хмыкнул и в отместку поцеловал меня. Я отстранилась, недовольно заметив: — Осмелел.

— Ты мне всегда нравилась. Старею, тянет на молоденьких.

— Ага. Помни, от меня одни неприятности.

— Помню, но ничего не могу поделать: сердцу не прикажешь.

Настроение было ни к черту. Что я в самом деле лезу и порчу людям жизнь? Лялин прав, менты меня не тронут, Дед не позволит, а кто с ним в нашем городе свяжется? Наплевать и уехать куда-нибудь к морю. А там, глядишь, найдут кого-нибудь или дело закроют. При мысли об этом все во мне возмутилось. Надо полагать, не от жажды справедливости, а от безделья. Хотя тут я лукавила: очень хотелось докопаться до истины. Три трупа, а мы все на кофейной гуще гадаем.

Я поехала домой, злясь на себя, на Вешнякова и вообще на весь мир. Не успела я войти в квартиру, как зазвонил телефон. Недовольный Сашка, который собрался на прогулку, демонстративно ушел на балкон.

— Вы сговорились, что ли? — крикнула я ему вдогонку, он даже ухом не повел. — Точно сговорились, — сказала я и сняла трубку.

Звонил Сафронов. Он был потрясен известием о гибели Веры, что меня не удивило. Полчаса я утешала его, потом принялась выспрашивать, с какой стати в ночь убийства Никифоров остался ночевать у него. Оказывается, не первый раз оставался. Друзья любили перекинуться в картишки, собиралась компания из четырех человек, Никифоров по-холостяцки иногда ночевал, когда засиживались дольше обычного, так было и в тот раз. У Никифорова алиби, кроме Петра, еще двое могут подтвердить, что он провел с ними вечер и часть ночи. От Петра поехал в офис. От Вешнякова я узнала, что первым забил тревогу все тот же Никифоров, он несколько раз звонил Вере, но она не отвечала. Это показалось ему подозрительным, и он поехал к ней, стоял под ее дверью и названивал то на домашний, то на мобильный телефон, и слушал, как звонки раздавались в пустой квартире. Это здорово его напугало, он вызвал милицию. Артем говорит, парень очень нервничал, что и неудивительно, просто обнаружить труп и то дело малоприятное, а если это твоя возлюбленная... Артему видеть Никифорова в роли убийцы предпочтительнее, чем Тагаева, но алиби — это алиби. Петр дал понять, что Никифоров во всех несчастьях винит меня. Что он подразумевает под этим, еще вопрос, возможно, считает, что я убила всех троих. Кстати, имеет право. Я-то вот не стесняюсь представить его в роли убийцы.

Разговор этот умиротворения в мою душу не внес, и я вновь подумала: может, внять мудрому совету и в самом деле сидеть себе дома? Не успела я дойти до входной двери, чтобы погулять с Сашкой хоть полчаса, телефон зазвонил вновь. Чертыхаясь, я сняла трубку, уже не ожидая от жизни ничего хорошего.

— Ольга Сергеевна? — Голос Валерии я узнала сразу, хотя она говорила очень тихо, скорее шептала. — Я узнала о Верочке...

— Вы что шепчете, вам говорить неудобно? — Не то у меня было настроение, чтобы разводить политесы.

— Я... мужу вряд ли понравится... он считает... Никифоров был у него сегодня. Гена говорит, Павел сам не свой, его можно понять. Он считает, в милиции к нему отнеслись безобразно, кажется, его подозревают, и он думает, что виноваты в этом вы.

— В убийстве? — уточнила я.

— Что вы... то есть он считает, это вы их настраиваете.

— Пусть считает, — разозлилась я.

— Я спросила у мужа, не встречался ли он раньше с Анной. Он очень рассердился на меня за этот вопрос. Знаете, у меня дурное предчувствие, если честно, я сама не своя. Все как будто жду чего-то. Нас было восемь человек на яхте, и трое уже погибли.

«Только этого не хватало, — с тоской подумала я, разглядывая стену. — Сначала Петр, теперь Валерия. Почему бы ей не поделиться своими страхами с близким человеком, с мужем, к примеру?» Наверное, я потеряла нить разговора, потому что очень удивилась, когда она заявила:

— Он вас боится.

— Кто? — немного похлопав глазами, решила уточнить я.

— Убийца, — ответила Вера, чем повергла меня в состояние легкого шока.

— Очень интересно, — с трудом справившись с желанием послать даму к черту, заметила я.

— Да, да. Не удивляйтесь. Так и есть. Я много думала об этом. Смотрите, что получается: убили Анну. Вы, желая в этом разобраться, едете к Райзману. Милиция его уже допрашивала, как всех нас. Но как только с ним поговорили вы, он погиб. Потом вы поговорили с Верой, и в ту же ночь она погибла.

— Откуда вам известно, что я с ней говорила? — насторожилась я.

— Никифоров сказал моему мужу, а муж мне.

— Забавно, откуда это известно Никифорову?

— Так ведь она ему звонила. Верочка, я имею в виду. Он был у Петра, когда она позвонила и нажаловалась на вас. Он хотел отправиться к ней, но Вера сказала, что это ни к чему, раз вы уже уехали.

— Подождите, она точно звонила после моего ухода?

— Так Никифоров сказал. Но вы меня не дослушали. Смотрите, что получается: после разговора с милицией он никого не трогал, а как только вы... Теперь понятно? Он вас боится. У вас есть какая-то информация, которая в сочетании с информацией от других людей делает его существование опасным.

— Восхищена вашим умом, — скривилась я, — но поверить в это мне трудно. Что такого могу я, чего не может милиция?

— И все же я уверена, что все дело в этом. Убийства в конечном итоге направлены против вас.

— Тогда отчего бы убийце не ухлопать и меня, чтобы не мучиться? Кстати, с вашим мужем я тоже встречалась, говорила с ним об Анне, и он до сих пор жив.

— Не шутите так, — обиделась Лера и торопливо простилась, а меня начала мучить совесть, чего я в самом деле напугала человека?

— Всех к черту, — заявила я громко, пытаясь заглушить душевные сомнения. — Пусть идут в милицию со своими догадками, а не мне названивают.

Я позвонила Петру.

— Никифоров действительно разговаривал с Верой? Чего ж вы сразу не сказали? — возмутилась я.

— Так я... вы же не спрашивали... Если честно, это как-то вылетело у меня из головы. — «С ума сойдешь с этими олухами или в тюрьму сядешь».

Мы наконец-то отправились гулять с Сашкой, но вечер на этом не закончился, мобильный ожил. Я решила, что прогулку портить не стоит и оттого отвечать ни к чему, но звонившим на всякий случай поинтересовалась. На экране высветился номер Алексея. И я поспешно ответила.

— Он согласен встретиться, — с места в карьер заявил Алексей, имея в виду Тагаева.

Признаться, это несколько меня удивило.

— Моя просьба сложностей не вызвала? — бодро заметила я.

— Все даже слишком просто. Это мне и не нравится. — Алексей так вздохнул, что я сочла необходимым его утешить:

— Может, он в моем лице нашу власть уважил?

— Ага. Он и нашу, и вашу власть так уважает... Детка, тьфу ты, извини... короче, у меня к тебе большая личная просьба: веди себя смирно. С ним, я хочу сказать. Без этих твоих штучек, и вообще... У него к бабам специфическое отношение. Он лет пять назад жениться собрался, а его возлюбленная по какому-то поводу ему замечание сделала, то ли сказал что-то не то, то ли взглянул не так. Дело было в ресторане, он поднялся, расплатился и ушел, не говоря ни слова. Свадьба накрылась, потому что он с девицей больше не встречался.

— Так, может, она не хотела?

— Она хотела, но он ей очень вежливо объяснил, что не будь в нее влюблен, выбросил бы ее в окно, а так просто ушел, но ведь нервы-то не железные.

— Как интересно ты рассказываешь, — хихикнула я.

— А ты на ус мотай. У него своя точка зрения: курица не птица, а баба... дальше сама знаешь.

— Еще бы.

— Вот-вот. Я о твоем пожелании заговорить боялся, не с ним, само собой, с его приятелем. И был уверен, что пошлют в лучшем виде, и вдруг... Надеюсь, это просто любопытство, о тебе в народе легенды ходят, и он решил взглянуть.

— Серьезно? Хоть одну легенду расскажешь?

— Одну ты знаешь: как ты меня из тюряги вытащила, хотя наша власть была категорически против.

Но ты на их пожелания наплевала и сделала все по-своему.

— Эта легенда мне не нравится, на самом деле мне тогда здорово навешали.

— Зато мне она по душе. Обещай, что будешь вести себя прилично. Ты, конечно, сто очков вперед дашь очень многим мужикам, но он в это ни за что не поверит.

— Большое тебе спасибо, — хмыкнула я. — Теперь даже не знаю, стоит ли встречаться с этим типом.

— Стоит. Он умный. Если ты ему понравишься, может, и подкинет дельную мысль. Он в ресторане «Шанхай». Спросишь там кого-нибудь на входе, тебя проводят. Поезжай прямо сейчас. И не забудь мне перезвонить, чтоб я от беспокойства не ерзал. Только на мобильный, ладно?

Я еще раз поблагодарила его за заботу и заспешила домой. Признаться, Алексей меня озадачил. Это что ж выходит, мне предстоит доказывать, что у меня мозги есть, или прикидываться безмозглой дурой, которую дядя пожалеет и поможет дельным советом?

— Дура так дура, — хмыкнула я, потому что доказывать, что у меня есть мозги, не любила.

Вернувшись домой, первым делом нанесла боевую раскраску, придав себе черты роковой женщины. Юбка короткая, пиджак в обтяжку, обойдемся без бюстгальтера, пусть титьки наружу выпадают, парень сразу сообразит, за что Дед терпел меня так долго. Девица в зеркале мне не нравилась, но для придурка, с которым я готовилась встретиться, должно быть в самый раз. Я сунула Сашку в сумку и прихватила с собой, так сказать, для полноты образа.

«Шанхай» считался очень дорогим рестораном, и по этой причине народ сюда валом не валил. Принадлежал он, кстати, тому же Тагаеву. Стоянка перед рестораном выглядела сиротливо, всего с пяток машин. Знаменитый «Хаммер» отсутствовал, зато возле самой двери стоял черный «БМВ».

— Интересно, — буркнула я и на всякий случай запомнила номерок. Приткнула свою машину и, отчаянно виляя бедрами (это я так в образ входила), прошествовала к двери.

В холле дежурил китаец, однако одет он был по-европейски, поклонился, на его плоском лице эмоции отсутствовали, нет бы улыбнуться девушке. Он, должно быть, как хозяин, считал, что раз у баб ума нет, то и улыбок тратить на них ни к чему.

— Желаете поужинать? — прошепелявил он.

— У меня назначена встреча с Тимуром Вячеславовичем, — с трудом вспомнила я отчество.

— Как вас зовут? — без всякого выражения спросил китаец.

— Ольга Сергеевна Рязанцева, — расцвела я своей лучшей улыбкой.

— Прошу сюда.

Он забежал вперед без лишней суеты и повел меня боковым коридором. Постучал в массивную дверь и тут же распахнул ее передо мной. Я вошла. За круглым столом, над которым свисал красный абажур, сидели четверо мужчин и играли в карты. При моем появлении трое подняли головы, их физиономии приняли идиотское выражение. Одному этого показалось мало, и он протяжно свистнул.

— Добрый вечер, — сказала я и так растянула губы в радостной улыбке, что, должно быть, смогла продемонстрировать коренные зубы.

Тут и четвертый, тот, что сидел ко мне спиной,

соизволил обернуться и взглянуть, точнее, смерил меня взглядом, презрительно дернул верхней губой и изрек:

— А-а, это ты.

— Это я, — не стала я спорить, начисто забыв, что сегодня я дура. Парни за столом переглянулись, но никто не рискнул произнести ни слова, Тагаев поднялся и сказал:

— Ну, пошли... — Толкнул дверь и вышел первым, я сделала парням ручкой и не спеша последовала за ним.

Идти пришлось недолго, Тагаев распахнул соседнюю дверь, вошел и включил свет, небольшая комната оказалась кабинетом. Он сел за стол, обитый зеленым сукном, и сцепил руки замком. Я огляделась, прикидывая, куда пристроить свой зад, и выбрала кресло у стены.

— Рассказывай, — лениво предложил Тагаев, — чего тебе от меня надо?

— Поговорить, — пожала я плечами.

— Ну, говори.

Легко сказать. Как прикажете говорить с таким типом? Я закинула ногу на ногу и поставила сумку с Сашкой в кресло по соседству, тянула время. Тагаев не торопил меня. Не знаю, чего хорошего в нем нашел Вешняков, по мне, так он типичный придурок, из тех, что мнят себя пупом вселенной. Ворот светлой рубашки расстегнут, рукава закатаны. Неизменное кольцо с бриллиантом, впрочем, парень проявил оригинальность, на мизинце здоровенный изумруд. Золотой браслет и «Ролекс», правда, и тут выпендрился: часы носил на правой руке, хотя, может, он левша и ему так удобней. Цепь на шее толщиной с собачью тоже присутствовала. Положительно, он будто нарочно навешал на себя все это, чтобы люди знали, с кем имеют дело. Может, вправду нарочно, и это что-то вроде моей боевой раскраски на сегодняшний вечер?

Я задержала взгляд на его физиономии. Обычная бандитская рожа, взгляд наглый до такой степени, что кирпича просит, таким образом хочется привести человека в чувство, чтоб он не терял связи с реальностью. Широкоскулое лицо с высоким лбом, волосы, довольно длинные, он зачесывал назад. Скорее рыжеватый блондин, чем шатен. Я эту публику в принципе не жалую, а он точно со съемок отечественного боевика и еще в гриме. Мафиози губернского разлива. Если он умный, то кто тогда дурак? Нет, Вешняков спятил или просто надо мной издевался.

Я вздохнула, терпению Тагаева можно было позавидовать, но ведь и оно когда-нибудь кончится.

— Рассмотрела? — спросил он без намека на усмешку, откидываясь в кресле.

— Так и вы зря время не теряли, — съязвила я, он меня очень злил. — Что вас так увлекло в районе моего тазобедренного сустава?

Его лицевые мышцы пришли в движение, однако он тут же сцепил зубы и еще немного помолчал, после чего изрек:

— Нарываешься. Либо говори, либо проваливай.

— Не возражаете, если я начну с вопроса? Почему вы согласились со мной встретиться?

— Девочка на «Феррари», в костюмчике за полштуки баксов, которую трахают наши шишки...

— Ваша осведомленность в женских тряпках вызывает уважение.

«Сейчас меня выбросят за дверь», — успела подумать я, но он спутал все карты, хмыкнул и сказал:

— Не нравлюсь я тебе?

— Конечно, нет. А чего в вас хорошего?

— Терпение.

— Тут я спорить не буду, — поспешила согласиться я.

— Говорят, ты умная. Ни в жизнь не подумаешь.

— Говорят, вы тоже. А теперь, когда мы обменялись комплиментами, я хотела бы объяснить цель своего визита.

— Вона как... Звучит впечатляюще, валяй.

— Мы не нравимся друг другу, и тут ничего не поделаешь, — заявила я с улыбкой и встала, подхватив сумку. Я успела дойти до двери, злясь на себя, однако считала риск оправданным. Конечно, будет обидно, если я перемудрила.

— Эй, — позвал он, — забыл, как тебя зовут...

— Это не существенно. Эй, и что дальше?

— Сядь, — ткнул он пальцем в кресло, очень уж по-хозяйски, но я не стала принимать это близко к сердцу. Подошла и села.

— Вы согласились со мной встретиться, и терпение ваше воистину безгранично, раз вы до сих пор меня не вышвырнули. Из этого я делаю вывод, что вы заинтересованы в разговоре.

— Еще бы. А о причине не догадываешься?

— Может, вы намекнете?

— Может. Мне нравится твой костюм. А еще хотелось бы взглянуть, как ты выглядишь без него.

— Иными словами, вы убеждены, что, если мы еще немного подействуем друг другу на нервы, я непременно разденусь?

Он почесал ухо и улыбнулся. Вполне по-человечески.

— Все, что мне говорили, чистая правда: у тебя паскудный характер и очень длинный язык. Странно, что его до сих пор никто не укоротил.

— Я была против.

— Не сомневаюсь. А я бы смог найти ему другое применение. Прямо сейчас.

— Я не особенно сильна в таких упражнениях. А у Анны Гориной это хорошо получалось?

Такой прыти он от меня не ожидал и потому растерялся, лишь на мгновение, но и этого было достаточно: Анну он знал. Впрочем, я не сомневалась в этом, раз его номер обнаружили в телефонной книжке ее мобильного.

— Эта та, которую зарезали? — спокойно спросил он, придвинул авторучку и принялся вертеть ее на столе.

— Да. Вы ведь были хорошо знакомы?

— Я с этой Анной? Не помню такой.

Ответ удивления не вызвал.

— Вот как... Но то, что ее зарезали...

— Я проявляю интерес к тому, что происходит в этом городе. Знаю, что зарезали девку на сафроновской яхте и что там была ты. Поэтому и суешь свой нос куда не просят. Хотя есть еще вариант: это убийство чем-то интересно отцам города и тебя пустили по следу. В любом случае не там ищешь. Я знать не знал девчонку.

— У меня в этом большие сомнения.

— Ну, так и живи с ними, кто ж мешает? — Он отбросил авторучку ловким щелчком и воззрился на меня. — Здесь полно баб, возможно, мы как-то вместе выпивали. Возможно. Но я этого не помню.

— Возможно, она даже звонила вам пару раз?

— Почему нет? Я уже сказал: здесь полно баб, если я всех буду помнить, ни на что другое мозгов уже не хватит.

«Особенно если их и так не много», — мысленно съязвила я.

— А Вера Нежданова тоже относилась к тем, что здесь вертятся?

— Это кто такая?

— Подруга Анны.

— Ну, если подруга, может, и вертится.

— Она тоже погибла.

— Да?

— А с Райзманом вы были знакомы?

— Был. Голову ломаю, кому этот парень мог мешать. Мне он нравился.

— Кто вас познакомил, тоже не помните?

— Какое это имеет значение?

— Просто интересуюсь.

— У меня последнее время появились лишние деньги, а у него антикварный магазин. Покупал кое-какие вещицы...

— Перед его смертью тоже собирались что-то купить?

— Не собирался. Но он предлагал мне картину. Говорил, известный художник. Просил тридцать штук.

— Вы ездили к нему взглянуть на картину?

— Хоть у меня и есть свободные деньги, но я не такой дурак, чтобы за мазню бабки отстегивать. На кой мне черт картина?

— Что же вы в таком случае у него приобрели?

— Так... золотишко. Вот этот перстень, к примеру, — кивнул он на свой мизинец. — Девятнадцатый век, забыл, кто сделал эту хреновину.

— А с господином Никифоровым вы знакомы?

— Это который Никифоров?

— Никифоров Павел Сергеевич.

— Слышал. Его что, тоже убили?

Я усмехнулась и покачала головой.

— Вы же сказали, что интересуетесь тем, что

происходит в нашем городе? — Я поднялась, подошла к столу и положила на него свою визитную карточку. — Если у вас переменится настроение и вы решите со мной поговорить...

— О чем, детка? — хмыкнул он и подвинул карточку мне, но не щелчком, а приложившись к ней сразу тремя пальцами. — Если мне захочется тебя увидеть, я и без визитки тебя найду.

— Что ж... — не стала я спорить и, стараясь соблюдать осторожность, положила карточку в сумку. — Не могу сказать, что было приятно познакомиться, однако спасибо, что уделили мне время.

— Пожалуйста, — усмехнулся он. Я направилась к двери, а он сказал мне вслед: — Меня обманули, ума у тебя нет вовсе.

— Людям свойственно все преувеличивать, потому что я о вас того же мнения. — И, не дожидаясь, когда в меня запустят чем-то тяжелым, я спешно покинула кабинет.

Китаец, маячивший в холле, торопливо распахнул передо мной дверь.

— Мое обаяние на него не действует, — пожаловалась я Сашке, устраиваясь за рулем. Чуяло мое сердце, ничего путного из разговора не получится, так и вышло.

Тагаев вполне мог говорить правду. Такой тип, как он, вряд ли помнит по именам всех своих женщин. Дед, к примеру, вечно их забывает и, чтоб не путаться, всех зовет Детка, а у этого времени больше, значит, соответственно, и девок. И он их не только по именам забывает, но и лиц не различает. И Райзман мог действительно звонить ему по поводу картины, с Никифоровым и Верой он незнаком... Однако, несмотря на здравые мысли, что-то подсказывало мне: Тагаев врет, а если врет, тому должна быть причина. То, что он решил со мной встретиться, уже интересно. Объяснение, что сподвигло его к этому простое любопытство, мне серьезным не показалось. Я вздохнула, злясь на то, что вечер потрачен впустую, впрочем, не первый и не последний.

Я выехала со стоянки и решила немного прокатиться по городу. Я люблю свой город, особенно летними ночами. Фонари на улицах, огни рекламы, стайки молодежи возле кафе...

— А это что такое? — подумала я вслух, Сашка с интересом приподнял уши. — А это «БМВ». Ну-ка, номерочек посмотрим... Так и есть. Слышишь, пес, господин Тагаев отправил с нами сопровождающих. К чему такая милость? — «БМВ» держался на расстоянии, но особо не прятался. — Так, — протянула я и принялась плутать по улочкам. «БМВ» вроде бы отстал, но, оказавшись перед светофором, я вновь заметила его. Очень захотелось позвонить Вешнякову или Лялину. Но от этой мысли мне пришлось отказаться. Сколько можно злоупотреблять их добротой. Вряд ли ребята затевают военные действия. Тогда что? Тагаев просто решил немного поиграть на моих нервах? Милости просим...

Я свернула к дому, «БМВ» не спеша проехал мимо. Я загнала машину в гараж, слыша, как в кухне дребезжит телефон. Включился автоответчик, я схватила трубку. Звонил Алексей.

— Вернулась? Третий раз звоню. На мобильный не рискнул, вдруг помешаю.

— Ты всерьез опасался, что я могу не вернуться?

— Ольга, я тебе многим обязан, точнее, я тебе жизнью обязан, но иногда очень хочется свернуть тебе шею.

— О господи, сколько же вас, желающих, на одну бедную девушку...

— Как все прошло?

— Мы не понравились друг другу.

— Я же тебя просил...

— Я старалась, как могла. Тагаев считает меня дурой, он так и сказал: ума, мол, нет вовсе, значит, не зря старалась. У меня большая просьба, не смог бы ты очень аккуратно узнать, нет ли у Тагаева каких-либо дел с господином Никифоровым.

— Попытаюсь... Но про Никифорова я знаю доподлинно: если он и занимался какими-то темными делишками, то сейчас все по-другому. Братвы он сторонится, и они его за это не жалуют, особенно те, с кем он раньше дружбу водил. Жаль, что до тебя никак не дойдет, что Тагаев совсем не тот человек, с которыми ты привыкла иметь дело. Мне бы очень не хотелось думать, что ты его чем-то задела.

Простившись с Алексеем, я вернулась в холл и проверила замок. Не помню, когда я делала это в последний раз, но слова Алексея произвели на меня впечатление.

— Замок какой-то хлипкий, — чертыхнулась я и посоветовала себе лечь спать. Что и сделала буквально через полчаса.

Сны, которые посетили меня в ту ночь, переплюнули все ранее виденное по кошмарности и бестолковости, так что нечего удивляться, что утром я встретила мир не радостной улыбкой, а тяжкими стонами. Вчерашние страхи показались глупыми и даже обидными для моего самолюбия.

Выпив две чашки кофе и немного придя в себя, я позвонила Артему. Он уже был на боевом посту, моему звонку не порадовался, особенно когда я поведала о вчерашней встрече.

— Представляю, что ты вчера наболтала. У тебя ум есть?

— Он сказал — нет.

— Правильно сказал.

— Зато у меня есть отпечатки его пальцев. Должны быть вполне сносными. Скажи, что я умница? Если Тагаев уже в городе, так, может, ты с ним побеседуешь?

Артем действительно побеседовал, не вызвал Тагаева на допрос, а съездил к нему сам в тот же «Шанхай» и поговорил. По неведомой мне причине, Вешняков Тагаеву понравился много больше, чем я, он поил его кофе и даже, по словам Артема, предлагал коньяк, был разговорчив и совершенно открыт, как слуга народа перед выборами, но ничего стоящего так и не поведал: незнаком, не встречался, не в курсе.

Артем остался доволен, но длилось это недолго, аккурат до того момента, когда на стол ему легли результаты экспертизы. Во-первых, застрелили Веру из того же пистолета, что и Райзмана, во-вторых, пальцы на рюмке и на визитной карточке принадлежали одному и тому же лицу. Артем издал тяжкий вздох и спешно собрал военный совет, то есть меня и Лялина.

— Значит, я не ошиблась и «БМВ» возле дома Веры был тот самый, — не удержалась я от того, чтобы не похвалить себя. Сами знаете, как у нас: себя не похвалишь, никто не догадается.

— «БМВ» числится за ЗАО «Старт», то есть принадлежит все тому же Тагаеву, — вздохнул Артем.

— Он был у Веры той ночью.

— Допустим. Но если верить результатам вскрытия, а кто им не поверит, убили ее где-то около четырех утра. Мог быть и еще один гость, заглянувший позднее.

— Если убил Тагаев, он бы рюмку вымыть потрудился, — подергав ус, изрек Лялин.

— Вашему Тагаеву самому убивать не надо, он поговорил с женщиной, решил, что она опасна, возможно, успокоил ее, чтобы не волновалась и не делала резких движений, а потом отправил к ней киллера.

— Которому она открыла дверь, — съязвил Артем.

— Он мог ей позвонить и предупредить, что от него придет человек.

— Не было никаких звонков, я проверял. Ты ушла от нее, она позвонила Никифорову, затем ей позвонила ты, и на этом все. Правда, вечером был звонок из ресторана «Шанхай». Что-то около одиннадцати, незадолго до твоего прихода.

— И после этого ты хочешь сказать, что твой Тагаев здесь ни при чем?

— Ты выражения-то выбирай, — обиделся Артем. — То, что он у нее был, факт, считай, установленный, — немного помолчав, продолжил он. — Но вовсе не факт, что он причастен к убийству.

— Чего ж тогда врет, что знать ее не знает?

— Ну... у него нет привычки особенно откровенничать с милицией.

— И наверняка есть повод скрывать свое знакомство.

— Хорошо. Допустим. Что ты предлагаешь?

— Всерьез заняться Тагаевым. Где-то, когда-то они с Верой встречались, и кому-то об этом наверняка известно.

Мы дружно взглянули на Лялина, тот тяжко вздохнул:

— Может, мне открыть сыскное бюро? На свою работу времени все равно нет.

— Я тебя о помощи не просила, — сказала я. — Сам вызвался.

— Я помню, но должен обратить твое внимание на малюсенький нюанс: когда я напросился, ты числилась в подозреваемых. По крайней мере, других кандидатур не было. Теперь у нас какой-то мафиози, а про тебя менты как будто вовсе забыли. Так чего суетиться?

— Пока убийцу Анны не нашли, я все еще числюсь в подозреваемых.

— В милиции работают профессионалы, им и карты в руки.

— Сколько у тебя дел в настоящий момент? — повернулась я к Артему.

— Четыре убийства, не считая этих трех.

— Вот, — удовлетворенно кивнула я. — И сколько из них ты рассчитываешь раскрыть?

— Не сыпь мне соль на раны, — развел руками Вешняков.

— Возьми ее к себе на работу, — предложил ему Олег. — Она вам враз раскрываемость повысит.

— Давление она мне повысит, а не раскрываемость. Не пью второй месяц, а давление зашкаливает.

— Продолжишь дурака валять или...

— Или, — торопливо кивнул Лялин. — От черта молитвой, а от тебя ничем. Тагаева беру на себя. Довольна?

— Спасибочки, — пропела я.

— Должна будешь, — фыркнул Олег, но заметно подобрел.

— Да, совсем забыл. — Вешняков положил руку на грудь, вроде бы прислушиваясь, стучит сердце или нет, вздохнул и сообщил: — Нашли туристов, что в воскресенье на острове отдыхали. Пацан видел какого-то дядю.

— Какого дядю?

— Не знаю. С ним участковый разговаривал. Компания из Кострова, поселок вниз по реке.

— Знаю.

— Вот и отлично. Сгоняй, поговори с пацаном, я участковому завтра позвоню. Будет от тебя хоть какая-то польза. Может, померещилось ребенку, а может, действительно кого-то видел.

— Опросил жильцов дома, где жила Вера? Вдруг не я одна «БМВ» видела?

— Не учи, ради Христа. Тот факт, что он приезжал к Неждановой, еще ничего не доказывает.

Домой я вернулась поздно, хотела поскорее лечь спать, игнорируя заинтересованные Сашкины взгляды, но совесть дала о себе знать, и я позвала:

— Пес, потопали гулять.

Толкнула входную дверь и тут же попятилась, за кустами напротив кто-то прятался. Я захлопнула дверь и проверила замки.

— Мы на осадном положении, — сообщила я собаке, — придется обойтись без прогулки. Ты ведь не хочешь, чтобы твоей хозяйке кирпич на голову свалился?

Я прошла на кухню, гадая, разыгралось ли у меня воображение или действительно за кустами кто-то прячется.

— Черт, — выругалась я, потому что перспектива находиться в осаде меня не прельщала, я люблю вечерние прогулки не меньше Сашки, да и просто противно, что приходится бояться. С другой стороны, искушать судьбу не стоит.

Я поднялась на второй этаж и, не включая свет, подошла к окну. От куста отделился мужской силуэт и тут же скрылся в тени. Через минуту я вновь его заприметила. Мужчина дошел до конца сквера и вернулся назад. «Значит, не почудилось», — подумала я и вновь зло чертыхнулась. Понесла меня нелегкая к Тагаеву, толку ни на грош, а врага нажила.

Торчать у окна, вглядываясь в темноту, по-моему, довольно глупое занятие, но мне здесь точно медом намазали. Я принялась высматривать машину поблизости и ничего не высмотрела. Выходит, этот тип не такой дурак. Сна не было ни в одном глазу, и отправляться спать не имело смысла, впрочем, как и стоять у окна.

— Пойду смотреть телевизор, — сказала я, но не двинулась с места.

Вдруг силуэт возник на дорожке, ведущей в глубь парка, он приближался к фонарю, еще немного и... Я его увидела и длинно выругалась. Походку ни с какой другой не спутаешь, и седая шевелюра. Дед. Конечно, Дед. Шляется под моими окнами. Он что, спятил? Наверное, спятил, а что ж еще?

— Сумасшедший дом, — пробормотала я. — Зря Сашку без прогулки оставила, а напугал-то как, господи.

Теперь мне ничто не мешает прогуляться, там Дед, а не неведомые враги. Интересно, если я выйду, он сбежит или придумает какую-нибудь глупость, чтобы объяснить мне свое появление? Желания встречаться с ним у меня нет, и все. И вообще я иду спать.

Я спустилась в кухню, выпила теплого молока, говорят, это способствует хорошему сну. Мне не способствовало. Я выглянула из-за занавески, вроде бы ушел... и правильно, чего здесь отираться? Через минуту я увидела его, он стоял, привалясь к дереву, и пялился на мои окна, держась в тени. Проехала машина, и свет фар выхватил на мгновение знакомую фигуру.

— Это хуже, чем сумасшедший дом, — крикнула я Сашке. Он, сообразив, что гулять мы не пойдем, ушел в гостиную смотреть телевизор.

Прошло полчаса, Дед стоял как приклеенный. И я у окна тоже. Может, выйти на балкон, стихи почитать: «Кто это проникает в темноте в мои мечты заветные?» Ромео и Джульетта. Когда мужик в шестьдесят лет ведет себя как мальчишка, это прямо-таки обескураживает. А еще действует на нервы. Я не выдержала и набрала номер его мобильного.

— Привет, — сказала я со вздохом.

— Не спишь? — ответил он.

— Как видишь, то есть слышишь.

— Рад, что ты позвонила. Как твои дела?

— Нормально. Ты где сейчас?

— Дома.

— Вроде машина проехала.

— Я на балконе.

— С сотовым в руке?

— Я рядом с твоим домом, — вздохнул он.

— Почему бы тебе просто не зайти?

— Не уверен, что ты обрадуешься.

— Я уже говорила, что не обрадуюсь, но твое дежурство под моими окнами просто никуда не годится. У меня сердце разрывается на части. Иди домой и ложись спать.

— Извини, — покаянно сказал он. — Ты права, и вообще...

Он отключился, а я прошла к входной двери, распахнула ее и прислонилась к дверному косяку, сложив на груди руки, в свете, падающем из холла, он, безусловно, хорошо меня видел.

Дед торопливо пересек дорогу, отделяющую сквер от моего дома.

— Можно войти? — спросил он.

— А зачем я дверь открыла, по-твоему?

Он вошел, запер дверь, и я оказалась в его объятиях. Не могу сказать, что меня это удивило, в конце концов, для чего-то я в самом деле открыла дверь.

— Девочка моя, — зашептал он, его голос, как всегда, завораживал. Ну вот, он меня целует... Все дело в его чертовом голосе, закрываешь глаза, и все, как раньше: я люблю его, он любит меня, и впереди нас ждет светлое будущее.

Он подхватил меня на руки и понес в гостиную. Вместо того чтобы сказать: «Игорь, ты пожилой человек, подумай о здоровье, еще надорвешься чего доброго», сказать и испортить романтическую сцену, после чего, почувствовав взаимную неловкость, мы выпьем чайку и тихо-мирно поговорим, так вот, вместо этого я уткнулась носом в его грудь, точно в детстве, когда я засыпала перед телевизором, а он относил меня в постель. Я нарочно засиживалась у телевизора, из-за вот этой минуты, когда он подойдет и подхватит меня на руки, а я уткнусь ему лицом в грудь. Должно быть, по этой причине сейчас я терпеть не могу телик, некому меня на руках носить.

— Как же я люблю тебя, — сказал он. Голос внутри меня шептал: «Он в самом деле тебя любит, и ему плохо, очень плохо, может, даже хуже, чем тебе», а второй голос рыкнул: «Не позволяй пудрить себе мозги», был и третий, тоненький и противный: «Да ладно, чего ты, порадуй старика, от тебя не убудет». Все три мне надоели, и я заревела со злости, что не могу от них избавиться, а Дед гладил меня по голове и шептал: — Забудь все, — точно гипнотизер, повторял он. — Есть только ты и я...

Утром я вскочила ни свет ни заря и тихо покинула спальню, пока Дед еще не проснулся. Мысли разбегались, как тараканы, и не было среди них ни одной стоящей.

«Ладно, давай рассуждать здраво, — призвала я себя к порядку. — Я считаю его сукиным сыном, по его желанию погиб человек, за которого я собиралась выйти замуж, он политик до мозга костей и плюет на всякую хрень, которую я считаю важной, но он меня любит. По-настоящему только он меня и любил. И я люблю его, тут уж ничего не поделаешь, совсем не так, как раньше, но люблю, злюсь, ненавижу, иногда презираю, но вычеркнуть из жизни не могу. И он не хуже других слуг народа, во многом даже лучше. Его есть за что уважать. А то, что он когда-то... прошло много лет, а господь велел прощать».

Утренний аутотренинг благотворно подействовал на меня, и, когда появился Дед, я улыбалась во весь рот. Он, конечно, тоже улыбался, завернувшись в халат, оставленный каким-то залетным любовником несколько лет назад. Халат ему был маловат, но вообще Дед выглядел молодцом. Особенно сейчас, расточая мне улыбки. «Прекрати на него злиться, — мысленно прошипела я, — могла бы с ним не ложиться, самой хотелось, так что нечего его винить».

— Доброе утро, — возвестила я, искренне надеясь, что таковым оно и будет.

— Как ты красива, — сказал он, протягивая ко мне руку.

— Правда?

— Конечно. Я вчера думал, что жизнь кончена, — прошептал он, — а сегодня мне кажется, что она только начинается.

— Во сколько тебе надо быть в конторе? — решила я проявить благоразумие.

— Успею выпить кофе.

— Кофе готов, я сделала бутерброды...

Мы сели за стол напротив друг друга.

— Как твои дела?

Поначалу я решила, что это дежурный вопрос, отвечу «нормально», и проехали. Но не тут-то было. Дед методично, с пристрастием задавал вопросы до тех пор, пока я довольно подробно не обрисовала ситуацию.

— Если тебе нравится сам процесс, иди работать в милицию. Проблем не будет, замолвлю словечко, да и без этого тебя возьмут с радостью. Конечно, если ты вернешься на свою прежнюю работу, ко мне, я имею в виду... Но я не настаиваю, и даже просить тебя не вправе, но по поводу происходящего совершенно убежден: ты занимаешься ерундой. И ерундой опасной. Зачем тебе Тагаев? Он бандит. Ты понимаешь, что женщине вроде тебя даже думать смешно... Я тебе категорически запрещаю. Сегодня же позвоню, пусть бросят все силы на раскрытие этих убийств. Чего они там в самом деле не чешутся... А Вешнякову твоему шею намылят, чтоб за твоей спиной не отсиживался.

— Игорь...

— Все. Ты живешь одна, от твоей собаки никакого прока, завела бы хоть овчарку, что ли... А тут эта шпана. Да ты хоть представляешь... Не представляешь, потому что с этим отребьем никогда раньше дела не имела. Если не хочешь довести меня до инфаркта, найди себе другое занятие... Я в ванной бритву видел, пока я привожу себя в порядок, вызови, пожалуйста, мою машину.

Машину я, конечно, вызвала и ручкой помахала на прощание, но к прежним моим сомнениям теперь прибавилось уныние. Старый змей опять меня переиграл, немного романтизма, и вот я вновь сплю с ним и даже вынуждена считаться с его мнением. Вешнякову по шее, меня котлеты жарить. И ведь не придерешься, о моем благе думает. А может, о своем? Я прятала за злостью обиду, хотя давно надо бы привыкнуть: Дед ничего не делает просто так, всегда есть причина, иногда две или три.

— Разберемся, — подмигнула я Сашке.

Покончив с душевными переживаниями, я отправилась на машине в поселок Кострово, откуда прибыли туристы, отдыхавшие в день убийства на острове. Прямой дороги к поселку не было, добираться пришлось через райцентр, и на это ушло довольно много времени.

Поселок являл собой унылое зрелище. Когда-то здесь была фабрика, впрочем, стены до сих пор стоят, но от всего прочего мало чего осталось. Поселок вырос при фабрике, если фабрика закрыта, то, понятное дело, работы никакой, кормились здесь тем, чего давала река, в основном браконьерничали, но кто ж за это осудит людей, жить-то надо. Дед неоднократно начинал борьбу с браконьерством, обычно по весне. Сети изымали, штрафы присуждали, грозились конфисковать лодки, правда, до этого не доходило. Пару раз я здесь была по долгу прежней службы у Деда и кабинет участкового нашла без проблем, он размещался в здании поселкового совета. Участковый, дядька лет пятидесяти, читал газету, сидя возле окна, которое не мешало бы помыть. Услышав, как скрипнула дверь, он повернулся и снял очки. Меня он, конечно, узнал, я замечала, что у жителей таких вот поселков исключительно хорошая память на лица, может, потому, что людей вокруг немного и новый человек сразу обращает на себя внимание. Дядька несколько удивился, увидев меня, должно быть, ожидал приезда кого-то из милиции. Однако он был человеком старой закалки и свято верил, что начальству видней, оттого словесно сомнений не высказал.

— Здравствуйте, Федор Иванович, — поприветствовала его я. Он поднялся, я протянула руку, и он неловко пожал ее. — Рязанцева Ольга Сергеевна. Нас с вами знакомили в прошлом году, помните?

— Как же, конечно, помню. Вот, присаживайтесь.

— Вас предупреждали о моем приезде?

— Так точно. Жду с самого утра. Матери мальчонки сказал, чтоб никуда... Ждут.

— Тогда, может, сразу и пойдем?

— Конечно. — Он торопливо пошел к двери, хотел выйти первым, вспомнил про хорошие манеры, засуетился, пропуская меня вперед, и мы наконец покинули помещение.

Идти пришлось недалеко, возле двухэтажного типового дома у подъезда на лавочке сидела женщина лет тридцати и перебирала щавель.

— Вот, знакомьтесь, — кашлянув, начал Федор Иванович. — Это Мария Потапова, мать Антона. А это вот из областного центра, — с легкой запинкой сообщил он, кивнув на меня. — Ольга Сергеевна.

Женщина подвинулась, давая мне место на скамейке, затем приподнялась и зычно крикнула:

— Антон!

Звать пришлось трижды, пока в поле нашего зрения не возник мальчишка лет семи-восьми на велосипеде. Велосипед был ему явно не по росту, но управлял он им мастерски. Мальчишка лихо затормозил и сказал с гордой улыбкой:

— Здрасьте.

— Привет, — улыбнулась я.

Веснушчатый рыжий пацан сразу мне понравился. Участковый повторил церемонию приветствия, мальчишка скроил забавную рожицу, демонстрируя серьезность и внимание, но с велосипеда не слез, умудряясь сохранять равновесие, не касаясь ногой асфальта.

— Рассказывай, — кивнула я, по достоинству оценив чужое мастерство.

— Про кого, про дядьку? Так я уже рассказывал.

— Еще раз расскажи.

— Ладно, — пожал он плечами. — Дядька не на лодке приплыл, а сам по себе. Лодки не было, я там все кусты облазил. Уж я бы лодку не проглядел. Только не было ее. Значит, он своим ходом. Из реки вышел в маске, но без ласт. Еще у него мешок был, вроде рюкзака, непромокаемый, и надет задом наперед.

— Большой рюкзак?

— Не-а, маленький, вот такой. — Он раздвинул руки, рюкзак по величине скорее детский.

— И что дядька?

— Ничего. Из воды вышел и по тропинке в заросли пошел. Больше я его не видел.

— А описать ты его сможешь? Как он выглядел?

— Обыкновенно. Маска у него была оранжевая и трубка в полоску.

— Высокий или коротышка?

— Не-а, обыкновенный. Как папка.

— В папке его метр восемьдесят росту, — сообщил участковый, кашлянув, сам он ростом похвастаться не мог.

— Может, еще чего запомнил? Может, шрам у него на теле был или татуировка?

— Не видел. Я его не разглядывал. Мы с Вадиком в индейцев играли, я спрятался, он меня искал, а до этого я его искал, вот весь берег там и облазил, оттого и говорю: лодки не было точно. Дядька приплыл своим ходом.

— Может, лодка была на другой стороне, а сюда он пришел искупаться.

— Да там никто не плавает, дно вязкое и заросли, подход плохой. А чуть подальше пляж, — толково разъяснил мальчишка, продолжая балансировать на велосипеде.

— Кроме вас, отдыхающих на острове не заметили? — обратилась я к женщине.

— На яхте подходили к пирсу. Муж видел. Компания человек десять. А так никого. Сейчас на остров не больно ходят, тут вон своя река под боком, чего же бензин тратить? К нам мужчин брат приехал из Нижнего, с семьей, вот и выбрались детей порадовать, да и самим интересно. Володя, брат-то, первый раз на Губе, ну и обежал весь остров. Никого там не было, он еще радовался, мол, точно на необитаемом острове, потом яхта подошла, но мы друг другу не мешали. А знаете, я ведь его видела, — вдруг заявила женщина.

— Кого? — не поняла я.

— Ну, мужчину, про которого Антошка говорит. Точно, маска оранжевая на шее висела. Вот сын сказал, я и вспомнила, а сначала-то думала, это с яхты кто-то, они по острову все бродили.

— Подождите, вы видели этого человека уже после прихода яхты?

— Да. Я в туалет пошла, в заросли, там тропинка. Вдруг вижу, мужчина идет, неудобно, я и затаилась. Он спустился к берегу, где заросли, справа от пристани, а внизу пляж, там никого не было, туда и шел, наверное, поплавать хотел. Я думала, кто-то с яхты, — повторила она, — но маска точно оранжевая.

— А ты дядьку видел до прихода яхты? — спросила я Антона.

— Ага. На яхту мы тоже бегали смотреть, но позднее. Там еще пацаны из Черкасова на пристани рыбачили.

— А дядьку больше не видел?

— Не-а. Уплыл, наверное. Что ему одному целый день делать? Да и есть, поди, охота, а рюкзак у него маленький, много еды не наберешь.

— Вы мужчину тоже не разглядели? — на всякий случай спросила я Потапову.

— Где мне его разглядывать было... волосы у него красивые: до плеч и кудрявые, кольцами вьются.

— Темные или светлые?

— Светлые.

Теперь сомнения оставили меня, ни у кого из мужчин, что прибыли на яхте, светлых до плеч волос не было. Мачо волосаты, но брюнеты, причем жгучие, у остальных короткие стрижки. Значит, был на острове еще мужчина, который потом, скорее всего, оказался на яхте. Хотя ничто не мешает ему быть туристом, проводящим в одиночестве выходной на острове. Но что-то подсказывало мне: я на верном пути. Однако бывает, что мое шестое чувство шутит со мной шутки.

Задав еще несколько вопросов, скорее для порядка, к примеру, сможет ли женщина узнать того парня, на что женщина задумалась и ответила: «Разве что по волосам, если со спины увижу», я простилась и в сопровождении Федора Ивановича направилась к своей машине. Времени я потеряла много, но все же не совсем впустую.

В город я вернулась после обеда. Еще в дороге меня застал звонок Вешнякова.

— Начальству моему шею намылили, а начальство, соответственно, мне. Еще указали на недопустимость моего поведения, мол, случайные люди... Слышишь? Случайные люди — это ты. Так рассвирепели, я уж думал, от дела отстранят, вот было бы счастье...

— Не повезло?

— А когда мне везло?

— С Тагаевым говорил по поводу его гостевания в квартире Веры?

— Нет. И не подумаю, пока чего-нибудь существенного не накопаю. Что пацан?

— Похоже, был на острове дядя, отдыхал в одиночестве. Мать мальчишки тоже его видела, примет никаких, кроме того, что волосы красивые: до плеч и кольцами вьются. В общем, надо искать блондина с роскошными волосами, рост примерно метр восемьдесят.

— И всех делов-то? Найдем в три счета.

Настроение Вешнякова мне было понятно, и я лишь покаянно вздохнула.

— Ты пока у меня не появляйся, — тоже вздохнул он. — И вообще, в самом деле поаккуратней. Если Тагаев... ты женщина, и я боюсь подумать...

— Курица не птица, баба не человек, — изрекла я.

— Дура ты, Ольга, — в сердцах заявил Вешняков, а я, вернувшись в город, отправилась по злачным местам с фотографиями Анны и Веры. Я ничуть не сомневалась, что ребята Лялина проделают все это лучше меня, но чем-то занять себя надо?

Один кабак сменял другой, а толку от этого не было никакого, то есть говорили со мной охотно, потому что во многих заведениях я была своим человеком, и Веру тоже знали, но на вопрос: с кем она была, пожимали плечами, с мужчинами, разными, а с кем конкретно — ни-ни, такое беспамятство на людей нападало, что просто беда. Сашка с удивлением поглядывал на меня из сумки и даже выказал беспокойство, наверное, решил, что я вернулась к прежним привычкам. Я и в самом деле подумывала, а не выпить ли, то есть не напиться ли от души, раз все в моей жизни так нескладно: Дед, да еще эти убийства... Дед, кстати, объявился часам к трем.

— Сегодня заехать не смогу, — сообщил он коротко, — два дня буду в Москве.

— Ага, — буркнула я.

— Что «ага»?

— Ага, в смысле счастливого пути.

— Хорошо, я сейчас приеду.

— Ты же знаешь, больше всего на свете я не люблю жертвы, как свои, так и чужие. Пару дней я и без тебя проживу.

— Я люблю тебя, — сказал он совсем другим тоном, надо полагать, в этом месте мне надлежало расплакаться и почувствовать себя счастливой, но странное дело, счастьем даже и не пахло, а реветь мне совершенно не хотелось.

— Я тебя тоже, — бодро ответила я, хотела заказать мартини, но наш разговор отбил охоту и к выпивке.

И вновь пошли мы с Сашкой из одного кабака в другой, пока не оказались в заведении моего приятеля Володи, известное потрясающим мужским стриптизом. Было время, я проводила здесь все свои вечера, в основном потому, что Вовка кормил бесплатно по доброте душевной или по какой-то иной причине, к примеру, видел во мне власть, точнее, человека, ей прислуживающего. Впрочем, шоу мне тоже нравилось, в особенности один стриптизер по имени Спартак. Правда, уже полгода, как он не работал, сменил профессию. Сюда я в настоящий момент забрела, что называется, «по дороге». Если Вера здесь и появлялась, то Тагаев вряд ли. Он не производил впечатления человека, падкого до мужского стриптиза. Сашка, сообразив, куда мы идем, радостно тявкнул. Здесь его любили и считали умнейшей собакой, что было, кстати, истиной, не требующей доказательств. Парень, дежуривший у двери, весело меня поприветствовал. Пока я заходила в дамскую комнату, чтобы придать себе вид кокетливой дамочки, в холле появился Володя, раскинул руки и пропел:

— Кого я вижу. А похорошела как... красавица... Венера. — Мы обнялись и расцеловались. — Рад, что не забыла меня. Ужинать будешь?

— Не откажусь.

— В зале или в кабинете?

— Лучше у тебя.

— С тех пор как от нас ушел Спартак, смотреть особо не на что. Правда, пара ребят подают надежды. Не хочешь взглянуть?

— В другой раз.

— Ага, — кивнул Володя и едва заметно нахмурился. Мы прошли в его кабинет, у окна стоял столик, который быстро сервировали. Когда официант ушел, мы выпили по рюмке, и Володя сказал: — Ну, если стриптиз тебя не интересует, значит, ты по делу.

— Брось, какие у меня теперь дела? Так... любопытство.

— Я слышал, девку зарезали и ты там каким-то боком...

— Точно, — не стала я лукавить и выложила на стол фотографию Анны, а через минуту смогла убедиться, как затейливо переплетаются нити судеб, или что там еще может переплетаться на небесах? Словом, где не ждала, там и натолкнулась на золотую жилу.

— Я ее знаю, — кивнул Володя, взяв фото в руки. — Захаживала. Вместе со своей подругой, Веркой. Черт, фамилию не помню, муж у нее был большой шишкой, но умер, уже давно.

— Нежданова, — подсказала я.

— Точно.

— Она бывала здесь?

— Спрашиваешь. Каждый вечер, ну, может, я преувеличиваю, во всяком случае часто. Странно, что ты ее не помнишь, дамочка заметная. Свербит в одном месте, вот и цеплялась к моим парням. Ты знаешь, я на это сквозь пальцы смотрю, если не здесь, то ради бога, меня не касается. Потом Верка вдруг к нам ходить перестала, мне сказали, подалась в «Амазонку», там шоу лесбиянок. Вообще она на этом деле была помешана. Где-то с месяц опять у нас объявилась, запала тут на одного парня, на Эдика, блондин, высокий, еще волосы в косу заплетает.

— Помню.

— Ну, вот... Я слышал, ее тоже?..

— Да. Сначала Анну, потом ее.

— Девки шалые. И знакомства у них...

— Расскажи мне о знакомствах.

Володя поежился, кашлянул, покосился на дверь, потом перегнулся ко мне.

— Детка, ты же понимаешь...

— Понимаю.

— Я человек маленький, зачем мне проблемы... У тебя правда неприятности?

— Выкладывай, — посуровела я.

— Значит, так. Анька эта, когда Верка ее сюда привела примерно с год назад, начала крутить любовь с одним парнем из наших. Цыган, чернявый такой. Ну, он видит, бабки вроде есть... короче, что-то у них наметилось, и вдруг девка пропала, и он загрустил. Я приколоть его хотел, по бабе или бабкам, говорю, сохнешь, а он: не по бабам и не по бабкам, просто здорово сдрейфил, оказалось, эта паскуда крутит любовь с ТТ. Слыхала о таком?

— Имела счастье.

— Вот-вот. Конечно, цыган перепугался, на хрена так подставлять?

— Откуда он узнал про Тагаева?

— Видел их, в его «Хаммер» садились. Я ему посоветовал отдохнуть где-нибудь, и он на Кипр укатил, а когда вернулся, Анька здесь появляться перестала.

— А не могло твоему парню привидеться с перепугу?

— Вряд ли. Опять же, очень похоже на правду. Верка Тагаева хорошо знает, должна знать, если ее муженек миллионы свои наживал с ним бок о бок.

— Он что, имел отношение к криминалу, ее покойный муж?

— Тогда все, кто деньги делал, имели к нему отношение. Думаю, она их с Анькой и познакомила.

— И что?

— Ничего. У Тагаева бабы долго не держатся, а Анька без царя в голове, тихо вести себя ума не хватит, а характерных он не жалует. Где-то с полгода назад она здесь опять нарисовалась с каким-то парнем, рожа совершенно дегенератская и сплошная распальцовка. Упился в лоскуты и принялся сам здесь стриптиз показывать. Пришлось за дверь выносить. Больше с ним Анька не появлялась, запала на одного из наших, Валерку, жила с ним месяца три, вполне официально, у него дома. Выходит, с Тагаевым у них уже разладилось. Но таких, как она, вечно тянет на приключения, могла еще кого-то подцепить.

— С Валерой этим поговорить можно?

— Его с месяц как в городе нет. Он на лето на юг уезжает, в ночном клубе вкалывает, у нас летом мертвый сезон, а на юге в самый раз.

— Информация, прямо скажем... А Тагаев точно был знаком с Верой?

— Ну, если она не врала, конечно... В пьяном виде не раз парням хвалилась, что у нее в этом городе все схвачено, и про мужа рассказывала, про его дела с Тагаевым. Она парням рассказывала, а они мне. За что купил, за то и продал. Тут вот еще что. Менты у нас, само собой, были, барышнями интересовались. И ребятишки наведывались, тоже с фотографиями. Одного я знаю, он из охранной фирмы...

Я махнула рукой, лялинские ребята, идем по кругу.

— Интересовались и что?

— Ничего. Я болтливых не держу, дверь с этой стороны хорошо открывается. Ну что, помог я тебе?

— Помог. Спасибо.

— Не за что.

О моих делах мы больше не говорили, поболтали о том о сем, на несколько минут я зашла в зал, взглянуть на стриптизеров, там меня и застал звонок на мобильный. Звонила Лера.

— Ольга, извините, что опять беспокою. Просто хотела узнать, муж вам звонил?

— Нет. А в чем дело?

— Странно. Он собирался с вами поговорить. Ваш телефон у меня спрашивал, специально звонил сегодня с работы.

— А где он сейчас?

— На дачу уехал.

— Возможно, еще позвонит.

— Я беспокоюсь. Я хотела бы знать... он мне ничего не объяснил, но последние дни он нервничает, мне кажется, его что-то тревожит. Может, хоть вам расскажет? Извините...

Она торопливо простилась. Интерес к стриптизу у меня пропал, так по-настоящему и не возникнув.

Квартира встретила меня темными окнами и гулкой тишиной. Вечерняя прогулка не внесла покоя в душу, хоть я и настраивала себя на лирический лад. Телефон молчал, как проклятый. Вдруг нежданно-негаданно нагрянули гости: Ритка со своим мужем. Муженек, как всегда, навеселе. Проезжали мимо и решили осчастливить. Я честно старалась таковой казаться. Ритка, ужаснувшись пустому холодильнику, где ничего, кроме собачьих консервов, не было, отправила любимого в магазин, хоть я и возражала. Периодические попытки подруги наладить мой быт вызывали у меня глухое раздражение, но послать ее к черту язык не поворачивался, ясное дело, старалась она из любви ко мне.

Вскоре выяснилось, что, заботясь о том, чтобы я не умерла с голоду, Ритка преследовала еще одну цель: ей хотелось остаться со мной наедине. Едва за муженьком закрылась дверь, как она спросила:

— Вы помирились?

— С кем? — спросила я, поворачиваясь к ней спиной.

— Что ты дурака валяешь?

— Есть вопросы, на которые ответить не так легко. Мы ведь вроде и не ругались. Просто не сошлись во мнениях.

— Теперь-то сошлись?

— Не доставай, а?

— Ты знаешь, как я к тебе отношусь, и Дед... Прекратите наконец трепать нервы друг другу. Почему бы вам просто не жить, как живут нормальные люди?

— Почему бы тебе не заткнуться? — внесла я встречное предложение.

— Значит, ничего не вышло. А я-то надеялась, раз он ночевал у тебя...

Я присвистнула.

— Он что, сам тебе об этом сказал?

— Не смеши. Куда за ним машину посылали?

— Ах, ну да... Скажи мне, дорогая, в нашем гадюшнике хоть что-нибудь может остаться незамеченным?

— Почему бы тебе не вернуться в этот самый гадюшник? — Только я собралась вторично послать ее к черту, как она поцеловала меня и сказала с печалью: — Без тебя мне там очень неуютно.

— Все не так плохо в этой жизни, — растолковывала я Сашке, укладываясь спать. — Видишь, Ритка обо мне беспокоится, борщ сварила... Эй, ты спишь? Поговори со мной. Я про Ритку: она меня любит, и Дед меня любит. Конечно, от такой-то любви иногда удавиться хочется, и все же. У меня есть друзья, и вообще на свете полно хороших людей. Ты сам-то как думаешь?

Сашка ничего не думал, он спал.

Еще полдня прошло впустую. Я бегала по городу, задавала бесконечные вопросы, от различных сведений, в основном ненужных, уже пухла голова, а картинка не складывалась. К обеду порадовал Лялин, его ребята оказались на высоте, все ж таки докопались до чужих тайн. Тагаев имел дело с Неждановым, покойным мужем Веры, и с ней был знаком вне всякого сомнения, а вот связь его с Никифоровым упорно не прослеживалась. Я поблагодарила старшего друга и не стала его разочаровывать, скрыв тот факт, что сие для меня уже не новость. И Вешнякову звонить не спешила, то, что у Тагаева рыльце в пушку, ясно давно, однако того, что удалось узнать, мало, чтобы Артем взялся за него всерьез.

Я собиралась вернуться домой, как говорится, несолоно хлебавши, когда вновь позвонила Лера. Как всегда, она начала с извинений, голос женщины дрожал, и я насторожилась, как выяснилось, не зря.

— Я не могу дозвониться до мужа, — сказала она. — Звоню уже два часа, и все без толку. И на работу он до сих пор не приехал.

— Он что, собирался ночевать на даче?

— Да. Утром должен был прийти плотник, он хотел с ним поговорить.

— А на работе не в курсе, куда он мог деться? Может, пришлось срочно отправиться по делам?

— Они ничего не знают и обеспокоены, потому что тоже звонили. И он в любом случае сообщил бы мне... Он никогда никуда не уезжает, не поставив меня в известность.

— Я не знаю, что вам сказать. Попробуйте еще раз позвонить.

— Я хочу съездить на дачу, — сказала она и жалобно добавила: — Вы не могли бы поехать со мной? Я хотела попросить Петра, но он очень занят на работе. А больше у меня никого нет, то есть мне не к кому обратиться.

Ну что тут скажешь? Ее муж не ночевал дома, не

отвечает на звонки, и я должна по этой причине лететь куда-то сломя голову. Однако меня уже начало томить то, что называют предчувствием. Судя по словам жены, Лапшин собирался о чем-то поговорить со мной и с этой целью спрашивал у нее мой номер телефона, а сегодня не вышел на работу... «Черт», — мысленно выругалась я.

— Хорошо. Я подъеду за вами. Говорите куда.

Лапшины жили в малоквартирном доме недалеко от реки, место живописное и, безусловно, дорогое. Лера стояла возле подъезда, нервно теребя сумочку. Увидев мою машину, шагнула навстречу, улыбаясь через силу.

— Спасибо вам огромное, — пролепетала она, устраиваясь рядом. — Я не вожу машину, хотя Гена подарил мне еще два года назад, но я так и не получила права... Я очень трусливая, — добавила она и вздохнула. — А вы давно водите?

— С восемнадцати лет.

— Наверное, я очень несовременная, — вновь вздохнула она, разговаривать ей не хотелось, она была слишком напряжена и по-настоящему испугана.

Тут мне некстати пришла в голову вот какая мысль: может, зря мы горячку порем, вдруг дядя просто загулял, мы явимся незваными гостями, а он там в обнимку с какой-нибудь девицей? А на звонки не отвечает, потому что по пьяному делу про телефон забыл или вовсе отключил. А если именно этого Лера и боится?

— Вы звонили ему на мобильный? — спросила я.

— И на мобильный тоже. На даче есть телефон. Это совсем недалеко. Вот здесь сверните, пожалуйста.

Мы покинули город, миновали пост ГАИ и вскоре увидели указатель «Малинино».

— Сюда...

Буквально через несколько минут впереди показалась деревня. Небольшая, домов тридцать. Слева березовая роща, справа озеро Верхнее. В детстве Дед часто возил меня сюда по выходным. Дальше церковь и кладбище. От церкви шли богатые дома, больше похожие на городские особняки. Пятый по счету, в три этажа, был обнесен кирпичной стеной. Под крышей спутниковая антенна, жалюзи на окнах опущены. Я притормозила возле калитки по знаку Леры. Она вздохнула, как-то потерянно посмотрела на меня и попросила:

— Посигнальте, пожалуйста. Может, услышит.

Выходит, я права и женщина боится застать мужа с подругой. Я посигналила, толку от этого не было никакого. С некоторой неохотой мы покинули машину.

— У вас есть ключи? — спросила я.

— Да, конечно.

Она поспешно достала ключи из сумки, шагнула к калитке.

— Валерия Николаевна! — вдруг окликнул ее мужской голос.

Мы повернулись и увидели, что к нам со стороны церкви торопливо идет мужчина лет шестидесяти. Судя по одежде, кто-то из местных жителей: спецовка, старенькая фуражка, за ним бежала собачонка, рыжая с белыми пятнами возле ушей.

— Приехали? — спросил мужчина приветливо. — А я с утра заходил...

Я сообразила, что это тот самый плотник, о котором говорила Лера.

— Яков Иванович, — заволновалась она, — вы Гену видели?

— Нет. Звонил раз пять, никто не открыл. Должно быть, вчера и уехал. Чего ж ко мне не зашел с вечера?

— Вчера вы его видели? — вмешалась я в разговор.

— Нет. Прасковья видела, как он машину в гараж загонял. Я чего и удивился. Должно быть, вчера и уехал, — повторил он.

Лера вдруг побледнела, торопливо открыла калитку, мы прошли к крыльцу, плотник топтался на тропинке слева от гаража. На крыльцо Лера уже вбежала, позвонила в дверь. Я слышала, как дребезжит звонок, но, кроме этого звука, тишину дома ничто не нарушало. Она вставила ключ в замок, повернула его и толкнула дверь, та приоткрылась лишь на несколько сантиметров, что-то ей мешало. Женщина собралась с силами и толкнула второй раз, дверь еще чуть-чуть приоткрылась.

— Что это? — спросила она, ее начало трясти, а бледность приобрела землистый оттенок.

— В доме есть еще вход? — быстро спросила я.

— Да. С той стороны можно пройти через веранду. Возьмите ключи! — крикнула она, когда я уже сворачивала за угол. Я вернулась, ключи она выронила, так дрожали ее пальцы, я схватила ключи, махнув рукой плотнику, он быстро приблизился, бормоча:

— Валерия Николаевна, вы сядьте, чего вы так... ох, господи...

Дверь на веранду была открыта настежь, три ступени вели к небольшому фонтану в окружении клумб, но мне сейчас было не до красот ландшафта, дверь с веранды в дом тоже оказалась не заперта, я достала носовой платок и осторожно ее потянула, ухватившись за створку. Передо мной была просторная комната, судя по всему, столовая. Миновав ее, я оказалась в холле. Из большого окна падал свет, и я сразу увидела фигуру человека возле входной двери, он полулежал, привалившись к ней спиной, голова Лапшина свесилась набок. Два выстрела, в грудь и в голову. С очень близкого расстояния.

— Что там? — закричала Лера. — Ольга Сергеевна, что там?

— Уведите ее отсюда, — сказала я плотнику. — Я вызову милицию.

Он что-то растерянно заговорил, я не могла видеть, что происходит за дверью, но, судя по шуму, Лапшина вырвалась и бросилась бежать. Через минуту я увидела ее в холле, она замерла, глядя на мужа расширенными от ужаса глазами, а потом рухнула на пол. Чертыхаясь, я бросилась к ней. Приподняла голову, она открыла глаза и сказала, глядя мимо меня:

— Я не хочу жить. Мне не для чего жить.

Я потащила ее на воздух, устроила возле фонтана на скамейке, она не плакала, сидела безвольная и ко всему безучастная.

Я торопливо вызвала «Скорую», состояние Леры мне не нравилось, чего доброго, решит отправиться за мужем, тут не уследишь. Потом позвонила Артему.

— Я знаю все, что ты скажешь, — заявила я покаянно. — Убит Лапшин, в своем загородном доме. Приезжай.

— Что-то у меня с желудком, — ответил Вешняков. — С утра изжога замучила, таблетки пью, да и вообще. Люди летом в отпуск, а я... Жди, постараюсь побыстрее.

К тому моменту, когда появился Артем с коллегами, Леру уже увезла «Скорая». Избавившись от необходимости беспокоиться за нее, я почувствовала себя чуть увереннее. Лапшин, скорее всего, был убит сразу, как только вошел в дом. Вошел, запер дверь, и тут убийца выстрелил. Пистолет был с глушителем, иначе бы выстрелы услышали. Затем убийца спокойно удалился через веранду. Дверь не взламывали... или у него были ключи, или орудовал отмычкой.

Возле дома уже собралась толпа, наверное, все жители деревни в полном составе, народ обступил плотника, который упорно отмалчивался. Наконец появился Вешняков.

— Очень похоже на работу профессионала, — заметил он со вздохом. — Два выстрела, глушитель... кому-то дорогу перешел.

— Жена утверждает, он хотел поговорить со мной.

— Думаешь, это касалось тех убийств?

— А ты что думаешь? — съязвила я.

— Он вспомнил что-то такое, чему поначалу не придал значения?

— Скорее, с кем-то поговорил и что-то ему не понравилось.

— Навыдумывать можно с три короба.

— В Нежданову и Райзмана стреляли из одного и того же пистолета. Если и здесь...

— Нечего бежать впереди паровоза, — оборвал меня Вешняков. Это дело ему, по понятным причинам, нравилось все меньше и меньше.

Его позвали. Артем ушел в дом, а я немного потолкалась среди досужего люда, который все никак не расходился.

— В восьмом часу он приехал, — сообщила бабка в пестром платье и белой косынке, та самая Прасковья, о которой говорил плотник. — Я видела, как машину в гараж загонял, на колодец шла. Он еще поздоровался и рукой мне махнул.

— Точно-точно, — подтвердила другая бабка. — Я машину видела, когда он мимо нашего дома проезжал, я-то огород поливала. А потом и другую машину видела, она у их ворот стояла.

— Была еще машина? — навострила я уши.

— Была. К ним часто приезжали. Иногда штук по пять машин выстроится, гараж-то небольшой, вот они все перед воротами...

— Эта появилась сразу по приезде Лапшина?

— Минут через двадцать. Я с огорода шла, когда она подъехала, а дед мой телевизор как раз включил, новости начались по второй программе. Он их всегда смотрит и с огорода вперед меня ушел, а я задержалась, парник закрывала.

— А раньше вы эту машину здесь видели?

— Может, и видела. Чего я понимаю в машинах-то этих? Машина и машина. Вроде вашей, только красная.

На помощь пришел сосед.

— Машина импортная была. Сейчас у внука спрошу, какая точно, он знает. Алешка! — зычно крикнул он, тут же рядом возник мальчишка лет девяти, в бейсболке и шортах.

— Чего, деда?

— Машину у соседей видел? Ну, красную?

— «Фольксваген»? Видел.

— Точно «Фольксваген»? — усомнилась я.

— Ну... «Фольксваген Пассат», новенький, года два, не больше. — Дед довольно крякнул, он явно гордился внуком, а мальчишка выпятил грудь колесом. — Чего я, машин не знаю?

— Раньше ее здесь видел?

— Эту нет. И тетю тоже не видел раньше. К ним

на темно-синем «Пассате» приезжали, дядя Сева, он мне в прошлом году удочку подарил, сам-то не рыбачил, она здесь у дяди Гены валялась, вот, отдал.

— Подожди, вчера на «Фольксвагене» приезжала женщина?

— Да. Позвонила, постояла у калитки и уехала. Я ей крикнул, чтоб звонила еще, дядя Гена здесь, но она не слышала и уехала. Был бы на велике, догнал бы, — добавил он самодовольно. — А ноги чего зря сбивать?

— Как тетя выглядела?

— Обыкновенно. Не старая.

— Как я? Моложе, старше?

— Да я лица-то не видел. Волосы у нее совсем короткие, как у пацана. Джинсы и кофта желтая. А лица не видел.

Я отправила мальчика к Вешнякову, спросив наудачу, запомнил ли он номер «Фольксвагена». На номер он внимания не обратил. Женщина к убийству вряд ли имеет отношение, иначе не стояла бы у ворот, но поговорить с ней все же желательно. Похоже, у Лапшина здесь была назначена встреча, может, за этим сюда и приехал, но встреча не состоялась, потому что он к тому моменту, скорее всего, уже был убит.

Машиной заинтересовались и опросили буквально всех, однако раньше ее здесь никто не видел, хотя вчера заметили многие.

— Красных «Фольксвагенов» в городе пруд пруди, — фыркнул Артем. — Стоп... Если барышня приехала из города, вряд ли она миновала пост ГАИ. Так?

— Так, — не стала я спорить, пытаясь понять, что его так обрадовало. Надеяться, что гаишники запомнили номер, довольно глупо, если женщина не нарушала правил дорожного движения. Артем верно заметил, красных «Фольксвагенов» как грязи.

— Перед постом уже два месяца как поставили видеокамеру. Я по этой дороге к теще на дачу езжу, ну, нарушил, скорость превысил, показал сержанту удостоверение, а он шепнул мне, чтоб не больно-то здесь лихачил из-за этой штуки.

— Артем — ты гений, — честно сказала я.

— Поезжай домой, — вздохнул он, никак не отреагировав на похвалу, — пост никуда не сбежит. Лишь бы у них эта хреновина из строя не вышла. Как закончу здесь, позвоню.

Ясное дело, от меня желали избавиться. Я простилась и отчалила, правда, за километр до поста притормозила у обочины, решила подремать и не заметила, как уснула, должно быть, разморило на солнце. Очнулась я от автомобильного сигнала. Артем махнул рукой в открытое окно, и я поехала следом.

— Можно подумать, я без тебя ничего не сделаю, — съязвил он.

— Просто ты мне нравишься...

— Заливай. Хоть бы раз в гости позвала, по-дружески. Нет, только когда трупы вокруг.

— Вот разберемся с этим делом, и приглашу. В ресторан. Хочешь? Вместе с женой и тещей.

— Ага, большая радость, — скривился Артем.

— Тогда отправлю Сашку в гости, а мы учиним пьянство в моей кухне с последующей за этим сексуальной оргией.

— На оргию особо не рассчитывай, с моей работой нервы ни к черту, грешу в основном в мыслях. — Тут Артему пришлось заткнуться и предъявить удостоверение. Он коротко объяснил, что нам надо, и встретил полное понимание.

Вопреки пессимистическим прогнозам, ничего

у гаишников из строя не вышло. Мы назвали примерное время и очень скоро смогли увидеть красный «Фольксваген», в 19 часов 43 минуты он миновал пост, назад проехал в 20 часов 27 минут.

— Отсюда до деревни минут двадцать быстрой езды, — почесал нос Вешняков, но я даже не услышала, взгляд мой был прикован к экрану. В 20 часов 30 минут в город через пост возвращался «Хаммер».

— ТТ, — уважительно кивнул на экран гаишник. Артем нахмурился.

— Ну-ка, перекрути назад, — попросил он. «Хаммер» вновь возник на экране. — А вот и машина Лапшина, — ткнул пальцем Вешняков. — Сначала ТТ, через десять минут Лапшин, а потом дамочка. Узнайте, кому принадлежит «Фольксваген», — повернулся он к капитану.

Через несколько минут мы уже знали: машина зарегистрирована на имя Мироновой Марины Александровны, проживающей по адресу: Малая Посадская, дом восемь, квартира семнадцать.

— Поехали, — поторопила я Артема. Он отпустил служебную машину и пересел в мою.

Дом восемь по Малой Посадской выглядел солидно, квартиры не из дешевых. На двери домофон. Ответить нам не пожелали.

— Если там еще один труп, я с ума сойду, — мрачно пошутил Артем.

— Бери в оборот ТТ, — мяукнула я.

— Не учи! — рявкнул он довольно громко, нервы у него действительно не очень. — Извини, — сказал он поспешно. — Что ты пристала? — перешел он на ласковый скулеж. — Каким дураком надо быть, чтобы явиться к человеку с намерением его убить на «Хаммере»? Да эту тачку каждая собака в городе знает.

— Может, он убивать не собирался. Так вышло.

— Ага. Два часа назад ты что говорила? Убийца ждал Лапшина в доме.

— Ну, говорила, — неохотно согласилась я и огрызнулась: — Таких совпадений не бывает.

— Значит, не совпадения, но и совсем не то, что ты думаешь.

— Слушай, — не выдержала я, — ты жаловался, у тебя зарплата маленькая. Тебе Тагаев, часом, не приплачивает?

Артем взглянул так, что стало ясно: только наша старая крепкая дружба избавила меня от хорошего тумака. Вешняков молча развернулся и ушел, а я бестолково потопталась возле двери, еще раз позвонила с тем же результатом и вернулась в машину.

Конечно, меня мучила совесть, она иногда дает о себе знать, хоть ей, бедняжке, нелегко со мной приходится. Артема я обидела зря. Парень он хороший и этого не заслуживал.

На душе было так скверно, что на месте мне не сиделось, и я бестолково металась по городу. Потом пристроилась в каком-то кабаке на окраине, надумала напиться, но и эта идея не прижилась: как-то не хотелось. Заказав себе пиво, я названивала по телефону, тоже без особого толка, выяснила лишь следующее: Лера чувствует себя неплохо, она уже дома и с ней Петр Викентьевич. Тут мне в голову пришел недавний разговор с Лерой: из восьми гостей Сафронова четверо уже трупы. Предполагалось, что погибель грозит хозяину, а он, слава богу, жив-здоров, зато гостям повезло не в пример меньше.

— Подумай над этим, — посоветовала я самой себе, но думать мне не хотелось. Если честно, вообще ничего не хотелось.

Я пялилась в стену перед собой, не в силах подняться и уйти, но и в сидении здесь тоже никакого смысла не видела. Так и не допив пива, я поехала домой, дав себе слово немедленно завалиться спать. Выезжая на Новодевичью, я вспомнила, что неподалеку живет Лялин, и меня неудержимо потянуло к нему. Посидели бы, поболтали, выпили, глядишь, жизнь бы и наладилась.

Я покосилась на телефон, прикидывая, могу ли я в очередной раз злоупотребить добротой Олега, и тут увидела знакомый джип. Лялин посигналил фарами и притормозил. Я тоже приткнулась к тротуару, вышла из машины и побежала через дорогу, которая была совершенно пуста, здесь и днем движение дохлое, а вечером и вовсе две машины в час.

Лялин вышел навстречу, раскинул руки и принял меня в свои объятия. Хотел, чтобы вышло шутливо, а получилось всерьез. Ни дать ни взять двое влюбленных после долгой разлуки. Коротать с ним вечер мне сразу расхотелось, нечего судьбу искушать.

— Ну, что? — вздохнул он, выпуская меня из объятий, и привалился к машине. — Трупов все больше и больше, а идей все меньше.

— Одна есть, — гордо сообщила я. Лялин взглянул на меня с веселой усмешкой, а я поспешила изложить: — К Райзману Анну с Тагаевым приводил кто-то из его приятелей. Я считала, что это Никифоров, у него биография подходящая. А если это Лапшин? Его жена сомневается, что на яхте он увидел Анну впервые. Очень может быть...

— Да понял я, — вздохнул Лялин. — Только скажи на милость, какой во всем этом смысл? Убивают бабу, а потом еще трех человек, которые что-то о ней знали? Давай на минуту представим следующее: Тагаев является в милицию и говорит: я трахал эту Анну, она делала аборт в клинике Райзмана, которого мне рекомендовал Лапшин. Ну и что? Где криминал? Чего ж людей крошить как капусту? Такое имеет смысл лишь в одном случае, если, ответив на вопрос, кто таинственный любовник Анны, мы сразу видим причину убийства. Ты следишь за моей мыслью? — хмуро поинтересовался он, должно быть, вид у меня сейчас страдальчески безучастный, вот Лялин и сомневается.

— Слышу, — вздохнула я. Конечно, я прекрасно понимала, что он имеет в виду, о том же самом я размышляла, сидя в кабаке, и даже пиво не помогло разобраться во всей этой чертовщине. Именно чертовщине, прямо-таки мистической, потому что при всей видимой простоте (все четыре убийства связаны) внятной картинки не складывалось. Не было ее, хоть тресни. — Мы узнали, что любовник Тагаев, — пнув ногой камешек, продолжила я. — Но это абсолютно ничего не дает. Мотива нет. Первое, что приходит на ум, шантаж, но тогда все четверо должны знать, чем она его шантажировала, что ни в какие ворота не лезет. С Верой она, допустим, откровенничала, но Райзман и Лапшин при чем?

— Вот-вот, — кивнул Лялин. — Эта версия не годится. Либо убийства никак между собой не связаны... да-да... — недовольно буркнул он, — вопреки всему тому, что успели раскопать и чего успели домыслить. Не связаны, и все. Либо на яхте не было никакого киллера, убил кто-то из гостей и сейчас, исходя нервной дрожью, убивает возможных свидетелей. Тех, кто, по его мнению, мог что-то заподозрить.

— Но Тагаев...

— Да знаю я, Артем звонил. Детка, у меня предчувствие... ты веришь в предчувствие?

— В твое да, — с готовностью кивнула я.

— Так вот, внутренний голос настойчиво шепчет: Тагаев здесь ни при чем.

— Вы с Вешняковым сговорились, что ли? — фыркнула я. — Ну, хорошо, хорошо, — торопливо махнула я рукой. — Допустим. Из тех, кто был на яхте, исключая повариху и мачо, остались четверо: я, Сафронов, Никифоров и Лапшина.

— В настоящий момент я бы никого исключать не стал. Начал бы все с нуля. Правда, есть и третий вариант, — помедлив, сообщил Олег с печалью. — Нас водят за нос.

— Здрасьте, — развела я руками. — Это в каком же смысле?

— В буквальном. Нет никакой связи между четырьмя убийствами, он просто убивал, потешаясь над нашими попытками что-то там откопать.

— Он псих? — насторожилась я.

— Не знаю. Все это весьма смутно бродит во мне. Я бы вот так желал выразить все словами, — дурашливо пропел Олег, — но слов нет. Одни чувства, а их, как известно, к делу не пришьешь.

— Допустим, он псих. Тогда, по логике вещей, он не остановится, пока не убьет всех, кто там был.

— Точно, — хихикнул Лялин. — Все просто: последний, оставшийся в живых, и есть убийца.

— Очень смешно, — разозлилась я.

— Ладно, не злись, посмотрим, что накопает Вешняков. Ты куда сейчас, домой?

— Да, спать хочу.

— Тогда спокойной ночи. — Лялин по-отечески поцеловал меня в лоб, и я побрела к своей машине.

Его предчувствие плюс мое предчувствие, может, и вправду за этим что-то есть? Нас водят за нос, пускают по следу, а мы с великим усердием находим все новые и новые улики. Но не там и не против того. Олег прав, надо начать заново, выбросив из головы все, что удалось узнать и... легче сказать, чем сделать. Тут я вспомнила о девице, владелице красного «Фольксвагена», которую собиралась еще раз навестить сегодня, завела мотор, Лялин посигналил, трогаясь с места, я тоже, и в первый момент даже не поняла, что случилось: из-за угла выскочила машина (джип, а вот какой, разглядеть я не успела), мгновенно набрала скорость по прямой, и тут же грохнула автоматная очередь. Я вжала голову в руль и только после этого поняла, что стреляли не в меня. Джип пронесся дальше по темной улице, и стало так тихо, точно я осталась одна во всем мире.

Я быстро развернулась и увидела в свете фар машину Лялина, ее занесло на тротуар, дверь водителя была распахнута.

— Господи, — прошептала я, остановила машину и бросилась к джипу Лялина, исходя дрожью. Я не хочу видеть то, что сейчас придется увидеть, не хочу, не хочу... Господи, я не хочу... Он чуть шевельнулся, и я заорала: — Олег!

— Все нормально, — сказал Лялин, слова давались ему с трудом.

— Ты ранен?

— Зацепило. Вызывай «Скорую», а меня не трогай, что-то со спиной...

Я вызвала «Скорую», позвонила Артему и устроилась на ступеньке в ногах Лялина.

— Ты молчи, ладно? А я говорить буду, тебе нельзя... Ты потерпи маленько, слышишь? Ты меня слышишь? Пожалуйста, потерпи, только не умирай...

— Дурак я, что ли? — ответил он, я заревела и засмеялась. — Я еще не осуществил свою мечту.

— Какую? — спросила я. Я знала, что говорить ему нельзя, но, когда он молчал, было так страшно.

— Должен же я когда-нибудь тебя трахнуть.

— Хоть завтра, только не умирай.

— Боюсь, завтра не получится.

Я держала его за руку, прислушиваясь к реву сирен на соседней улице, и, когда рядом затормозили машины, вроде бы отключилась, потому что о тех минутах ничегошеньки не помню. Первое четкое воспоминание: Лялин на носилках и откуда-то появившийся Артем шепчет:

— Все будет хорошо, он мужик крепкий, вот увидишь... — и лицо Лялина, бледное, чужое лицо, только усы смешно топорщились. «Скорая» уехала.

— Ты как? — спросил Артем.

— Не знаю, — честно ответила я, с удивлением уставившись на свой закатанный выше локтя рукав.

— Вы сможете ответить на наши вопросы? — деловито осведомился мужчина в костюме и при галстуке. Встречаться с ним ранее мне не доводилось, но и без того ясно, откуда его принесло.

— Попробую.

Большую часть ночи я отвечала на вопросы. Сначала ребятишкам в костюмах, потом Вешнякову, потом парням из охранного агентства, где работал Лялин, появившимся незамедлительно, но терпеливо дожидающимся своей очереди.

— Давай я тебя отвезу домой, — предложил Артем. — Выглядишь ты довольно паршиво.

Я и в самом деле не была уверена, что доберусь до квартиры сама. Мы поехали ко мне, по дороге Артем заскочил в магазин и купил бутылку коньяка.

— Операция раньше, чем в шесть, не кончится, — пояснил он. — Врачи ничего определенного не говорят.

— Они никогда ничего не говорят. У него позвоночник задет?

— Говорю, они как партизаны, отмалчиваются. Или начнут трещать по-своему, хрен поймешь.

Мы выпили, устроившись на диване в гостиной. Сашка, почуяв неладное, вел себя тихо, только поглядывал с беспокойством на меня.

— Артем, — позвала я.

— Чего?

Я досадливо махнула рукой:

— Ничего.

— Если ты на тот предмет... я уже забыл. Ну, не хотелось мне Тагаева трогать, я и не скрываю. И не из соображений собственной безопасности, о ней как раз я не очень-то думал, хотя можешь не верить.

— Я верю.

— Тагаев всех заставил играть по своим правилам. Установилось некое равновесие, соображаешь?

— Я сегодня не очень соображаю.

— Если равновесие будет нарушено... наш город славен тем, что братва не очень досаждает, по крайней мере рядовым гражданам. Обделывают свои делишки, с властью делятся, власть делится с ними. Что ж, пусть так, если по-другому нельзя. Если место Тагаева займет другой, неизвестно, что будет. Если б они только друг дружку мочили, так наплевать, но лес рубят, щепки летят. На самом деле все гораздо сложнее, так что вылиться может в большую беду. К тому же я упорно не вижу, зачем Тагаеву... хотя после сегодняшней стрельбы уже ни в чем не уверен. Может, Лялин где его зацепил ненароком? Серьезно зацепил, очень серьезно. Он ведь как раз связями Тагаева занимался.

— Олег интересную мысль высказал, — вздохнула я и поведала о нашем разговоре. Артем махнул рукой.

— Какой псих? В центре города расстреляли машину из автомата. Выходка типично бандитская. Я с ребятами с его работы говорил, они в недоумении. Ничего у них сейчас такого нет, чтоб вот так с Олегом разделаться. Значит, покушение с его работой не связано. Надо было браться за Тагаева, — вздохнул он. — Может, тогда... чувствую себя... — Он вновь махнул рукой.

В шесть позвонила жена Лялина, оставшаяся в больнице. Операция прошла нормально, но врачи по-прежнему ничего не обещают. Артем решил, что домой смысла ехать уже нет, я постелила ему в гостиной, а сама перебралась в спальню, но заснуть не смогла, и коньяк не помог. В девять позвонили, я бросилась к телефону, уронив по дороге стул, думала, что это из больницы, сердце колотилось где-то в горле, а руки вспотели. Оказалось, звонит Дед, а я неожиданно разозлилась.

— Что там у вас происходит? — рявкнул он.

— У меня ничего, — съязвила я. — Я еще даже не проснулась.

— Что с Лялиным? — спросил он на полтона ниже.

— Пока не ясно. Во всех смыслах: ни кто стрелял, ни чем все это кончится.

— Я ведь просил тебя... что, так трудно понять? Воевать с бандитами не твое дело. Ты втравила в свои делишки Лялина, и теперь он в больнице, неизвестно, выкарабкается ли. А все твое неуемное желание до всего докопаться самой.

Вместо того чтобы послать его к черту, я угрюмо промолчала, потому что критика была справедливой.

— Ты вернулся из Москвы? — спросила я, желая сменить тему, когда он немного поутих.

— Нет. Завтра. Я хочу, чтобы ты переехала ко мне, хотя бы на время.

Я оставила последние слова без ответа. Пускаться в рассуждения о наших отношениях мне не хотелось, да и в том, чтобы переехать к нему, я не видела смысла. И дело вовсе не в бандитах. Дед, как всегда, обыгрывает ситуацию, надеясь выжать из нее максимум полезного. Он предвидел, да я не поверила, кара обрушилась, он пригрел на груди и спас, и я в порыве благодарности за отчую любовь забыла его былые прегрешения. Впрочем, теперь любовь отчей не назовешь, трахались мы вдохновенно.

— Чего ты молчишь? — спросил он. Теперь в голосе вместо грозного рыка слышались ласка и неподдельная забота.

— Давай поговорим, когда ты вернешься.

— Своему Вешнякову передай: если с тобой что-нибудь... я его участковым отправлю в Тьмутаракань.

— А где это? — поинтересовался Артем, когда я повесила трубку, он стоял за моей спиной и все отлично слышал. Трусы, футболка, волосы всклокочены, вскочил, звонок услышав, небось тоже думал, что из больницы.

— Далеко, надо полагать, — вздохнула я.

— То подполковника сулят, то в участковые.

— Может, и дадут подполковника.

— Ага, догонят и еще наподдадут. А Дед, между прочим, прав. Чего ты вообще суешься? Только людей волнуешь. Говорил же: изыди. Вот, начальство растревожила.

— Брось прикидываться. Чего-то я не замечала, чтобы ты начальства боялся.

— Боюсь. Мне, между прочим, положено. Ладно, пойду служить народу и президенту. Хоть бы зарплату добавили, никакого настроения.

Он удалился в ванную, а я бросилась в кухню готовить завтрак служивому. Пока он возился в ванной, зазвонил его мобильный, я схватила его, собираясь ответить, но вовремя обратила внимание на номер: звонили из дома Вешнякова. Я бегом припустилась в ванную.

— Блин, — сказал Артем в досаде, увидев меня, потому что после душа был в чем мать родила. — Надо тебе замок на двери присобачить.

— Жена, — почему-то шепотом сообщила я, сунув ему в руку мобильный. Телефон к тому времени уже умолк.

Когда Вешняков появился в кухне, завтрак был готов. Умею, когда хочу. Что ж замуж никто не берет?

— Из дома меня скорее всего тоже выгонят, — задумчиво произнес Артем. — Гражданин Вешняков, с вещами на выход... А день-то какой паршивый, должно быть, дождь будет.

Дождь и в самом деле начался, ближе к обеду. К тому моменту я съездила в больницу. Состояние Лялина было признано удовлетворительным, но к нему, конечно, не пустили. В коридоре, возле его палаты, дежурили двое ребят из его конторы. Я немного поговорила с ними по поводу вчерашнего. Оба пребывали в недоумении и в два голоса твердили, что ни у конторы, ни у самого Лялина никаких проблем не было. Здравый смысл диктовал связать это покушение с четырьмя предыдущими убийствами. Поразмышлять над этим как следует мне не удалось, события посыпались как из рога изобилия.

Первым делом объявился Вешняков и сообщил результаты экспертизы. Лапшина застрелили из того же оружия, что и Веру с Райзманом. Вот и попробуй после этого не связывать убийства. Все связано, да еще как: оружие одно и стрелок, скорее всего, один и тот же. Миронову, что в вечер убийства Лапшина приезжала к нему на дачу, нашли. В настоящий момент она находится в командировке в Рязани. Действительно заезжала на дачу, хотела обсудить один вопрос в неформальной обстановке, но Лапшина на даче не оказалось, она постояла возле калитки и уехала. Известие о его смерти ее потрясло (это она так сказала), но она понятия не имеет, кому это могло прийти в голову, и о его делах сообщить ничего не может. Разговор с ней придется отложить до ее возвращения из Рязани. На первый взгляд банкир никому не мешал, на работе известие о его гибели всех повергло в шок, сплошная растерянность и недоумение. Впрочем, дело понятное.

Далее началось что-то совершенно невообразимое. В 17.15 поступил анонимный звонок: убийца Веры Неждановой (привожу практически дословно) в настоящее время пытается покинуть город на «БМВ», далее продиктовали очень знакомый мне номер. Все службы были предупреждены, и уже в восемнадцать часов оный «БМВ» был задержан, за рулем находился его владелец Тагаев Тимур Вячеславович, в присутствии которого был проведен обыск машины, и в запаске обнаружили... что бы вы думали? Конечно, орудие убийства да еще вместе с глушителем. Господин Тагаев выразил сначала удивление, потом недовольство, затем отказался отвечать на вопросы до появления своего адвоката, который не замедлил явиться. Во время допроса Тагаев категорически отрицал свою причастность к убийствам, утверждал, что пистолет этот видит впервые и даже гневался, обвиняя милицию в том, что менты сами его и подбросили.

— Может, и сами, — глубокомысленно изрек знакомый капитан, с которым мы пили кофе в буфете. — Тагаев оружие никогда не носит. Это все знают.

— Довольно неосторожно при его деятельности.

— Ну... — пожал плечами капитан. — По-настоящему парню вряд ли что грозит, он тут всех крепко прижал. Опять же, выпендреж: мол, я в своем городе никого не боюсь. Думаю, с властью нашей зарубился парень, вот и завертелось. Только ни хрена мы его не посадим, вот увидишь. — Он совершенно неожиданно весело хохотнул и добавил: — Мозгов у ТТ больше, чем у некоторого нашего начальства, денег и подавно, а адвокат, говорят, просто фокусник: любое дело наизнанку вывернет.

Упорство, с каким милицейские чины видели в потенциальном враге неплохого, в сущности, парня, прямо-таки потрясало. В то, что Тагаев уже сегодня окажется в тюрьме, я тоже не верила, однако слишком много всего набиралось по мелочи и теперь мелочами уже не выглядело.

Через два часа еще одна новость: Тагаев сбежал чуть ли не во время допроса. Попросился в туалет и внезапно растворился на просторах родины. Интересно, этому фокусу его тоже адвокат научил?

Весь вечер я пробыла с женой и дочерью Лялина, их наконец-то удалось уговорить покинуть больницу. Мы по большей части молчали и косились на телефон. В час я заставила женщину принять снотворное и поехала домой, оставив обеих на попечение парня из лялинской фирмы. По дороге я думала о том, что меня ожидает нагоняй от Сашки, бедный пес весь день просидел дома.

Вошла в квартиру, включила свет, Сашка не появился. Обида обидой, но это меня насторожило. Я заглянула в кухню, потом в гостиную, ожидая чего угодно. Вещи на своих местах, никакого намека на вторжение, но Сашки нигде не видно

— Эй, пес, — позвала я, — хватит дуться, выходи.

Тишина. Я разом покрылась холодным потом, напряженно прислушиваясь. Черт, у меня даже газового баллончика нет. Затеяв частное расследование, не худо бы обзавестись оружием.

Набрала на трубке 02 и поднялась по лестнице, из-за двери спальни робко тявкнул Сашка. От сердца отлегло, но лишь на мгновение. Без меня пес на второй этаж не поднимался, то есть подняться он еще мог, а вот спускаться ненавидел по причине неприспособленности своего тела сходить по ступенькам вниз с достоинством, присущим такой выдающейся собаке.

Я вошла в спальню и включила свет. На моей постели лежал Тагаев, держа Сашку на руках. Пес посмотрел на меня с печалью и вздохнул.

— Привет, — сказала я, устраиваясь в кресле, и положила трубку на секретер.

— Ты не очень удивлена, — скорее констатируя факт, чем спрашивая, изрек Тагаев.

— Честно? Не очень. С кровати сваливай, лежать на ней в ботинках можно только мне.

Он не сдвинулся с места, лежал и разглядывал меня, а я не стала брать его за шиворот и вышвыривать силой, тем более что такая возможность казалась весьма проблематичной.

— Чему обязана визитом? — вместо этого спросила я.

— Так ведь податься некуда, — развел он руками. Сашка, оказавшись на свободе, с места не тронулся, только зевнул.

— Надо ставить сигнализацию, — вздохнула я. — Не квартира, а проходной двор. А с тобой мы позднее поговорим, — кивнула я Сашке, он стыдливо отвернулся.

— Это ты так со страхом борешься? — хмыкнул Тагаев и пояснил: — Болтаешь много.

— А чего мне бояться? Хотел бы убить, так убил бы еще в прихожей. Пырнул ножом, вон их на кухне сколько. Так чем обязана?

Он опять принялся разглядывать меня, отвечать он не спешил, но наконец изрек:

— Я их не убивал.

— Это не ко мне, это к прокурору, — поморщилась я.

— Ты всю эту кашу заварила. Неужели не ясно, что меня подставляют?

— Возможно, и подставляют, — не стала я спорить.

— Ты на Деда работаешь? — спросил он.

— Хочешь сказать, это он тебя подставляет? — съязвила я.

— Поначалу думал, твоя работа. Но пистолет... знающие люди говорят, ты на такое не способна.

— Разные бывают обстоятельства. Хотя в данном конкретном случае ты прав: я не имею к этому отношения и не знаю, кто имеет. Теперь, когда мы так славно поговорили, я бы хотела остаться наедине со своей собакой.

— Я хочу разобраться, — изрек он.

Говорить ему было нелегко, не приучен выражать свои мысли словами, и я его очень раздражала, должно быть, тем, что умудрилась родиться бабой. Подумать только, такой парень, как он, и вынужден мне что-то объяснять.

— Разбирайся на здоровье, — пожала я плечами. Он аккуратно переложил Сашку, встал и прошелся по комнате. — Лучше сядь. Твое мелькание перед глазами действует мне на нервы.

— Успеется, — хмыкнул он, — в смысле сесть.

— Ну и кто тебя подставляет? — спросила я без интереса.

— Со своими врагами я сам разберусь, — взглянув через плечо, порадовал он. — Но все это каким-то образом связано с убийствами. Я хочу его найти.

— Кого?

— Убийцу или убийц. И тебе придется мне помочь.

— Вот уж счастья привалило. С какой стати?

— Я знаю, как разобраться со своими, но убийца, скорее всего, не из наших. И так, как я привык, не получится. А для тебя это обычная работа.

— Вообще-то я на заслуженном отдыхе.

— Девку убили при тебе, и ты искала убийцу. Какой тут отдых? Я просто предлагаю объединить усилия.

— Ах, вот как... Я тебя правильно поняла: ты считаешь, кто-то совершил четыре убийства, а твои недруги этим воспользовались?

Он замер в трех шагах от меня и кивнул.

— Может быть, по-другому, — пожала я плечами. — Что, если все это затеяли специально для того, чтобы избавиться от тебя?

— Больно мудро.

— Мне и не такие штуки приходилось видеть.

— Как-нибудь расскажешь.

— Один человек вчера заметил, что в этих убийствах нет никакого смысла.

— Вот и разберись, — спокойно сказал Тагаев.

— Допустим, я согласна, — хмыкнула я. Его мельтешение меня слегка раздражало, но я решила проявить благоразумие и не делать замечаний. Нашу зарождающуюся дружбу это отнюдь не укрепит. — Допустим, — повторила я, а он нахмурился, парень из тех типов, что терпеть не могут слово «нет». — Это налагает на тебя определенные обязательства.

Мои слова его заинтересовали.

— Чего ты хочешь? — спросил он.

— Откровенности, — ответила я. — Если ты будешь темнить, я продолжу плутать в трех соснах.

— Без проблем, — заявил Тагаев.

— Ты уверен? Иногда откровенно рассказать что-то не так легко.

— Я же сказал, без проблем. Все, что касается этих убийств. А совать свой нос в мои дела тебе без надобности.

— Ну вот, — обрадовалась я. — Наш союз распадается, не успев возникнуть.

— С какой стати?

— А как, по-твоему, я найду убийцу?

— Убийства с моими делами никак не связаны. Менты ухватились за меня, а моим врагам это на руку.

Я спокойно покачала головой, давая понять, что его доводы впечатления на меня не произвели.

— Кто-то обстрелял машину Лялина, — заметила я.

— А... этот тип из охранной фирмы.

Я подняла брови, а Тагаев разозлился.

— Что тебя удивляет?

— Если выяснится, что покушение на него связано все с теми же убийствами, тогда мой взгляд на это дело в корне меняется. Кто может организовать такое нападение? Криминальная группировка или...

— Или дяди, у которых есть власть в этом городе, — съязвил он, и, между прочим, напрасно, потому что именно это я и имела в виду.

— Следовательно, убийства приобретают иную окраску: не личное сведение счетов, а что-то посерьезнее, большие деньги, к примеру. И тут без твоих дел никак. Я доходчиво все объяснила?

— Хорошо, — подумав, кивнул он. — Если я увижу, что... если это будет действительно необходимо... в конце концов, в твоего Лялина могли стрелять по какой-то другой причине.

Само собой, связываться с ним мне не хотелось, зато очень хотелось разобраться с этими чертовыми убийствами, а у него была нужная мне информация. В общем, я решила, что мы подходим друг другу, и задала первый вопрос:

— Как насчет выпивки?

— Говорят, ты алкоголичка, — сообщил он. Без этого вопроса уже ни одно знакомство не обходится. — Врут?

— По-моему, ты идиот, — не выдержала я. Ей-богу, он растерялся, вряд ли кто за последние годы говорил ему такое. — Только законченный идиот доверит свои дела алкоголичке.

— Я просто спросил...

— Ты все-таки определись: либо ты идиот и тогда мне совершенно ни к чему тратить на тебя время, либо парень с мозгами и дурацких вопросов не задаешь. Так как насчет выпивки?

— Можно, — буркнул он, и я, оставив Сашку в

спальне, спустилась в кухню, Тагаев за мной. — А у тебя характер, — заметил он со смешком, устраиваясь за столом.

— Ага. Паскудный. Мне говорили. Так что на подобные сообщения время не трать. Ужинать будешь?

— Буду, — с готовностью кивнул он.

Я поставила ужин в микроволновку, сервировала стол, налила себе мартини, ему коньяк.

— Последнее лирическое отступление, и начнем. Я не нравлюсь тебе, ты не нравишься мне, но нам придется некоторое время терпеть друг друга. У меня нет ни малейшего желания демонстрировать характер, отстаивать свое «я» и заниматься прочей хренью, которая только мешает делу, поэтому на время лучше засунуть все это куда подальше. Твое здоровье.

Мы выпили, и он сказал, закусывая лимоном:

— Иметь с тобой дело — одно удовольствие.

— Язвить можешь сколько угодно, на меня это не действует.

Я подала ему тарелку, и мы спокойно поели, правда, все равно приглядывались друг к другу. Потом я заварила чай, устроилась с удобствами в кресле, подтянув к животу ноги, и начала задавать вопросы. Тагаев закурил и смотрел куда-то поверх моего плеча, но, когда я опускала взгляд, его взгляд моментально перемещался. Не знаю, что во мне было такого интересного, но если что-то было, отчего тогда скрывать интерес? «Все мужики придурки», — вынесла я вердикт и на этот счет успокоилась.

— При каких обстоятельствах ты познакомился с Анной?

— Какие, к черту, обстоятельства? — презрительно скривился он. — Встретились в каком-то кабаке.

Я был здорово навеселе, тут Вера с какой-то девицей. Выпили еще, дальше больше, потом поехали к Вере, проснулся в постели с этой Анной

— С Верой ты знаком?

— Несколько лет. Я хорошо знал ее мужа, ну и ее, конечно, тоже. После его смерти иногда встречались, в основном случайно. Пару раз я давал ей денег.

— Почему?

— Потому что она просила, — разозлился он, видимо, считал, что подобная доброта его недостойна, и счел нужным пояснить: — Мы были друзьями с ее мужем. Он не оставил ей денег, все отошло сыну, а ей полагалась пенсия. Она чокнутая, и ее муж был прав, Верка все бы спустила, а сын головастый парень... Короче, я к ней неплохо относился и помогал.

— Вы были любовниками?

— Она не в моем вкусе.

— Может, как-то раз утром случайно проснулся в ее постели?

— Это что, так важно?

— Пока не знаю.

— Ну, допустим, один раз такое было.

— Один?

— Один.

— До гибели ее мужа или после?

— После похорон. Она была сама не своя, я остался ночевать.

— И что наутро?

— С облегчением расстались. Она не в моем вкусе, и я ей не подходил, хотя она, возможно, имела свое мнение... Короче, где-то около года мы не виделись. Правда, я ей звонил.

— Не торопись: она надеялась на продолжение ваших отношений?

— Я же тебе объяснил: она могла рассчитывать только на пенсию, а жить привыкла хорошо. Думаю, она искала замену мужу. Я на эту роль не подходил и знал это сразу, а ей понадобилось время.

— Она была оскорблена твоим отказом?

— Утром мы расстались друзьями, ничего не обсуждая. Вера — разумная женщина.

— Вы говорили о ее муже?

— Конечно.

— У вас были общие дела?

— Были.

— После его смерти ты что-то потерял в делах или приобрел?

Он посуровел, взгляд его стал напряженным, теперь он смотрел мне в глаза.

— Ни то, ни другое. Я ничего не выгадал от его смерти, если ты об этом. Обычная авария. Пьяный дядя бросил трактор на обочине, а Николай ехал с ближним светом и заметил его слишком поздно. С дачи возвращался. Было следствие, ни у кого не возникло сомнений. И можешь мне поверить, я приложил усилия, чтобы убедиться: так оно и есть.

— Значит, у Веры не было повода думать, что ты причастен к его убийству, а у тебя ссужать ее деньгами?

Напряжение из его глаз исчезло, похоже, парень наконец-то понял, почему я задаю все эти вопросы и что вовсе не желание покопаться в его грязном белье руководит мною.

— Вряд ли такое ей приходило в голову. Да и... говорю, там не было ничего, что позволило сомневаться в несчастном случае. И ко мне у нее были просто дружеские чувства, она любила мужа. А он любил ее. Поэтому я иногда помогал ей. А то, что мы тогда... ясно, что это просто случайность, и мы о ней забыли.

— Допустим. Вернемся к Анне. Итак, ты проснулся рядом с ней... В квартире Веры?

— Вот именно. Если бы это было где-то в другом месте, мы никогда бы больше не встретились. Но Вера с утра принялась меня обхаживать, знаешь, «Анечка такая милая девушка, она такая ранимая» и прочее в том же духе. Ну я и дал номер мобильного ранимой Анечке. Позвонила Вера, сказала, что Аня переживает, потому что я куда-то пропал... в общем, волновалась за подругу. Я несколько раз встречался с ней и только диву давался, чего это Вера души в ней не чает, печется, точно она ей родственница. На бедной Ане клейма негде ставить, такая не пропадет, если шею не свернут за глупость. — Тут он притормозил и вновь взглянул мне в глаза.

— Что было дальше? — спросила я.

— Я решил, что Веру обижать ни к чему, тем более что...

— Что один раз ты ее все же невольно обидел...

— Ну да, так и было. Встречались редко, я делами отговаривался и в конце концов успел об Аньке забыть. Вдруг опять звонит Вера и заявляет, что Анька беременная, от меня, разумеется, в чем я здорово сомневался.

— Почему?

— Потому что неплохо знал Аньку. Она дешевая шлюха и дура. Непроходимая. У меня от нее башка начинала болеть через десять минут и тошнота наворачивалась. Она пойдет с любым и ляжет с любым, даже без особой корысти, просто на всякий случай, вдруг повезет и кто-то даст денег. Вера тоже жила за счет мужиков, но делала это как-то иначе, в ней что-то было... и на некоторые вещи я просто закрывал глаза. Анька совсем другое, дешевая шлюха, на которую жаль тратить время. Меня она выбрала в папаши по одной причине: надеялась поживиться. Я был не против дать ей денег. В конце концов, я с ней спал, а мелочиться не люблю. На пару штук баксов она могла рассчитывать, за причиненные неудобства, бедняжке надо на что-то жить после аборта, раз будет некоторое время нетрудоспособна. Но Вера вдруг завела бодягу на тему: она хочет оставить ребенка. Это здорово меня разозлило, потому что смахивало на шантаж. Если б не Вера, я бы этой сучке махом мозги вправил, но мне не хотелось выглядеть в ее глазах... Чего ты лыбишься? — разозлился он.

— Тебе показалось. На самом деле мне приятно, что тебя посещают такие мысли.

— А не ты ли полчаса назад предлагала... короче, засунь свои дельные замечания куда подальше.

— Извини, — серьезно сказала я. — Просто с этой минуты ты мне нравишься значительно больше. Это делу не помеха.

Он довольно долго разглядывал меня, прикидывая, как к этому отнестись, но наконец продолжил:

— Я встретился с Верой, сказал ей, что готов заплатить. Я был уверен, Аньку это устроит. Если нет, не получит ни копейки. Вера неплохо знала меня и посоветовала Аньке согласиться, что та и сделала. Но я хотел убедиться, что ей не придет в голову заработать на том же еще раз. И я сказал, что к врачу отвезу ее сам. Вера посоветовала Райзмана, договорилась с ним, и я привез Аньку к нему. Вот и все.

— Ты знал, что Артур уже был знаком с ней?

— Да. Он мне рассказал. Она-то делала вид, что видит его впервые, что неудивительно, он ведь тоже ее трахал, а с образом «бедной Анечки» это как-то не вязалось. А еще рассказал про то, как она шантажировала своего любовника ребенком, вытягивая из него деньги. К тому времени я про Аньку и думать забыл, но, когда услышал, пожалел, что не свернул ей шею.

— С Райзманом вас точно познакомила Вера?

— С нами она не ездила, просто позвонила ему по телефону.

Я задумалась, вот тебе и раз: Вера, а отнюдь не Никифоров, как я думала, и не Лапшин.

— А вы с Райзманом после этого виделись?

— Разумеется. Он мне, кстати, нравился. Нормальный мужик. С его отцом я до этого несколько раз имел дело. После его смерти у Артура были неприятности, и он мне позвонил. Я помог. Иногда мы встречались, чтобы выпить и поговорить о том о сем. Вот как-то за выпивкой он мне и рассказал ту историю.

— И когда после убийства Анны я появилась у него, он тебе позвонил?

— Позвонил, сказал, что ты интересовалась этой шлюхой и в частности тем, кто ее к нему приводил. Разумеется, добавил, что менты зададут те же вопросы.

— И как ты к этому отнесся?

— Нормально. Чего мне бояться, скажи на милость? Того, что баба от меня сделала аборт год назад?

— То есть ты дал ему разрешение все рассказать?

— Да там и рассказывать-то нечего. Я ответил: интересуются — скажи. Все равно раскопают.

— Но Райзман ничего не успел рассказать, — вздохнула я.

— Вот-вот, только я здесь ни при чем.

— Ладно, потопали дальше.

— Когда я узнал, что Райзмана убили, позвонил Вере. Поздно, где-то около одиннадцати. Хотел расспросить, что за хреновина творится. Сначала Аньку зарезали, потом Райзмана застрелили. Решил, может, это как-то связано?

— Тебе-то что до этого было, раз ты ни при чем?

— Артур мне нравился. А еще я беспокоился за Веру.

— Поясни, — попросила я, потому что добрым самаритянином он все-таки не выглядел.

— Подумал, может, умудрилась вляпаться в какое-нибудь дерьмо. Подружка без царя в голове, зато с замашками шантажистки. По телефону обсуждать все это не хотелось, и я сказал, что приеду. Дел в тот вечер было много, и я задержался. Вера сказала, что будет дома, а ложится она поздно. Въезжаю во двор, и вдруг ты, едва мне крыло не помяла.

— А чего на «БМВ», а не на «Хаммере»?

— Жрет много, — съехидничал он.

— Ты его зачем купил-то? Хотел нос утереть отцам города?

Тагаев сложил на груди руки, помолчал, с неудовольствием глядя на меня, и задал свой вопрос:

— Так ты алкоголичка или нет?

Я хихикнула и потерла нос.

— Критику принимаю, — сказала я весело. Спросив о «Хаммере», я действительно вторглась на запретную территорию, это его дело, зачем и что покупать, а также на чем ездить.

— И не думай, что раз ты мне сейчас нужна, можешь выеживаться, а я это буду терпеть.

— Даже не мечтаю. Итак, я едва не помяла тебе крыло...

— Твой «Феррари» все равно что мой «Хаммер», его каждая собака в городе знает. Поэтому я пропустил тебя вперед, желая посмотреть, что тебе здесь нужно. Ты остановилась возле подъезда, где жила Вера, и стало ясно...

— Ты решил немного подождать?

— Конечно.

— Почему не уехал?

— Был уверен, она тебя быстро вытурит. Ей не нравилось, когда кто-то совал нос в ее дела. Когда ты слиняла, я поднялся к ней.

— Она случайно чемодан не собирала?

— Она порнуху смотрела, если тебе интересно. Мы выпили и полчаса поговорили. Я пытался узнать, нет ли у нее проблем, она заверила, что нет. Тогда я спросил про Аньку. Ее убийство у Веры вызвало недоумение. Убить ее мог только сумасшедший, это ее слова, а не мои. Или ты из-за твоего Деда. Других кандидатур она не видела. Потом принялась жаловаться на Никифорова.

— Ты с ним знаком?

— От нее слышал. У него были проблемы, денежные, и она обращалась ко мне.

— Помог?

— Нет. Одно дело помочь ей, и совсем другое...

— Может, ты ревновал? Это напрямую относится к делу, — поспешила заверить я, видя, как перекосилась его физиономия. Он вздохнул, как перед прыжком в воду, должно быть, собирался с силами.

— Повторяю для тупых: она не в моем вкусе. Она была женой моего друга, и я не должен был с ней трахаться. Не должен.

— Но ты трахнулся и после этого стал чувствовать себя виноватым.

— Если ты видишь это так, я не возражаю.

— На какой предмет жаловалась?

— На обычный. Все мужики козлы и прочее.

Спал с Анькой. Нашел с кем. И прочее в том же духе. Она была здорово навеселе, и разговор вышел бессвязный. Я простился и сказал, что в случае каких-либо сложностей ей стоит позвонить мне.

— Тебе не показалось, что она чего-то боится?

— Чтобы узнать это, я и приехал. Ничего она не боялась. На испуганную она точно похожа не была. Иначе бы я оставил с ней кого-то из ребят.

— Ты и ей разрешил рассказать о твоей связи с Анной?

— Я удивился, с какой стати она сделала из этого тайну? Вера ответила: «Не хотела тебя впутывать во все это». В принципе, правильно. Базары в ментовке мне ни к чему.

— Но мне ты соврал. Почему?

— Ты действовала мне на нервы, — отрезал он.

— О Райзмане вы с Верой говорили?

— Конечно. И она, и я были уверены: застрелили его из-за каких-то темных делишек. Папаша краденое скупал, может, и Артур, почем мне знать? Я в чужие дела не лезу.

— В котором часу ты уехал?

— Дома был в три. От Веры до моего дома на машине двадцать минут.

— Убили ее где-то около четырех, — заметила я.

— Я в это время с бабой был. Ментам на это, конечно, начхать, раз она шлюха, к тому же из моего кабака, а тебе говорю, чтоб избавить от лишних мыслей.

— Так я в этом смысле ничуть не лучше ментов, — поспешила я порадовать его. Он только хмыкнул. — Девушка тебя дома ждала?

— Нет, вызвал ее по телефону. Захотелось женской ласки. Ее парень из охраны «Шанхая» привозил, впрочем, тебе и парень не указ.

— Звонил ты в «Шанхай» или нет, можно проверить.

— Проверь. Я звонил. И был с бабой. Она уехала часов в восемь.

— Чего ж в такую рань девушку выгнал?

— А тебя твой Дед до обеда оставляет?

— До обеда нет, ему на службу рано. Скажи-ка лучше, Вера ключи от квартиры кому-нибудь давала?

— Вряд ли. Почти уверен, что нет. Она была скуповата и за барахло свое переживала.

— А у Никифорова ключей не было?

— Она мне ничего об этом не говорила, но не думаю, что она изменила своим привычкам.

— Веру убили в прихожей. Здесь два варианта: либо она дверь кому-то сама открыла, либо услышала шум, когда ее открывали отмычкой. Ты вот, к примеру, с моей дверью отлично справился.

— Я не обращал внимания на ее замки, но вряд ли это что-то особенное. Тому, кто знает в этом толк, дело двух минут.

— Именно столько ты потратил на мою дверь?

— Тебе замок пора менять, хлипкий, на такой и минуты за глаза.

— Если она сама открыла дверь, это должен был быть кто-то из хороших знакомых. Никифоров, например. Но у него на ту ночь алиби. Вряд ли Петр Сафронов станет его выгораживать, ведь к Вере он был очень привязан.

— Петечка? Да, она о нем рассказывала. А насчет того, чтобы что-то слышала... Она много выпила и, по идее, должна была крепко спать. Хотя могла и вовсе не ложиться, она баба железная, запросто просидит всю ночь, и коньяка в нее вольется немерено.

— На ней был халат, тебя она тоже в халате встречала?

— Передо мной она ходила нагишом, еще спрашивала, не интересуюсь ли я ее прелестями.

— Не интересовался?

— Повторяю в который раз: она не в моем вкусе.

— Слушай, а ты терпеливый парень. Я не о себе, хотя и тут ты на высоте, я о Вере: ходит баба перед тобой голая, а ты ничего, разговоры разговариваешь. А мне рассказывали, что ты за меньшее готов в окно выбросить. Врут?

— Тебя бы выбросил с охотой... Ты пойми, как муж погиб, у нее начисто башню снесло. Она хоть и храбрилась, но жизни была не рада. За что ж в окно? Можно потерпеть.

— А ведь прав Вешняков, — покачала я головой.

— Кто это?

— Мент. Он утверждал, что ты, в сущности, нормальный парень.

— Большое ему за это спасибо. Сплю и вижу, чтоб обо мне менты доброе слово сказали.

— А ты не ерничай. Одно дело помогать всякой сволочи, даже если это в твоих интересах, другое — нормальному парню.

— Рад, что ты разглядела во мне человека. Я в тебе пока ничего не разглядел, но буду стараться.

— Мне нравятся старательные, дерзай. А пока вернемся к Вере. Кроме Никифорова, у нее были еще приятели?

— Наверное. Откуда мне знать? Я и его-то никогда не видел. Если она сама открыла дверь, кому, в настоящий момент гадать бесполезно.

— После меня ей никто не звонил.

— А ты звонила при мне, — кивнул он. — Значит, либо раньше договорились, либо... Пистолет был с глушаком?

— С глушаком. И застрелили всех троих из одной пушки, которую потом у тебя нашли.

— Но если это кто-то из своих, из ее знакомых, как могли подбросить мне пистолет?

— Об этом чуть позже. Допустим, Вера легла спать, но, несмотря на выпитое, услышала шум, вышла в холл и была убита. Вряд ли она сидела без света, а если свет горел, убийца с отмычками возиться не рискнет.

— Она собиралась поваляться в ванне, — вспомнил Тагаев. — По крайней мере, говорила об этом, когда провожала меня до двери.

— Что ж, это подходит. Допустим, свет горел только в ванной. Убийца решил, что она наконец-то легла спать, но тут Вера вышла. Ладно, пусть это будет киллер, если никого из ее знакомых сейчас на примете все равно нет. Очень бы подошел Никифоров, но алиби... Ты на квартиру Анны сам ходил или кого-то посылал? — спросила я без перехода. Он нахмурился, в его взгляде мелькнуло недоумение.

— Я у нее никогда не был.

— Так, а дальше?

— Что дальше? — начал злиться он.

— Ты ответил лишь на первую часть моего вопроса.

— Зачем мне к ней кого-то посылать?

— Допустим, для того, чтобы проверить, не сохранила ли она что-нибудь на память о нежной дружбе с тобой?

— Разве что использованный презерватив. Объясни толком.

— Пожалуйста. Кто-то побывал в квартире Анны уже после ментов и основательно там все перерыл.

— Мне бы такое и в голову не пришло. Особенно после ментов. Какой смысл?

— На самом деле смысл есть. К примеру, лежит в квартире какая-то вещица, ничем не примечательная. И менты на нее внимания не обращают. Однако эта вещица может вывести на какого-то человека, если вдруг менты заинтересуются вещицей.

— Логично, — подумав, согласился Тагаев. — Я никого к ней не посылал, потому что ничего не опасался. Я не убивал ее. Ни ее, ни Веру, ни Райзмана, ни Лапшина. И мне не нужно было шарить в ее квартире. Я ей ничего не дарил, но даже если она что-то сама позаимствовала...

— А если это «что-то» было важно для тебя?

— Не смеши. Я не храню дома то, что желал бы держать в тайне. Если спросишь, где храню, пошлю к черту. В этом месте я с Анькой точно не был, можешь поверить.

— Значит, кто-то другой постарался. А на дачу к Лапшину зачем ездил?

— Зачем мне ехать к нему на дачу, если я его даже не знаю?

— Тачку твою засекли на посту ГАИ. Чего ж ты на «Хаммере»? Нет бы скромно, на «БМВ».

— Думаешь, я не знал, что менты на посту эту хрень поставили? В тот же день узнал, менты же и сказали. По секрету. Этот секрет давно весь город знает. По-твоему, я поехал убивать человека на своей тачке? Да ее и без той хрени наверняка бы запомнили.

— Так зачем ты поехал?

— Позвонил один козел. В «Шанхай». Спросил меня. Ни малейшего желания говорить с кем попало у меня не было, но он просил передать, что хочет кое-что сообщить о Вере. Так и сказал. Ну, я взял трубку.

— И что?

— Денег хотел. На бедность жаловался. За штуку баксов обещал рассказать кое-что интересное.

— Встречу назначил за городом?

— На двадцатом километре. Там указатель.

— И ты купился?

— Я из него хотел душу вытряхнуть.

— Конечно. Требовать у тебя денег было весьма неразумно с его стороны.

— Вот именно. Он сказал, что будет на красной «Хонде».

— Но не явился?

— Само собой. Мы прождали минут пятнадцать и вернулись в город. Очень хотелось придушить эту гниду.

— В машине ты был не один?

— Не один. Но для ментов это ерунда, раз со мной были мои ребята.

— Ну что ж, вроде все выяснили, — вздохнула я. Вздох сожаления относился к тому, что наша обстоятельная беседа ясности не внесла, то есть кое-что прояснилось, но еще больше запуталось.

— А пистолет? — нахмурился Тагаев.

— Про пистолет я помню. Лапшина, которого ты даже не знаешь, убили около восьми вечера. Теперь хорошо подумай, в какой момент оружие могли подбросить в твою тачку?

— На следующий день, где-то около пяти, когда я был в парикмахерской.

По тому, как он ответил, было ясно, он сам над этим вопросом голову ломал, но я все же решила подстраховаться.

— На встречу ты поехал на «Хаммере». Где был «БМВ»?

— На стоянке, возле «Шанхая», он и сегодня стоял там до двух часов. В два один из моих ребят отогнал его на мойку. Пистолета в багажнике не было, потому что в багажнике пылесосили, запаску вынимали.

— А на мойке подложить его не могли?

— Нет. Парень от машины не отходил. Я спрашивал.

— А если соврал? Если все-таки отлучался?

Тагаев поморщился.

— Он не соврал. В таких вещах не врут. Парень надежный.

— Что, если твой надежный парень и подбросил пистолет?

— Я его знаю десять лет.

— Ну и что?

— Я ему верю. Он не продаст.

— Любой продаст, если выгоду усмотрит, — сказала я и едва не поперхнулась, потому что выходило, что дословно цитирую одного человека. Мы смотрели на этот мир с принципиально разных позиций, и нате вам... Тагаев взирал на меня с неудовольствием.

— Да-а, — сказал он, помолчав, — тяжелый случай.

— Извини, своих людей ты знаешь лучше, но обстоятельства бывают разные.

— Бывают. Парень от «БМВ» не отходил и пистолет не подбрасывал. На стоянке перед «Шанхаем» машина стоит прямо перед будкой охраны. Если кто-то рядом отирался, они бы заметили.

— Но...

— Проехали, — сказал Тагаев, и стало ясно, он едва сдерживает гнев.

— Хорошо. Он подогнал машину к «Шанхаю»...

— Да. И я поехал на ней в парикмахерскую. Там я пробыл больше часа. Тачка стояла во дворе, окна парикмахерской туда не выходят, с той стороны забор, рядом стройка, подойти незаметно проще простого.

— Что за парикмахерская?

— «Жар-птица», на Гороховой.

В этой парикмахерской я бывала не раз. Тагаев прав, место для того, чтобы подбросить оружие, самое что ни на есть удобное. Улица тихая, вокруг частные дома с садами и стройка, обнесенная деревянным забором.

— Зачем тачку во двор загнал?

— Там дорога узкая и лужа после дождя, а тачку только что вымыли.

— Да, — кивнула я, — соблазн у дяди был велик. Во сколько ты был в парикмахерской?

— На половину пятого договаривался.

— В 17.15 позвонили в милицию, анонимно, дядя торопился, пока ты свой нос в запаску не сунул, всего не предусмотришь, вдруг бы понадобилось колесо менять. Куда из парикмахерской поехал?

— В «Шанхай», ужинать. В половине восьмого у меня была назначена встреча, по дороге меня менты и сцапали.

— А сбежал чего? Рассказал бы все как есть, они бы разобрались.

Тагаев презрительно свистнул и закатил глаза, выказывая тем самым свое отношение к данному утверждению.

— Напрасно ты так, в ментовке есть вполне приличные люди, а у некоторых к тебе что-то вроде симпатии. Говорят, ты среди своих порядок навел.

— Говорят, ты...

— Алкоголичка, — дуэтом пропели мы.

— Может, кому-то порядок не по душе? И этот кто-то решил от тебя избавиться.

— А вот с этим я сам разберусь, — ткнул в меня пальцем Тагаев. — Твое дело найти убийцу.

— Видишь ли, друг мой, — закинув ногу на ногу, начала я. — Если все это затеяли, чтобы избавиться от тебя, то убийца — наемник. С убитыми его ничто не связывает. В этом случае танцевать лучше от печки, то есть от того, кому это выгодно. Врагов у тебя много?

— Воз и маленькая тележка.

— А кто реально мог решиться на такое? Человеку этому должно быть невмоготу, а главное, он должен иметь некоторые возможности. — Тагаев задумался, тер ладонью подбородок и не замечал этого. — Ну? — поторопила я.

Он вроде с трудом вспомнил, что я нахожусь в комнате, с замешательством взглянул на меня и изрек:

— Найди убийцу.

Я пожала плечами.

— Что ж, поговорим об убийстве. Мотив для убийства Анны по-прежнему отсутствует. До нашей встречи я считала, что мотив есть у тебя. Девчонка что-то видела или слышала... Однако это не так. Но мог быть еще человек, заинтересованный в ее смерти, знакомых у нее достаточно, и о ком-то из них она могла знать что-то для него опасное. Связь с убийствами Райзмана, Веры и Лапшина никак не просматривается, Вера — еще куда ни шло, подруга, Анна могла поделиться с ней, однако всех троих застрелили из одного пистолета.

— Это я все знаю, — нахмурился Тагаев. — Не пойму, куда ты клонишь.

— Либо все эти убийства спланированная акция, направленная против тебя, либо кто-то действовал, что называется, «на подхвате», увидел, что ситуация складывается не в твою пользу, и умело разыграл ее. В первом случае мы имеем дело с лицом весьма могущественным и, надо признать, исключительно наглым, во втором — все намного проще. Первый вариант ты обсуждать не хочешь, значит, за основу берем второй. Кто-то разделался со своими недругами, а ты лишь сбоку припеку. — Тут я взглянула на часы и поднялась. — Пора спать.

— Спать? — переспросил Тагаев.

— Конечно. Ночью людям положено спать, мне-то уж точно. Можешь лечь в гостевой спальне, это напротив моей, белье в шкафу. — Он нахмурился, взгляд его незаметно переместился к телефону, а я покачала головой: — Не дури, сдавать тебя ментам я не собираюсь. Если сам решишь сдаться, милости прошу, потому что особого толка я от тебя не ожидаю, раз ты решил молчать о своих делах. Я ведь все равно все раскопаю, только времени угроблю прорву. Разумеется, моя спальня выглядит значительно лучше, чем СИЗО, так что решать тебе.

Я потянулась и пошла наверх, где меня ждал Сашка. Он делал вид, что спит, но я ткнула его в бок и прошипела:

— Еще друг называется. Лежишь на моей постели с кем попало. Совершенно никакой совести.

Сашка прикрыл морду лапой и обиженно засопел.

Утром я вскочила ни свет ни заря, удивляясь самой себе. Сашка тоже вскочил и терся у моих ног, виляя хвостом, я делала вид, что не замечаю этого.

Однако Сашка выглядел таким несчастным, что сердце у меня дрогнуло, и я в знак примирения отправилась с ним гулять.

Вернувшись, я застала Тагаева на кухне, он успел побриться дежурной бритвой, что давненько уже валяется в ванной, и жарил яичницу. Пахло кофе, а я не к месту подумала, что это приятно — вернуться на кухню, где тебя ждет кофе и завтрак. Тагаев включил радио, его вкусы меня удивили.

— Я думала, ты слушаешь шансон, — сказала я вместо «здравствуй».

— Скажи на милость, — хмыкнул он, — зачем люди устанавливают правила?

— Чтобы их нарушать, — с готовностью ответила я.

— Ага. Значит, я могу задавать вопросы? Не по делу?

— Валяй. Но отвечать на них я не собираюсь.

— Терпеть не могу шансон.

— Я уже поняла. — Налила себе кофе и устроилась за столом.

— Завтракать будешь?

— Ага.

Он опять-таки меня потряс, разложил яичницу в тарелки и даже салфетки, которые обнаружил в моем шкафу, бросил на стол.

— А ты занятный парень, — не удержалась я.

— Это потому, что умею пользоваться вилкой?

— Не только. Еще и салфеткой.

Он неожиданно улыбнулся и покачал головой.

— Какие у нас планы? — спросил он, покончив с завтраком.

— Сегодня или вообще?

— Вообще.

— Найти убийцу, естественно.

— А сегодня?

— Я б его и сегодня с удовольствием нашла, но вряд ли повезет. Буду болтаться по городу и приставать к людям с вопросами.

— Я поеду с тобой, — заявил он, что мне, конечно, не понравилось.

— Должна напомнить, что тебя ищет милиция по подозрению в убийствах, это во-первых. Во-вторых: расследование — вещь совершенно не увлекательная, я бы даже сказала, скучная. Лучше телевизор смотреть.

— На твоей тачке стекла тонированные, и мне необязательно выходить из машины.

Я могла напомнить, что засеки его кто в моей машине, и у меня будут неприятности, но ему на это явно наплевать. Он явился в мой дом, пьет мой кофе да еще диктует мне условия. Проще всего послать его подальше, но я отказала себе в этом удовольствии. Пусть поболтается со мной по городу, посидит целый день в машине, а завтра сам вызовется телик смотреть.

— Хорошо, — дипломатично ответила я.

Через полчаса мы выехали из гаража. Сашку я тоже взяла с собой, потому что при таком раскладе оставлять его было бы несправедливо. Взглянув на часы, позвонила Вешнякову.

— Тагаев в бегах, а Никифоров просит охрану, — лаконично сообщил он.

— Зачем ему охрана?

— Говорит, что убийца — маньяк и перестреляет всех, кто был на яхте.

— А что, еще кого-нибудь застрелили?

— Типун тебе на язык, — обиделся Вешняков и отключился.

— Куда ты едешь? — спросил Тагаев.

— В больницу.

— Тот тип, в которого стреляли, твой друг?

— Друг.

— Близкий?

— Ближе некуда.

— То есть ты с ним спишь.

— Скажи на милость, какая тебе разница? — удивилась я.

— Ему здорово досталось?

— Надеюсь, выкарабкается. — Я не удержалась и трижды плюнула через плечо, боясь сглазить.

Лялин пришел в сознание, но к нему не пускали даже жену, она дежурила в коридоре. Я нашла врача и, пользуясь своей физиономией как визитной карточкой, обстоятельно с ним побеседовала. А когда вернулась в машину, Тагаев спросил:

— Ну что, идет на поправку?

— Откуда знаешь?

— У тебя лицо изменилось, и козой скачешь.

— Надеюсь, изменилось в лучшую сторону?

— Ты со мной кокетничаешь? — вроде не поверил он.

— Нет. Просто дурацкая привычка молоть языком. Не обращай внимания.

Я наудачу позвонила, и мне повезло. Миронова Марина Александровна, та самая, что приезжала на дачу к Лапшину, оказалась дома. Я нагло заявила, что я из милиции и нам необходимо срочно поговорить. Женщина с готовностью согласилась. Так как мы с Вешняковым уже пытались навестить ее, адрес мне был хорошо известен. Я оставила машину на стоянке в глубине двора и зашагала к подъезду. Марина встретила меня возле лифта. Я сунула ей под нос удостоверение, она, как ожидалось, на него едва взглянула, зато во все глаза смотрела на меня.

— Ольга Сергеевна, — начала она робко, пропуская меня в квартиру, — мы ведь с вами встречались на приеме у губернатора.

— Возможно.

— Вы теперь в милиции?

— Там решили, что женщины скорее найдут общий язык.

— Присаживайтесь. Я ночью из командировки приехала, вот на работу и задержалась, пойду после обеда. Может быть, кофе или чай?

— Спасибо, ничего не надо. Вы Лапшина когда в последний раз видели?

— Сейчас скажу... двадцатого марта. Да, точно. У подруги был день рождения, и мы пошли в ресторан отметить. Там и встретились. Он был с женой, поэтому мы практически не разговаривали, просто поздоровались.

— То есть вы не виделись несколько месяцев? А как давно вы его знаете?

— Прошлой зимой познакомились на том самом губернаторском балу. В Рождество. Вы ведь знаете, тогда приглашали много предпринимателей, ну и меня тоже. Приглашение мне приятельница прислала, она в администрации. Фирма у меня весьма скромная, вряд ли вы о нас слышали, хотя... «Умка», мы пряники изготавливаем, торты и прочее, но в основном пряники.

— Я на диете, — сказала я с улыбкой.

— Да, конечно, — пробормотала она, должно быть, очень волновалась. — Вот на этом балу мы и познакомились. Он был без жены, а я не замужем.

— Познакомились, и что?

Она пожала плечами.

— Стали любовниками, естественно.

В самом деле, ничего противоестественного я не

находила. Марине на вид лет двадцать пять, хотя, скорее всего, немного больше, и все свое свободное время, она, судя по всему, тратит на поддержание своей красоты, а природа-мать не поскупилась. Хорошая фигура, вздернутый носик, наверняка пользуется успехом у мужчин. К тому же самостоятельна. Да, вполне естественно. Лера старше, и внешность у нее не такая яркая. Хотя Лера мне нравится больше, но я не мужчина.

— Как долго продолжалась ваша связь?

— Чуть больше полугода. Я собиралась отдохнуть с ним где-нибудь в Испании летом, но он поехал со своей женой.

— Она о вас знала?

— Что вы. Гену бы инфаркт хватил. Он дрожал над ней, точно она хрустальная. Не знаю, как он вообще решился встречаться со мной. Трусил, точно заяц. Иногда до смешного доходило. Поначалу я, конечно, надеялась. У них ведь даже детей нет. Я бы ему сына родила, мне всего-то тридцать. И я была уверена, что он меня любит, а потом... потом стало ясно, никуда он от своей Лерки не денется. Я закурю, вы не против?

— Нет-нет, курите.

Она закурила, глядя куда-то в угол, стало ясно, рана в ее душе отнюдь не затянулась и рассказать о своих чувствах ей хотелось, можно и с вопросами не лезть. Похоже, рассказать об этом ей просто некому.

— Скажите, как так можно: ты любишь человека, ведь он действительно меня любил, но ничего не хочешь менять. Тебя устраивают случайные встречи, когда все время смотришь на часы. Знаете, у меня сейчас роман, и все то же самое. Наверное, я просто не умею... из-за других расходятся, а со мной...

— А кто был инициатором разрыва?

— Я. Хотя я совершенно не хотела этого. Мне нужно было видеть его каждый день и ложиться с ним каждую ночь, а еще чтобы был ребенок... А я, как назло, забеременеть не могла. Может, тогда бы он... Я сказала: больше так не могу, или — или. Он сказал, что подумает, ушел и неделю не звонил. А когда я позвонила, он виновато сообщил, что выбрал. Жену, разумеется. Думала, с ума сойду, потом ничего, пришла в себя. Непонятно, чего он так в нее вцепился. Отношения у них были странные.

— Что за отношения? — насторожилась я.

— Гена рассказывал о своей жизни охотно. И о жене тоже. Мне это не очень нравилось, но надо же человеку выговориться. Поженились они рано, и я думаю, она его... презирала, что ли, или он это сам выдумал, а когда сделал карьеру... словом, он был очень горд собой, доказал собственной жене, что на многое способен. Она-то училкой работает в музыкальной школе, не знаю, чем там особо гордиться.

— У него до этого были романы?

— Пять лет назад была какая-то девчонка из банка, но с ней он быстро порвал и вообще очень нервничал, боялся, что жена узнает.

— Чего боялся? Она училка, он банкир, поди, из дома бы не выгнала.

— Не знаю. То ли он по натуре мальчишка, которому нянька нужна, и без нее он ни шагу, то ли действительно любил. Наверное, любил, раз остался с ней.

— Значит, вы расстались и длительное время не виделись. Тогда зачем вы к нему на дачу поехали?

— Ситуация сложилась... — она устало махнула рукой. — Вот эту квартиру купила, денег заняла, обещали ждать год, а теперь... Денег занять негде, сумма приличная, десять тысяч долларов. Вот я ему и позвонила, сказала, что у меня важное дело, надо встретиться.

— По телефону о деньгах не говорили?

— Нет. Я боялась, он сразу откажет, а так... для него эти деньги пустяк, тем более мне ведь в долг, я бы отдала. Он сказал, что будет на даче, объяснил, как проехать. Вы знаете, мне кажется, он тоже хотел встретиться, оттого и дача эта... хотя раньше мы только у меня встречались. Он до смерти боялся, что жена узнает. Еще жалеть ее предлагал, она, видите ли, несчастна, детей нет, а я счастливая? Я приехала, постояла у калитки, но он не открыл. Я, если честно, не удивилась, думаю, сдрейфил и смылся к Лерке своей под бок. И звонить ему не стала, поняла, что бесполезно. Теперь придется ссуду в банке брать, процент сумасшедший, а что делать? Его застрелили? — вдруг спросила она.

— Да.

— Кто, за что?

— Это мы и выясняем.

— А если это жена? Ведь может быть такое?

— Конечно, может. Но в момент убийства она находилась дома в компании соседки. Лапшин соседку не жаловал, и дамы предпочитали встречаться, когда его нет. К тому же примерно в это время она звонила мне, у меня определитель номера, звонила из дома, а если она была дома, следовательно, на даче быть не могла.

— Да, конечно, — кивнула Марина. — Надеюсь, убийцу найдут. Вы, наверное, думаете, вот сидит, рассказывает и... я его в своей душе давно похоронила. И сейчас совсем не больно, сама удивляюсь. Будто уехал куда-то, и все... Это я себя так настраивала, когда волком выла в своей квартире. Я и продала-то ее потому, что... не могла там находиться, он же туда приходил. Хотя и так квартиру менять надо было, дом старый, да и район... я на Сталеваров жила.

Я вновь насторожилась и поинтересовалась точным адресом, а когда услышала ответ, была поражена, как все переплелось в этой истории.

— Ваша соседка по лестничной клетке Анна Горина?

— Да. Вы ее знаете? Мы с ней практически не общались, так, здоровались, но однажды она ко мне зашла за какой-то ерундой, за солью, что ли, а у меня был Гена. Ему еще очень не понравилось, что я в квартиру ее пустила. Он совершенно помешался на конспирации.

— Они видели друг друга?

— Он точно видел, а она не знаю, видела, наверное, он на кухне сидел.

Ну, вот, пожалуйста, еще одна версия: Лапшин на яхте узнал соседку своей любовницы (то-то жене показалось, что они раньше виделись) и с перепугу перерезал ей горло. Потом зачем-то убил Райзмана и Веру, застрелился сам и подбросил пистолет Тагаеву.

Он мог убить Анну, но все остальное совершенно никуда не годилось. Хотя одного страха, что жена узнает о его шашнях, для убийства все же маловато. Зато данный факт многое объясняет: например, то, как он вел себя на яхте. Заигрывал с убиенной, боясь, что она спьяну проболтается жене. Не уверен был, помнит она его или нет, а спросить боялся. Просто мозги пухнут, обидно, что понапрасну.

— Ох, нелегкая это работа — из болота тащить бегемота, — пробормотала я, устраиваясь в машине.

— Ну что? — спросил Тагаев хмуро, должно быть,

не очень ему понравилось битый час сидеть в моей машине.

— Расследование похоже на добычу золота, — решила я быть доброй. — Намываешь тонны песка, чтобы найти золотую крупинку.

— Ты ее нашла?

— Может быть, а может, и нет. Пока не знаю. Главное, собрать побольше информации и тогда непременно обнаружится что-то ценное. Этим я сейчас и занимаюсь.

— Ну-ну, у меня тоже есть новость. За тобой «хвост».

Я повернулась к нему с некоторым недоверием во взоре, но поспешила тронуться с места. Если он серьезно, ни к чему задерживаться надолго, это вызовет подозрения.

— «Опель», темно-синий. Пристроился за нами на проспекте, по крайней мере там я его засек. А сейчас стоит возле тумбы. Пока ты была у девки, к твоей тачке направился парень из этого самого «Опеля», пес залаял, и он вернулся.

— Тебя он мог заметить?

— Вряд ли, я между сидений устроился.

Я взглянула в зеркало, «Опеля» сзади не видно.

— Номер запомнил?

— Конечно.

Он его назвал, а я подумала, как скверно мне без моего друга Лялина, поделиться не с кем радостной новостью.

— Вдруг ему просто понравилась моя тачка? — пожала я плечами.

— Ага. И он тащился за нами через весь город.

— Ты же отправился за мной после нашей встречи в «Шанхае», — съязвила я.

— Не я сам, парня послал.

— Зачем?

— Так... подумал, вдруг узнаю что интересное.

— Узнал?

— А как же. Слухи о том, что Кондратьев дал тебе отставку, сильно преувеличены. По крайней мере, он не прочь тебя вернуть. Иначе не бродил бы под твоими окнами, точно пацан какой-то.

— Может, ему просто нравится там прогуливаться.

— Конечно. Говорят, у вас старая любовь.

— С Дедом?

— Это ты его так зовешь?

— Его так все в конторе зовут.

«Опеля» я по-прежнему не видела, но покоя в душу это мне не принесло. Вздохнув, я позвонила Вешнякову и начала с покаяния:

— Я была у Марины Мироновой.

— Ольга... — простонал Артем.

— Чего ты? Потрепались по-бабьи. — Я коротенько передала разговор.

— Посадить бы тебя на пятнадцать суток.

— За что? — удивилась я.

— За хулиганские выходки. Ты на службе своего Деда совершенно обнаглела, но, уж коли ушла от него, отвыкай от дурных привычек.

— Знаешь, ты мне все чаще напоминаешь Лялина. Все воспитываешь, воспитываешь... Новости есть?

— С Лапшиной беседовал, с Никифоровым. Голяк. Меня от этого дела тошнит по полной программе. Кстати, Тагаев заявлял, что пистолет ему подбросили, только не говори, что я его подозреваемым видеть не хочу, я уже кого угодно хочу, лишь бы от дела отбодаться. Он, Тагаев то есть, в парикмахерскую заезжал. Девчонки подтвердили, постоянный клиент, его хорошо знают. Тачка во дворе стояла. Там рядом стройка.

— Так проверь, вдруг кто-то из рабочих что-то заметил.

— Проверю, — проворчал Артем.

— Почему бы нам на стройку не съездить? — подал голос Тагаев, когда я простилась с Артемом.

— Вешнякова это не удивит, он мою дотошность знает, но у других вызовет подозрение, оттого и не стоит. Ты не волнуйся, Вешняков свое дело знает, найдет, если есть что искать.

— А вот и «Опель», — хмыкнул он.

— Где? — Я уткнулась в зеркало.

— Сейчас на проспект выедем, и увидишь, там укрыться сложней.

Не будь рядом Тагаева, и на проспекте я «Опель» вряд ли бы заметила, вели меня профессионально, и это пугало. Ломай теперь голову, кого это озарило? Зря я не сказала о слежке Вешнякову, впрочем, это лишний повод услышать наставления, а также просьбу ни во что не соваться.

Пораскинув мозгами, я свернула на светофоре и вскоре уже тормозила возле огромного здания с колоннами.

— По любимому соскучилась? — спросил Тагаев.

— Тоска навалилась, пойду развею, а ты здесь посиди, развлеки собачку.

Дед утром вернулся из Москвы, об этом мне сообщила Ритка, когда я заглянула на минутку в приемную, но видеться с ним я не собиралась, да и он был занят, о чем Ритка и заговорщицки прошептала.

— Я просто на тебя взглянуть, убедиться, что выглядишь распрекрасно, — сказала я.

— Полно заливать-то. Чего надо?

— Надо, чтобы ты спустилась к охране и ласково так попросила номерок пробить. Скажи, какой-то псих тебя по дороге окатил грязной водичкой из лужи с ног до головы, а ты очень разгневалась.

— Зачем тебе это?

— Попробуй догадаться.

— Ладно, жди в баре.

Ритка явилась в бар через двадцать минут и выглядела разгневанной фурией, точно в самом деле водой окатили. Я подумывала спрятаться за стойку, но меня бы это не спасло.

— Чего ты дурака валяешь? — зашипела она, схватив меня за руку. — Сашки Щеглова машина.

Моя физиономия расплылась в глупейшей улыбке. Сашка Щеглов был парнем из охраны Деда, причем не из тех, кто является старой гвардией, воспитанной моим добрым товарищем Лялиным, он пришел вместе с новым начальником охраны, сменившим Лялина на боевом посту, а с ним мы не ладили. Если честно, терпеть друг друга не могли. Вешняков с превеликим удовольствием посадил бы его хоть завтра, и было за что.

Будь это кто-то из своих, могли бы потолковать по-дружески, а с этим разговор не получится.

— Черт, — не удержалась я. Ритка смотрела на меня с настороженностью, которую быстро сменил испуг.

— Что происходит? — спросила она.

Мне бы и самой очень хотелось знать это. Старый змей, как всегда, пудрит мне мозги, и в этом деле у него есть свои интересы. Или, приставив за мной «хвост», он проявляет заботу о моей безопасности? Остается уповать на последнее, но, как любил выражаться один мой знакомый, «возможны варианты».

— По-моему, он спятил, — произнесла я трагическим шепотом, потому что Ритка ждала ответа. — Он считает, мне опасно передвигаться по улицам.

Теперь на ее лице вновь читалось недоверие.

— Опять что-нибудь натворила?

— Говорю, он спятил. Я занимаюсь этим убийством, Дед решил, что это опасно, хотя сам сказал «найди». Спасибо тебе большое, — немного невпопад закончила я, намереваясь смыться. Не тут-то было. Ритка ухватила меня за руку.

— Ты не зайдешь к нему?

— Он же занят. И вообще, было бы здорово, если ты промолчишь о моем визите.

— И о тачке тоже?

— Само собой, — улыбнулась я. Я подергала рукав и смогла освободиться, чем и не преминула воспользоваться.

Настроение мое лучше не стало. Очень хотелось задать Тагаеву пару вопросов, но что-то подсказывало: вряд ли он станет на них отвечать, а если так, чего ж понапрасну молоть языком?

Я плюхнулась на водительское сиденье, что-то насвистывая.

— Как прошла встреча?

— На уровне.

— Ты ему обо мне рассказала? — спросил он, чуть помедлив, должно быть, тоже сомневался, что я отвечу, правду, по крайней мере.

— Думаешь, его это порадует? — усмехнулась я, покусала нижнюю губу и все же спросила: — Скажи-ка мне, нет ли у вас каких-нибудь общих дел? Может, между вами черная кошка пробежала, на одну девку запали или ты у него деньги уволок? — Тагаев хмыкнул и стал смотреть в окно. — Спасибо за содержательную беседу, — кивнула я и наконец тронулась с места.

Терпение Тагаева подверглось серьезному испытанию. Я заглянула в банк Лапшина, где мне дали от ворот поворот, затем в контору Никифорова, где была встречена ласково, так как среди охраны обнаружился мой старый знакомый, заскочила к Вешнякову, заглянула еще в несколько мест, задавая бесконечные вопросы и сильно подозревая, что хоть язык и без костей, но и ему нелегко трудиться в таком режиме.

Если меня в тех местах, где встречали ласково, хоть кофе поили и даже угощали печеньем, а Сашке я купила консервы, то Тагаев был и этого лишен, но с достоинством переносил муки голода и прочие неудобства.

В восемь я направила машину к дому, в основном потому, что не придумала, кому и какой вопрос задать еще, хотя кое-какие муки совести все же имели место. Я загнала машину в гараж, закрыла ворота, после чего Тагаев вышел из кабины, потянулся, разминая затекшие члены, и спросил:

— На сегодня все?

— Надеюсь, — буркнула я, вошла в холл и с неудовольствием заметила, что Сашка плетется рядом с Тагаевым, поглядывая на него с сожалением и даже с сочувствием: мол, не обращай на нее внимания, характер-то у нее скверный. — Ты нравишься моей собаке, — не удержалась я, испытывая что-то, подозрительно напоминающее ревность.

— Мы успели подружиться, — серьезно ответил он. — Ты была занята делом, а мы друг другом.

А я подумала: хорошо, что Сашка не говорит, сколько всего успел бы наболтать.

Я прошла в кухню, заглянула в холодильник, гостеприимство требовало накормить человека, но заниматься готовкой мне не хотелось.

— Как ты относишься к бутербродам с печенью трески? — спросила я с тайной надеждой, что это его любимое лакомство.

— Я могу приготовить ужин, а ты пока отдохни, — заявил он.

— Идея мне нравится, — ответила я и пошла в гостиную, Сашка остался в кухне, правда, пару раз выглядывал, проверяя, чем я занята. — Просто ему недостает мужского общества, — решила я себя утешить, — будем считать, что у него сегодня мальчишник.

Я лежала, закинув руки за голову, пытаясь извлечь из информации, что получила сегодня, хоть что-нибудь интересное, но даже затруднялась объяснить, что могло стать для меня интересным. Наверное, по этой причине я и уснула, а когда открыла глаза, увидела рядом Тагаева, он сидел в кресле с полотенцем в руках.

— Эй, просыпайся, ужин готов.

Я потерла лицо ладонями и вслед за ним поплелась в кухню. Сашка лег у моих ног, наверное, пресытясь мужским обществом.

— Ничего не хочешь мне рассказать? — спросил Тагаев. Минут десять до этого мы жевали в молчании, и я уж было порадовалась, что он не собирается приставать с расспросами.

— Будет что, непременно расскажу.

— Завтра мне надо встретиться с одним человеком.

— Это имеет отношение к убийствам?

— Нет, это имеет отношение к моим делам.

— Что ж, встречайся на здоровье.

— Эти типы проводили нас до самого дома. Ты, кстати, не узнала, кто они?

— Пока нет, но я над этим работаю.

— Ага. Придется тебе завтра отвезти меня на встречу. Если за домом следят, они меня засекут.

— Отвезу, — пожала я плечами. Тут хлопнула входная дверь, а я вскочила. — Черт, — буркнула я, в спешке уронив вилку, и бросилась в холл. Так и есть, Дед собственной персоной, не торопясь, убирает ключи в свой карман. — Привет, — сказала я. — Ты уже вернулся?

— Как видишь. — Он притянул меня за плечи и запечатлел на лбу отеческий поцелуй, но этого ему показалось мало. Я поспешно отстранилась. Дед нахмурился, настороженно приглядываясь ко мне. — В чем дело? — спросил он сердито.

— Что? А... Все нормально. Просто...

— Я так и знал. Ты жалеешь о том, что произошло между нами.

— Вовсе нет.

— По крайней мере, я заслуживаю того, чтобы ты была со мной откровенна.

— Хорошо. Я считаю, мы несколько поторопились.

— Я могу пройти?

— Лучше не надо.

— Что ж...

Он повернулся к двери, открыл ее, а я, собравшись с духом, сказала:

— Будь добр, верни мне ключи. — Ей-богу, лучше б потолок рухнул, чем Дед взглянул так, как в ту минуту. — Видишь ли... — промямлила я, он протянул мне ключи и сделал шаг. — Игорь...

— Я все понимаю, — кивнул он с печалью, — и тебе совершенно не обязательно мне что-то объяснять.

— Может, я хочу объяснить, может, мне важно, чтобы ты все понял правильно.

— Не волнуйся. Я понял правильно. — Он улыбнулся и обнял меня. — Захочешь меня увидеть, позвони.

Он быстро вышел и закрыл дверь, а я вновь чертыхнулась. Из кухни появился Тагаев.

— Ушел? — Я оставила вопрос без ответа, а он добавил: — Милые бранятся, только тешатся.

— Заткнулся бы ты, — посоветовала я.

— Ты что — любишь его? — не унимался он, чем поверг меня в недоумение, ему-то что за дело?

— Чего ты прицепился? — фыркнула я.

— Ну, если для тебя это большая потеря, догони мужика, а я тихо смоюсь через гараж. Или заночую в машине, я к ней уже привык, как собака к конуре.

— Обойдусь без умных советов.

— А я без дурацких жертв, — в тон мне сказал он. — Давай двигай, пока он не уехал.

— Не надо никуда двигать. И дело вовсе не в тебе. И вообще не суйся, ради Христа, без тебя тошно.

Я подхватила Сашку на руки и поднялась в спальню. Где-то через полчаса Тагаев тоже поднялся наверх, осторожно прошел в комнату напротив, дверь он оставил открытой.

— Эй, — позвал он, — какие планы на утро?

— Утром и посмотрим, — буркнула я.

С утра погода опять испортилась, вместо солнца низкие тучи, накрапывал дождь, затяжной, холодный. Мне и в добрый день нелегко подняться с постели, а уж в такой, как этот, лучше б вовсе на свет не рождаться.

Скрипнула дверь, послышались тихие шаги, тут выяснилось, что Сашки рядом нет.

— Это уже слишком, — разозлилась я и спустилась вниз.

Пес ни свет ни заря залег возле телевизора, включить телик мог только Тагаев, Сашка пока до этого сам не додумался, и я решила, что он парень не простой и, вполне возможно, обрел в моей собаке родственную душу.

Я набросила плащ прямо на пижаму и позвала, скорее из вредности:

— Идем гулять.

Сашка неохотно сполз с кресла. Прогулка нам обоим удовольствия не доставила, и мы сократили ее до минимума, но я все равно успела вымокнуть, что настроения, мне, понятное дело, не прибавило. Я вошла в холл, сбросила плащ и направилась в ванную, чтобы вымыть Сашке лапы. Из кухни появился Тагаев.

— Идите завтракать. — Надо полагать, он у нас теперь в роли домохозяйки.

Я не торопясь высушила Сашку феном, потом переоделась и появилась в кухне где-то минут через двадцать. Меня ждали. Тагаев сидел за столом, пес тут же, на стуле, выглядело это забавно, обоим ничто не мешало поесть и убраться восвояси.

— Ты все еще переживаешь или на тебя дождь так действует? — спросил Тагаев.

— Дождь, — кивнула я. — Во сколько твоя встреча?

— Вечером.

— Тебе не обязательно сейчас отправляться со мной. Ментам я тебя не сдам, смысла не вижу. А если за мной слежка, лучше тебе остаться здесь, везение — штука не постоянная.

— Ты не думаешь о том, что это может быть опасным? — поразмышляв, спросил он.

— Если они решат от меня избавиться, ты вряд ли поможешь. — Он вдруг засмеялся, откидываясь на стуле. — Чем обязана?

— Так, проехали. Ладно, поезжай, а мы останемся здесь.

Первым делом я поехала в больницу. Состояние Лялина назвали стабильным, но к нему опять не пустили, потом к Вешнякову, потом до бесконечности обивала чужие пороги. Думаю, людей уже тошнило от моих вопросов, если честно, мне от них было не лучше.

В восемь вечера позвонил Тагаев:

— Сможешь подъехать через полчаса?

Через двадцать минут я уже въезжала в гараж, закрыла ворота, и он тут же вышел из холла.

— Едем или сначала поужинаешь?

Его забота о моем желудке вызывала восхищение.

— Поехали. Где состоится встреча?

Он устроился на заднем сиденье и принялся втолковывать.

— Сейчас поедем к парку Дружбы, там свернешь в переулок, я покажу, переулок крошечный, туда типы на «Опеле», или на чем они там сегодня, сунуться не рискнут, первый дом с проходным подъездом, так что меня не засекут. Ты обогнешь квартал, минут двадцать дурака поваляешь и подъедешь к Поварской, третий дом, во дворе я тебя буду ждать. Кстати, если уж у тебя будет двадцать минут, заскочи в супермаркет. Холодильник пустой, а я пожрать люблю. — И сунул мне кредитку.

— Ты мой гость, — съязвила я, удивляясь самой себе.

— Я помню, — спокойно ответил он и бросил кредитку на сиденье рядом.

Через полчаса я въезжала в переулок, притормозила, косясь в зеркало, Тагаев вышел и тут же скрылся в подъезде, а я поехала в супермаркет, размышляя о том, как я должна поступить с его кредиткой. Самое смешное, что это меня действительно занимало. Приходилось признать, он здорово действовал мне на нервы, в основном потому, что вопреки своей внешности вовсе не напоминал «удачливую шпану», как изволил выразиться Дед, а я уже в том возрасте, когда взгляды менять нелегко, это раздражает, мир представляется весьма шатким, лишенным приятной неизменности.

Впрочем, есть в этом мире нечто никогда не меняющееся: настойчивое желание одного индивида избавиться от другого, в этом очень скоро я смогла убедиться. Загрузила пакты в багажник, то и дело поглядывая на часы, и тут грохнул первый выстрел. Он разорвал сонную тишину города с этим бесконечным дождем и пустынными улицами и поверг меня в панику. Именно паникой я могу объяснить свои последующие действия. Вместо того чтобы сесть в машину и направиться к месту встречи, здраво рассудив, что стрельба в городе касается милиции, но никак не меня, потом выждав положенное время и скорее всего никого не дождавшись, проявить интерес к тому, что произошло, и в конце концов отправиться домой, пусть менты возятся на здоровье с очередным убийством... Так вот, вместо всего этого я, бросив машину, бегом припустилась к парку, к тому моменту одиночный выстрел сменила пальба и стало ясно: там настоящая баталия.

Кусты сирени скрывали от меня поле боя, но скоро стало ясно: пальбу ведут справа, боевиков несколько и они берут местность в клещи, теперь и слева пальнули. Я пересекла совершенно пустынную дорогу, что неудивительно, а не худо бы, между прочим, милиции появиться, достала мобильный и тут же полетела в кусты, потому что стреляли совсем рядом. Тагаев где-то здесь, от переулка, где я должна была ждать его, парня отрезали, а если он попытается смыться через парк, его неминуемо подстрелят, парк — это хорошо, но от соседней улицы его отделяет дорога, а она-то как раз отлично простреливается.

— Где же милиция? — пробормотала я, продолжив борьбу с мобильным, и тут совсем рядом услышала:

— Ты что, спятила?

Меня сбило с ног, это оказался Тагаев, теперь он лежал возле театральной тумбы, которую использовал в качестве укрытия, и, надо полагать, тоже ждал ментов или того светлого мига, когда его возьмут в кольцо и попросту пристрелят.

— Звоню в милицию. Где их черти носят?

— Дураки они, что ли, под пули лезть? Вот все стихнет, тогда появятся. Ты-то зачем здесь? Я же сказал, жди во дворе.

— Кого ждать, если тебя сейчас убьют.

— Вот-вот. Этого ты могла в машине дождаться.

Тут Тагаев вмял мою голову в землю и навалился сверху, большое ему за это спасибо, потому что в противном случае я бы непременно оглохла, выстрел грохнул рядом, и стрелял, вне всякого сомнения, Тагаев, что произвело впечатление и на меня, и на нападавших. Одно дело пристрелить безоружного, и совсем другое — рисковать заполучить пулю в собственную пустую голову.

— У нас есть пара минут, пока они очухаются, — шепнул Тагаев.

— Жди здесь, я попробую подогнать машину, — предложила я.

— И не думай. У них времени в обрез, церемониться не будут. Ползком в сторону фонтана.

Ползком я бы это называть не стала, он на полусогнутых, а я на четвереньках, без всяких идей на тот счет, что мы будем делать дальше. Тут взвыли сирены, и я мысленно перекрестилась, наконец-то защитнички пожаловали, хотела поделиться своим восторгом с Тагаевым, но вовремя вспомнила, что встречи с милицией он не ждет и особо не обрадуется.

Между тем мы достигли бассейна, и стало ясно, отчего Тагаев так сюда стремился, рядом был люк канализационного колодца, который он очень ловко приподнял и отодвинул в сторону.

— Давай, — шепнул мне, — там ступеньки.

— Лучше ты... — не успела я закончить свою мысль, как рядом вновь грохнуло, а сквозь сетку дождя я успела разглядеть призрачные фигуры, приближающиеся к нам. У ребят явно серьезные намерения, если уж милицейские сирены их не напугали.

Тагаев схватил меня за руки и попросту сбросил в колодец, хорошо хоть сам на голову мне не свалился, потому что прыгнул следом. Пока я приходила в себя, он закрыл люк и вновь схватил меня за руку. Надо сказать, глубина колодца не впечатляла, поэтому никаких увечий я не заработала, зато теперь, оказавшись во тьме кромешной, ничуть не сомневалась: непременно сверну шею.

Тагаев шел впереди, по-прежнему держа меня за руку. Должно быть, он видел в темноте как кошка, я дважды на него налетала, потому что ничегошеньки не видела. Вдруг он сгреб меня в охапку и зажал ладонью рот. Я прислушалась: вне всякого сомнения, кто-то открыл люк, затем легкий шорох, шаги, вновь шорох. Мужчин двое или трое. Тагаев медленно оседал, увлекая за собой меня, шепнул, прижав губы к моему уху:

— Не шевелись.

Я молча кивнула, он отпустил меня и совершенно бесшумно развернулся к нападавшим, теперь из-за его спины я и вовсе не смогла бы что-то увидеть, даже если бы не проклятая темнота.

Я очень аккуратно встала на четвереньки и ощупала стену. На расстоянии вытянутой руки она делала поворот. Стараясь не дышать и вообще не производить шума, я робко продвинулась на метр. Так и есть, туннель разветвляется, по крайней мере, здесь два коридора. Что-то с грохотом упало, некто рявкнул «черт», а вслед за этим раздался выстрел. Я дернула Тагаева за руку, и мы, уже не заботясь о нарушении тишины, бросились в боковой коридор. Коридор сделал еще поворот, а дальше расширялся. Выстрелы стихли, мы замерли, прислушиваясь. Где-то капала вода, запах стоит тяжелый, только сейчас я поняла, как трудно дышать, я вся вспотела, голова кружилась, может, от страха, а может, здесь какой-нибудь угарный газ, поди разберись.

Тагаев вроде прислушивался, стоя рядом, затем решительно зашагал вперед. Я по-прежнему ничего не видела и надеялась на то, что у Тагаева глаза действительно какие-то особенные.

Если и была за нами погоня, то, наверное, отстала. Я напряженно вслушивалась, но шагов не различала, только странный шорох, может, это был шум улицы, но он меня нервировал. Не знаю, как долго мы шли в темноте, пока наконец не уперлись в стену.

— Тупик, — тихо сказал Тагаев и начал медленно двигаться вдоль стены. — Лестницы нет, значит, и выхода нет.

— Знать бы, что придется бродить здесь, прихватила бы фонарик.

— У меня есть зажигалка, — сообщил он.

— Чего ж не воспользуешься?

— Надолго ее не хватит, значит, на крайний случай. К тому же огонь могут увидеть.

— Думаешь, они нас ищут?

— Вряд ли. Но лучше немного переждать, чтобы не столкнуться с ними в темноте.

— Пережидать здесь будем?

— Ты устала?

— Нет. Просто ничего не вижу, а это раздражает. Вот уж не думала, что здесь такие катакомбы.

— Мы под старым городом, и канализация тоже старая.

— Мне говорили, ты оружие не носишь, — не удержалась я.

— Времена меняются, — философски ответил он, опустился на корточки, и я пристроилась по соседству. Рядом что-то продолжало шуршать и вроде бы даже двигаться, в темноте, как известно, все пугает, и я прислушивалась с удвоенным рвением.

— Ты можешь сесть мне на плечи, — вдруг предложил Тагаев.

— Зачем? — не поняла я.

— Ну... так...

Тут что-то коснулось моей руки, я хотела заорать, но наконец-то поняла, что это за копошение у моих ног.

— Крысы, — сказала я с усмешкой. — Вот черт, а я-то перепугалась.

— Ты редкая женщина, — заметил он. — Обычно девицы падают в обморок.

— Как-то не хочется. Боюсь, их здесь сотни. Ты поэтому и не воспользовался зажигалкой?

— Точно. Не хотел тебя пугать.

— Нам просто повезло, или ты знал об этом люке?

— Помнил. Это мой район, я здесь вырос. Как-то в детстве мы решили устроить поход и забрались в такой же колодец.

— Ну и как?

— Надолго нас не хватило.

Теперь твари шастали по ногам совершенно нахально.

— Может, все таки пойдем? — не выдержала я.

— Хорошо, — согласился он и поднялся.

Обратная дорога показалась мне значительно длиннее. Тагаев что-то бормотал под нос, я прислушалась и поняла, что он считает, шаги, должно быть. Замер, ощупал стену, и мы свернули направо.

— Дышать совершенно нечем, — пожаловалась я.

— Потерпи.

— А я что делаю?

Вскоре выяснилось, что мы сбились с пути, потому что впереди тоже был тупик. Тагаев щелкнул зажигалкой, я уставилась вверх, чтобы не видеть, что творится под ногами.

— Туда, — кивнул он и потянул меня за руку.

И тут грохнул выстрел. Под низкими сводами он был подобен пушечному, я вскрикнула от неожиданности и заткнула уши, что-то больно задело мне руку. Я прижалась к стене, едва устояв на ногах, а Тагаев уже тащил меня в сторону.

— Они там, — крикнул кто-то, раздался топот чьих-то ног. Мы побежали в темноте. «Если впереди тупик, нам конец», — с тоской подумала я. Под ногами теперь была вода, и со стен капало. Тагаев чертыхнулся и шепнул:

— Пригнись.

Дальше передвигаться пришлось согнувшись. Меня мутило, и противно кружилась голова. Если мы через минуту не выберемся отсюда, я, скорее всего, останусь здесь навсегда. Я обо что-то задела плечом, застонала и в тот же миг поняла, что торчащая из стены железяка — скоба. Так и есть: одна, вторая, третья...

— Иди сюда, — позвала я.

— Что? — Его руки тоже нащупали скобу. — Над нами люк, — шепнул он. — Давай наверх. — И легонько подтолкнул меня. Я полезла, удивляясь, что левая рука немеет и не слушается. Тагаев, обхватив меня одной рукой за плечи, принялся шарить над моей головой, нащупывая люк. Я сдвинулась в сторону, чтобы ему было удобней, люк со скрежетом приподнялся, и я увидела свет. Серую мглу над головой назвать так можно было, лишь обладая изрядным воображением, но и от нее после тьмы кромешной я на секунду зажмурилась. Тагаев легко выпихнул меня наверх и выбрался сам. В трех шагах от нас ошалело замерла компания подростков.

— Привет, — брякнула я, оглядываясь.

Мы были на Соборной площади, всего в нескольких сотнях метров от того места, где я оставила машину, хотя казалось, что прошли подземными лабиринтами никак не меньше десятка километров. Может, так оно и было. Тагаев ногой вернул люк на его законное место и потянул меня в сторону парка. Все правильно, Соборная площадь — это центр города, обычно здесь дежурит патрульная машина, и на наше неожиданное появление могли обратить внимание. Опять же, враги не дремлют.

Мы свернули в ближайший двор. Тагаев, повернувшись ко мне, вдруг спросил:

— Что с рукой?

Я перевела взгляд на свою левую руку, которая давно уже беспокоила меня. Рукав промок насквозь, но не от воды, он весь набряк от крови.

— Черт знает, задела где-то.

Он окинул взглядом двор с детской площадкой посередине.

— Устройся в домике, дай мне ключи, я пойду за машиной.

— Идем вместе.

— Нет. Ее могли обнаружить.

— С чего бы им догадаться, что это я с тобой по канализации болтаюсь?

— С того, что соображают они иногда неплохо. Жди здесь, если все нормально, вернусь через пять минут. Если вдруг кто-то появится, вызывай ментов.

Он еще раз покосился на мою руку и побежал со двора, а я полезла в домик на детской площадке. Поначалу на свежем воздухе я почувствовала себя лучше, но теперь тошнота лишь усилилась, меня клонило в сон. Я ощупала руку, крови из меня вылилось немало. Выходит, эти придурки меня подстрелили, ведь от удара бывают синяки, а не кровавые раны.

Не успела я себя пожалеть по-настоящему, как во дворе появился «Феррари», и я побежала к нему. Двор был проходной, и мы выехали на проспект, не разворачиваясь.

— Все в порядке? — спросила я на всякий случай.

— Какой уж тут порядок... Ты как себя чувствуешь?

— Нормально. Куда ты едешь? — удивилась я, сообразив, что от моего дома мы удаляемся.

— В больницу. Надо показать тебя врачу.

— Ты спятил. Огнестрельную рану придется как-то объяснять.

— Придумаешь что-нибудь. Главное, чтобы помогли, а там...

— Не дури. Поворачивай к дому.

— Я отвезу тебя в больницу, а с этим делом разберусь сам. Рисковать нам обоим нет смысла. Найду, где укрыться. Тебя не тронут.

— Вот именно. Лучше, чем моя квартира, ты не найдешь убежища. С рукой вряд ли что серьезное. Давай для начала посмотрим, может, справимся сами.

— Сами пулю вытащим?

— Сомневаюсь, что она там.

Он внимательно посмотрел на меня и притормозил, быстро снял рубашку, оторвал рукав и перетянул мне руку поверх ветровки.

Через полчаса мы въезжали в мой гараж. Если честно, даже выйти из машины оказалось нелегко. Тагаев смотрел на меня настороженно, точно ожидал, что я в любой момент скончаюсь.

— От такой раны не умирают, — не выдержала я.

— У тебя губы синие, — осчастливил он. — И лицо белее мела.

— Это точно перед смертью, — согласилась я, но не возражала, когда он помог мне подняться в холл.

— Куда?

— В ванную. Надо промыть рану.

Сев на край ванны, я почувствовала себя немного лучше, хотя колени противно дрожали. Тагаев помог мне стянуть ветровку.

— Черт, кровищи-то сколько, — буркнул он. — Надо бы врача... — Но сам он действовал не хуже любого медика.

Через несколько минут я могла лицезреть свое боевое ранение. Зрелище малоприятное, но вполне переносимое. Тагаев осторожно ощупал руку.

— Кость не задета. Надо зашивать, так не затянется, и вообще... с такими вещами не шутят, может быть заражение.

— Всегда надо верить в лучшее, — отмахнулась я.

Он продолжил врачевание и вскоре наложил повязку.

— Воняет-то как, — вздохнула я.

— Чего удивляться, если мы весь вечер проторчали в канализации.

— Не худо бы душ принять.

— Я тебе помогу, — вызвался он.

Вот уж счастья привалило. Однако мысль о крысах, с которыми я недавно общалась, сделала меня гораздо покладистее. Повязку мы обмотали целлофановым пакетом, а я убедилась, что стаскивать джинсы одной рукой — дело нелегкое.

— Да не мучайся ты, — спокойно заметил Тагаев. — Я же сказал, что помогу. — И стянул с меня штаны. — Все это я выброшу.

— Конечно, — кивнула я. И хотя, по общему мнению, наглости у меня хоть отбавляй, однако, стоя нагишом, я испытывала неловкость, торопливо задернула занавеску и повернула кран.

Оказавшись под струями воды, сразу почувствовала облегчение, руку я держала вытянутой, чтоб на нее не попадала вода, нащупала губку, и тут Тагаев присоединился ко мне. Правда, кое-что он на себе оставил, взял из моих рук губку, мыло и деловито принялся меня натирать, точно я была лошадь, а он хороший конюх. Рана раной, но это уж слишком.

— Уйди отсюда, — вежливо попросила я.

— Стой, как стоишь, а если тебе тошно видеть

меня, закрой глаза. От красивой девушки должно и пахнуть красиво, а не вонять сортиром.

— Красивая девушка, — хмыкнула я. — Мы успели продвинуться в своих отношениях.

— Еще бы. Ничто так не сближает, как беготня под пулями.

— Ты их знаешь? Людей, что на тебя напали?

— Я их даже не видел как следует.

— Но догадываешься, кто это может быть?

— Я не любитель гадать. Разберусь.

— Поторопись, мне не нравится, когда в меня стреляют.

— Ты держалась молодцом.

— Ты тоже, — усмехнулась я. Он усмехнулся в ответ, выбрался из ванны и достал из шкафа полотенце. А я вдруг поймала себя на мысли, что все это уже было когда-то: мы в ванной, и мужчина заклеивает лейкопластырем мои боевые раны, они даже чем-то похожи. Дежа-вю... — И нет ничего нового под солнцем, — пробормотала я.

— Что?

— Ничего. Я иногда думаю вслух.

— И что ты подумала сейчас?

— Ты милый парень. С полотенцем я управлюсь сама.

Я взяла халат и торопливо закуталась в него, сразу стало легче дышать. Нет, мою наглость явно преувеличивали.

Я прошла в гостиную и устроилась на диване, укрыв ноги пледом, закрыла глаза и подумала, что даже в самой скверной ситуации иногда есть положительные моменты. Появился Тагаев, тоже в халате, совсем недавно в нем щеголял Дед, теперь он.

— Ты спишь? — позвал он тихо.

— Нет.

— Хочешь чаю?

— Лень вставать.

— Я принесу.

Вот и верь людям после этого: Алексей утверждал, что этот тип способен выбросить женщину в окно, а у меня такое чувство, что он всю сознательную жизнь трудился братом милосердия. Прямо хоть сейчас отправляй с миссией Красного Креста. Тагаев вернулся из кухни с чашкой чая в руках, протянул ее мне, сам устроился рядом. Мне пришлось сдвинуться, дабы он расположился с удобствами. Я подтянула колени к животу, отхлебнула из чашки. Он смотрел на меня то ли с любопытством, то ли с тщательно скрываемой усмешкой, потом вдруг спросил:

— Почему ты мне помогаешь?

— Хочу найти убийц или убийцу. А ты что подумал?

— Я много чего думаю... У тебя по всему телу шрамы...

— Надо же, разглядел, — фыркнула я. — Нет бы моим загаром любовался.

— Там есть чем любоваться и без загара. Тебя что, на куски резали? — По неведомой причине его это очень интересовало.

— Сильно сказано... Скорее, пугали.

— И что?

— Ты же видел: остались шрамы.

Он улыбнулся, взял у меня из рук пустую чашку, поставил на пол и очень затейливо сформулировал вопрос:

— Кто ты вообще, а?

— Это просто, — разозлилась я. — Девочка на «Феррари», в костюме за полштуки баксов, которую...

Он не дал мне договорить, привлек к себе и поцеловал. И, разумеется, этим не ограничился. Я вполне могла заехать ему в ухо, что неоднократно проделывала в подобных ситуациях, а он в отместку мог выбросить меня в окно. Это не страшно, раз первый этаж. В любом случае это нельзя будет назвать романтическим вечером. А еще я могла его обнять и позволить продолжить. Что, собственно, мешает? Ничего. Очень печально звучит, но в самом деле ничего. Нет у меня человека, которому стоило хранить верность или которому это было бы нужно.

Через несколько минут я лишь укрепилась в этой мысли, а потом все это попросту перестало иметь значение. Какой-то умник сказал, что после пережитой опасности людей тянет размножаться, природа требует: надо продолжить род. Вот Тагаева и разбирает, меня, кстати, тоже. Природа мудра, ее слушать надо. Конечно, не худо бы поразмышлять на тему: а не было ли с его стороны это вполне трезвым расчетом, желанием привязать к себе девушку, романтичную и несмышленую до такой степени, что она вдруг поверит во внезапно вспыхнувшую страсть и даже любовь с большой буквы. Не знаю, как насчет поверить, выслушать его я была готова и даже придумала несколько шуток, которые пришлось в конце концов отправить на доработку, но моя готовность осталась невостребованной. Тагаев относился к людям дела и особо разговорчивым не был, правда, и молчуном его не назовешь, где надо — похвалит, что надо — скажет, и я уснула в его объятиях в состоянии легкого блаженства.

Все хорошее длится недолго, это любой дурак знает. Ночь кончилась, наступило хмурое утро, потому что дождь лил всю ночь и не спешил угомониться. Я открыла глаза и со вздохом облегчения убедилась, что лежу одна. В такое утро увидеть рядом с собой человеческое лицо — верный способ забыть о сексе на долгие-долгие годы. Я поднялась и пошла в кухню, бормоча:

— Ненавижу утро, вот просто ненавижу, и все...

— Может, все дело во мне? — спросил Тагаев, появляясь из гостиной. Выглядел он образцово, успел выстирать и даже выгладить свою одежду, а также побриться. Разорванную рубашку сменил на футболку. Наверное, нашел у меня, не с собой же принес? При желании у меня можно найти массу разнообразных вещей. И откуда у людей работоспособность в такую рань?

— При чем здесь ты? — удивилась я.

— В самом деле, — кивнул он, устраиваясь за столом, а я стала готовить кофе. — Хочешь, я тебя поцелую? — милостиво предложил он.

— Вряд ли это поможет. Если бы я была маньяком, непременно совершала бы преступления в девять утра.

— Ты много болтаешь. Нервничаешь?

— Ты по поводу расследования или ночных упражнений? Расследование всегда вызывает у меня раздражение, а ночь в твоих объятиях примирила меня с существованием в столь малоприятных погодных условиях.

— Ты не жалеешь? — Все-таки забавно услышать подобный вопрос из уст такого парня.

— С какой стати? — Он принялся разглядывать меня, вряд ли с добрым чувством, потому что взгляд его стал колючим. — Время от времени я сплю с мужчинами. Говорят, для здоровья полезно.

— Как твоя рука? — сменил он тему.

— Если я успела о ней забыть, значит, хорошо.

— Врачу показаться все же стоит. Рана глубокая,

ее надо зашить. Кто сказал, что она огнестрельная? Наплети что-нибудь, врешь ты убедительно, тебе поверят.

Последнее утверждение заслуживало внимания, но возражать я не стала, кивнула, подала ему кофе и выпила сама.

— Весь день я буду занят, — сказал Тагаев, покончив с кофе. — Ты справишься одна?

— С чем? — проявила я бездну удивления.

— Может, тебе стоит поспать до обеда? — покачав головой, внес он свое предложение.

— Я подумаю над этим.

— Общаться с тобой по утрам одно удовольствие. — Он вдруг протянул руку и легонько провел пальцами по моей щеке. — Не переживай. Что было, то было.

Я только вздохнула.

— До чего вы, мужики, тщеславный народ. По-твоему, мне больше нечего делать, как сокрушаться из-за вчерашней глупости? Мой друг лежит в больнице, вчера в меня стреляли, прибавь к этому четыре убийства и то, что я за все время следствия не продвинулась ни на шаг. Ко всему прочему, ты не желаешь мне помочь. Ведь тебе есть что рассказать, верно?

— По поводу четырех убийств — нет. Мне надо незаметно покинуть дом. Сможешь вывезти меня на машине?

— Через двадцать минут устроит?

— Устроит.

Я побрела в ванную. После душа я почувствовала себя лучше, переоделась, крикнула Сашку и вышла в холл. Тагаев подпирал спиной стену возле двери, увидев меня, он улыбнулся.

— Чего тебе так весело? — пробормотала я.

— У тебя есть мечта? — спросил он, чем подверг мой мозг серьезной перегрузке.

— Ух ты, господи...

— Подумай, — уговаривал он. — Машина, яхта... — Тут он вздохнул и добавил с печалью: — Тяжелый случай. Обычно женщины отвечают без запинки.

— Извини, я малость туповата. Если хочешь расплатиться со мной за эту ночь, поделись информацией, и мы в расчете.

— Я не сказал «расплатиться».

— Разумеется. Ты чемпион среди выпендрежников. Ладно, подари воздушный шарик, этого вполне достаточно. Поехали.

Я подхватила Сашку. Тагаев устроился на заднем сиденье, я открыла гараж и выбралась на улицу, оглядываясь. Не похоже, что в кустах засела армия врагов.

— Куда? — спросила я.

— В Петрушинский переулок.

— И что у нас там?

— Мой офис.

— Ты такой умный парень, что у меня язык не поворачивается говорить тебе всякие глупости, типа: ты в розыске и прочее в том же духе.

— Мне нужно туда заглянуть.

— Разумеется.

Офис впечатлял, особенно стена, что его окружала. Мы въехали в ворота, Тагаев покинул машину и исчез в боковой двери здания, а я мысленно чертыхнулась: если здесь менты, неприятностей мне не избежать. Мало мне подозрений в причастности к убийству, теперь я подрабатываю водителем у беглого мафиози.

Подскочил молодой человек, постучал по стеклу, я его приоткрыла, и парень страстно зашептал:

— Мы выпустим вас через задние ворота.

— Конспираторы хреновы, — съязвила я, правда, предварительно подняв стекло.

Задние ворота выходили в переулок, я свернула на светофоре и притормозила, решив для начала позвонить Вешнякову. У него тоже по утрам настроение ни к черту.

— У тебя есть знакомый целитель? — спросила я, зная, что мои вопросы настроения ему отнюдь не улучшат.

— Экстрасенс, что ли?

— Нет, хирург, надо дырку на руке заштопать.

— Кому? — обалдел Вешняков.

— Мне, естественно. Я бы и без тебя справилась, да боюсь, вопросами замучают. С тобой надежнее.

— О, черт! — рявкнул Артем так, что пришлось поспешно отодвинуть от уха трубку. — Ты где?

— На улице Мира. Могу к тебе подъехать.

— Слава богу, я уж думал, ты свои кишки с асфальта соскребаешь.

— О кишках и речи не было. Глубокий порез на руке, вот и всех дел.

— Подъезжай, я минут через десять выйду.

Когда мы с Сашкой подъехали, Вешняков как раз сбегал по ступенькам. Навстречу ему шел парень лет двадцати семи, его светлые волосы были собраны в пучок на затылке. Артем торопливо поздоровался с ним за руку, увидел мою машину и бегом припустился ко мне, взглянул на меня и вроде бы с облегчением вздохнул. Должно быть, в самом деле решил, что я кровью обливаюсь.

— Ваше начальство исключительно демократично, — заметила я, дожидаясь, пока Артем сядет в машину.

— В каком смысле?

— В смысле причесок и вообще внешнего вида сотрудников.

— Ты об этом парне? Так он не мент. Брат его у нас работает. Крюков Вовка, да ты его знаешь.

— Что-то они совсем не похожи.

— Они вроде сводные. Ты лучше мне про свое здоровье расскажи.

— Нормальное здоровье.

— А что с рукой?

— Упала неудачно...

— Давай в больницу скорой помощи, — хмуро поглядывая на меня, сказал Артем.

Врач, что зашивал мою рану, никаких вопросов не задал, похвалил за правильно наложенную повязку и бодро поинтересовался:

— Карточку заводить будем?

Артем только махнул рукой. Мы вышли из кабинета в обшарпанный коридор, и Вешняков сразу обрел дар речи:

— А теперь рассказывай.

— Я бы рада, да ничего интересного в голову не приходит.

— Вчера стрельба была, случаем, не тебя по городу гоняли?

— Спятил совсем, кому это нужно? Новости есть?

— Ни одной, — разозлился Артем и всю обратную дорогу молчал, только посверкивал глазами, когда я пыталась разговорить его.

Простившись с ним (прощание вышло коротким и холодным, я расстроилась), я принялась колесить по городу в бесполезных попытках разузнать что-нибудь, способное пролить свет на происходящее.

Позвонил Петр, сообщил, что завтра хоронят Лапшина, Лера чувствует себя неважно, к ней приехала сестра, и она под присмотром. Я решила, что на похоронах мне присутствовать ни к чему, поинтересовалась делами Петра, а он моими.

— Даже не знаю, чего ждать от жизни, — пожаловался он. — Живу одним днем, день прошел — и слава богу. Ольга Сергеевна, когда все кончится... ведь кончится же, верно? Я бы хотел вернуться к нашему соглашению.

— Но ведь вас охраняют? — насторожилась я. Лялин в больнице, вдруг про Сафронова попросту забыли.

— Да, конечно. Но ведь это ничего не решает.

— Вам что, угрожали?

— Нет-нет, не беспокойтесь... Всего доброго, — закончил он неожиданно и повесил трубку.

Ближе к вечеру мы встретились с Алексеем в небольшом кафе на бульваре. Он опоздал минут на десять и выглядел недовольным.

— Привет, — буркнул он хмуро и устроился напротив.

— Выпьешь что-нибудь? — спросила я.

— Пива.

Пиво он получил, но сообщить, с какой стати назначил мне свидание, не спешил, должно быть, готовился к неприятному разговору.

— Детка, — начал он задушевно, и это при том, что я раз десять просила так меня не называть. — Ты хотела узнать про Тагаева.

— Хотела, — кивнула я.

— Так вот, сейчас в городе очень неспокойно. Тагаев в бегах, но похоже, что он где-то здесь. И собрался навести порядок, то есть разобраться со своими врагами. Все на нервах, вчера в городе уже стреляли, и это лишь начало. В такой обстановке проявлять интерес к чужим делам — себя не любить. Понимаешь, о чем я?

— Понимаю, — кивнула я со вздохом.

— Очень прошу, не лезь в это дерьмо. Бандитские разборки — штука скверная, здесь башку могут оторвать просто по недосмотру или так, на всякий случай.

По идее, надо было бы сказать моему приятелю спасибо, заботу обо мне проявил, да и вообще... послать всех к черту, уехать в Грецию, в Мексику, куда угодно, да вот беда, и там я не перестану ломать голову. Выход один: найти убийцу. Я блуждаю в тумане, и конца этому не видно. Настроения это мне не прибавило. В общем, так получилось, что звонок Деда застал меня в весьма скверном расположении духа.

— Я просто хотел узнать, все ли у тебя в порядке, — поспешно заверил он. Голос его звучал так, что хотелось зарыдать, а еще лучше броситься ему на шею. Слава богу, что его нет по соседству, недавно я бросилась, и что? Да ничего хорошего. Проблемы никуда не исчезают после чудно проведенной ночи, они просто переносятся на утро.

— Все нормально, — бодро ответила я.

— Правда?

— Конечно.

— Что ж... тогда до свидания. Я люблю тебя, — не удержался он. Это было слишком для такого паршивого вечера, но я нашла в себе силы спокойно ответить:

— Я тебя тоже.

— Ты это просто так сказала?

— Нет, не просто так. И ты это знаешь.

— Тогда я не понимаю, почему у нас все так скверно...

— В самом деле не понимаешь? — плюнув на нежелание выяснять отношения, спросила я. — Так я тебе скажу. Любовь предполагает доверие. Ты об этом никогда не слышал? Наверное, все-таки нет.

— О чем ты?

— О том, черт возьми, что времена моего детства давно прошли, а с тех самых пор я не могу просто спросить тебя о чем-то, а ты просто ответить. И я привыкла, что твои слова ничего не значат.

— Это серьезное обвинение. Чем я его заслужил?

— Давай я тебе список составлю, мне так проще.

— Возможно, раньше что-то и было, но не теперь. Спрашивай о чем угодно.

— Спросить-то я могу, — зло хихикнула я, чем весьма его раззадорила, потому что он сердито повторил:

— Спрашивай.

— Хорошо. Сам напросился. Что у тебя с Тагаевым?

Могу поклясться, старый змей лишился дара речи. Такое бывает редко, то есть вообще никогда, так что это смело можно приравнять к великому чуду.

— С Тагаевым? — переспросил он таким тоном, точно я обвиняла его в гомосексуализме.

— Я двадцать раз могу повторить фамилию, а ты двадцать один переспросить.

— Что у меня может быть с этой шпаной? Ты в своем уме? Черт, это даже в голове не укладывается...

— И ты не хочешь избавить наш город от его присутствия?

— Я бы хотел отправить его в тюрьму, там ему самое место, и непременно отправлю, как только появятся законные основания.

— И ты не предпринимал шагов, чтобы эти основания вдруг появились?

— У меня есть дела поважнее, чем мериться силами со шпаной. Я догадываюсь, с какой стати ты задаешь мне эти вопросы... Так вот, выброси все это из головы, ни к убийствам, ни к этому типу я не имею ни малейшего отношения. И если ты еще раз посмеешь...

— Я засекла тачку Щеглова. Если ты случаем забыл, это парень из твоей охраны. И он следил за мной.

— Он не следил. Он присматривал, — вздохнул Дед, представляю, как это неприятно, когда тебя ловят за руку. — Объяснить разницу? Я беспокоился... нет, я перепугался, когда ты сказала об этом Тагаеве. Ясно, что уговоры на тебя не подействуют, ты полезешь в самое пекло и свернешь шею. Вот и попросил охранять тебя. Тебе не сказал по одной причине: ты бы меня не поблагодарила. Ведь так?

— Допустим. Я хочу с ним поговорить.

— С кем? — опешил Дед.

— Со Щегловым.

— Зачем, я же все тебе объяснил. Ты что, сомневаешься...

— Он и сейчас за мной... меня охраняет?

— Надеюсь, — буркнул Дед. Он уже взял себя в руки и теперь, наверное, здорово злился.

— Ну так чего проще, позвони ему и скажи, чтобы ответил на мои вопросы. — Дед швырнул трубку, а я пожаловалась Сашке: — Вот так всегда.

Конечно, у меня теплилась слабая надежда, что Дед последует до конца в своем желании продемонстрировать честность и открытость. Хотя мог разыграть оскорбленное достоинство, обычно ему это мастерски удавалось.

Мои сомнения оборвал звонок.

— Это Щеглов, — без особой охоты сообщил мужской голос.

— Поговорить надо, — вздохнула я.

— Тормози за перекрестком, я подойду.

И в самом деле вскоре подошел.

— Ты один за мной приглядываешь? — начала я.

— Шутишь? Дед сказал: глаз не спускать.

— А причину объяснил? — Это можно было и не спрашивать, но я не удержалась.

— Ты лезешь не в свое дело, а дело опасное.

— И ты так думаешь?

— Ну, если дошло до стрельбы... — хмыкнул он.

— Дед про стрельбу знает? — Я спросила «про стрельбу», хотя имела в виду Тагаева.

— Той же ночью донесли. Ты что, порядка не знаешь?

— А можно о стрельбе поподробней?

— Пожалуйста. Ты вышла из магазина, тут начали палить, и ты полетела сломя голову к парку. Остановить тебя не представлялось возможным. Юрка Чеканов, он тогда за тобой приглядывал, вызвал подмогу, ну и ментам позвонил. К тому моменту ты исчезла. Через канализацию ушли? — не удержался он. «Ушли», конечно, произвело на меня впечатление.

— И кто устроил стрельбу в нашем славном городе?

— Откуда мне знать? — пожал плечами Щеглов.

— И вы не поинтересовались? Не проводили, к

примеру, стрелявших ребятишек, раз уж вызвали подмогу?

Он вздохнул, но на вопрос ответил, должно быть, получил на этот счет высочайшее указание:

— Парни Сотника.

— Это кто ж такой? Прости мою бестолковость, но данная сторона жизни долгое время меня не интересовала.

— Зато ты теперь их интересуешь. Или не ты. К кому-то ты бросилась со всех ног из магазина.

Он, кажется, всерьез ждал, что я отвечу.

— Неужто проворонили?

— Я бы не проворонил. Юрка умудрился прошляпить тот момент, когда ты вновь появилась и забрала машину. А еще хвалился, что в разведке... — Он махнул рукой. — Рад был, что ты жива-здорова, не то бы Дед с него шкуру спустил.

— Значит, парни Сотника, — вернулась я к прежней теме. — Так чем он знаменит?

— Тем, что психопат. ТТ ему хвост прижал, но ТТ теперь в бегах, вот он и обнаглел. А чего ему от тебя надо, ты наверняка лучше знаешь.

— Сотник — это кличка? Зовут-то как мафиози?

— Сотник и зовут. Это фамилия. Именем, отчеством не интересовался. С головой у него проблемы. Конечно, даже законченный псих с Дедом связываться не станет, но он вовсе ни о чем не думает.

— Ясно. Спасибо за совет, а также за то, что уделил мне время. — Я набрала номер мобильного Деда. — Игорь Николаевич, — сказала я приветливо, — мы тут все обсудили и пришли к выводу, что охрана мне ни к чему.

— Уж это позволь мне решать, — весомо ответил он, но я сурово пресекла:

— Не пойдет.

— Почему? Можешь объяснить?

— Могу, но вряд ли ты захочешь слушать. В общем, так, если я кого-то обнаружу на хвосте, то буду твердо уверена, что ты печешься не о моем благе. Ты меня понял?

— Ты окончательно рехнулась?

— Я решу, — невежливо перебила я, — что ты обеспокоен тем, чтобы я лишнего чего не накопала. — В трубке стояла тишина, но я не отключалась, терпеливо ждала.

— Да-а, — наконец протянул Дед, — дожил. Ты в самом деле думаешь... черт... даже не знаю, кто из нас чего заслуживает: ты хорошей порки или я отменного тумака за то, что допустил до такого...

— Я сейчас передам трубку Щеглову, — сказала я, испугавшись, что Дед, по обыкновению, может увлечься. — Ты скажи парню, чтобы зря на меня время не тратили.

Он сказал. Весьма неохотно, но то, что надо. Щеглов кивнул и покинул машину.

На душе полегчало, прежде всего потому, что я поверила: Дед не наводил тень на плетень, а действительно беспокоился за меня. А главное, к тому, что происходит, не причастен.

Теперь в деле появился некий Сотник. Если верить гражданам, осведомленным в этих вопросах, Никифоров водил с ним дружбу на заре туманной юности. Правда, те же граждане утверждают, что в настоящий момент они отношений не поддерживают. Но как знать? Может, просто не хотят это афишировать?

К вечеру, вернувшись домой и погуляв с Сашкой, я устроилась за столом с листами бумаги. Чертила дурацкие схемы, иногда рисовала рожи, в основном с рогами. Толку от этого на грош, но думать

помогает. Сашка приподнял голову и робко тявкнул, а я крикнула:

— Это ты?

— Я, — ответил Тагаев, появляясь из гаража. —
Чем занимаешься? — подойдя поближе, проявил он
интерес.

— Творчеством.

— Вот это ты называешь творчеством? — хихикнул он, ткнув пальцем в мои каракули.

— Тебе не нравится?

— А польза от этого есть?

— Не больше, чем от любой другой мазни.

— Ты самокритична.

— Не всегда.

Он устроился напротив, достал из кармана на-
дувной шарик и протянул его мне.

— Спасибо, — сказала я и положила шарик рядом с листами бумаги. Тагаев принялся меня разглядывать, точно я была диковинным зверем, и он ре-
шал, хорошо это для него или плохо. Все мужчины
тщеславны, с этим приходится мириться, и Тагаев,
разумеется, не был исключением.

— Спасибо, и все?

— Именно о таком шарике я и мечтала всю
жизнь.

Он откинулся на спину и продолжал разглядывать меня. На его взгляды мне наплевать, но они мешали сосредоточиться, а именно этого мне и хотелось сейчас: сосредоточиться и подумать.

Я вздохнула, взяла шарик, надула его, а потом
подбросила. Он пролетел по небольшому кругу, с
легким шипением сдулся и хлопнулся на пол.

— Как наша любовь, — сказала я. — Теперь все?

Взгляд его изменился, а я удивилась тому, что
меня это неожиданно разозлило.

— Скажи мне, что ты хочешь, и я это сделаю, — вздохнула я. — Надо заплакать — заплачу, пошлю к черту, назову мерзавцем. Я бы и сама что-нибудь придумала, да времени нет, так что давай побыстрее покончим с этим... Та ночь перевернула всю мою жизнь, но мы не можем быть вместе (тут я плачу, и ты тоже), будущее не имеет смысла, но ты подарил мне шарик, и это поможет мне справиться, он станет моей путеводной звездой, вселит надежду и напомнит о твоей любви в трудную минуту (я прижимаю его к груди и, нежно улыбаясь, смотрю на восток, там занимается заря новой жизни). Теперь все?

— Нежно улыбаясь, это как?

— Вот так примерно. — Я изобразила.

— Выглядит по-дурацки.

— Я в умницы не лезу. Иди ужинать. Купить хлеб забыла, извини.

— У меня дела этой ночью. Собственно, я заглянул, чтобы подарить тебе шарик.

— Спасибо еще раз.

— Пожалуйста.

Я проследила взглядом, как он идет к гаражу, а потом уткнулась в свои бумаги, радуясь, что наконец-то никто не мешает.

Однако радость длилась недолго. Где-то минут через двадцать в голову пришла мысль: не так давно нас обстреляли, а Тагаев, вместо того чтобы проявить благоразумие, шастает по городу. Да хрен с ним, с городом, он открыто появляется в моей квартире, хотя сам же мне и сообщил о слежке. Я-то знаю, что следили парни из охраны Деда, а он знает? Если знает, значит, уверен, что его не тронут и ментам не сдадут. Почему? А если не знает...

— Ох ты, черт, — вскочила я и первым делом проверила замок на входной двери и в гараже. Сашка бестолково вертелся у меня под ногами, он почувствовал мою тревогу и тоже разволновался. — Вот что, зверь, — сказала я. — Ты мое самое уязвимое место. Придется тебе посидеть в заточении, и не возражай.

Я бегом поднялась в мансарду, нежилую с самого момента заселения сюда, потому что я так и не смогла найти ей применения. Здесь было три комнаты, совершенно пустые, из одной выход на балкончик, дверь я оставила не запертой, в случае чего Сашка может выбраться и громким лаем привлечь внимание общественности.

— Сиди здесь и не вздумай тявкать, — напутствовала я его. Пес начал скулить, но понимания не нашел и обиженно устроился в углу, а я спустилась в гараж, схватила монтировку и с ней вернулась в гостиную. Сунула ее под ноги, польза небольшая, но все же... Это позволило мне успокоиться настолько, что я вновь уткнулась в свои бумаги.

Из-за того, что Сашки не было рядом, я их услышала слишком поздно, даже не шорох за спиной, а скорее дуновение ветра. Я резко завалилась вправо, и удар едва задел мое плечо. Я кувыркнулась на пол между диваном и журнальным столиком, удар вновь не достиг цели, но и я не успела схватить монтировку, бросилась вперед, и тут выяснилось, что их двое. От удара ботинком по голове я взвыла, попробовала откатиться в сторону, но сверху навалился здоровенный бугай и зло осведомился:

— Где он?

— Кто? — имела глупость спросить я и, разумеется, схлопотала.

— Где ТТ? — зашипел парень.

— Его нет в доме. Ушел полчаса назад.

У них было оружие, по крайней мере тип, что отправился проверить квартиру, держал в руках пистолет, второй устроился на моих ногах, шевельнуть ими я при всем желании не могла. Парень ухмылялся, демонстрируя золотые коронки. Чем-то я ему очень нравилась, потому что его улыбка становилась все шире.

— Куда он ушел? — спросил парень, когда лыбиться ему надоело.

— Не сказал.

— Вернется?

— Не знаю. Но я его жду.

По лестнице бегом спустился второй тип.

— Никого. На третьем этаже вообще пусто.

Это было хорошей новостью, моя собака в безопасности.

— Она сказала, что ждет его, — сообщил тот, что стерег меня.

— Хорошо. Значит, и мы подождем.

— Найди веревку.

— Зачем?

— Хочу привязать ее ручки к столу, ножки к дивану.

— Она дурака валять не станет. Да, красавица? Будет сидеть тихо, как мышка.

— Найди веревку, я тебе сказал. У нас полно времени, почему бы маленько не развлечься?

Второй хмыкнул и пошел в гараж, а первый приподнялся, перехватил мои руки над головой, и уцепился за грудь. Как таких дураков земля носит? Я ударила его головой, и он на мгновение выпустил меня, этого хватило, чтоб откатиться в сторону.

— Да я тебя... — начал он, но я уже достигла стола.

Может, он решил, что я надумала там спрятаться, не знаю, он по этому поводу высказаться не успел, шагнул ко мне в совершенном бешенстве, которое, как известно, плохой советчик, и получил монтировкой сначала по коленям, потом по башке. Наверное, я ударила слишком сильно, но в тот момент размышлять об этом мне не хотелось. Я быстро обшарила его карманы, пистолет торчал за поясом. Прихватив его, я устремилась к гаражу, дверь в него была открыта, я слышала, как там возится второй парень.

— Классная тачка, — заорал он. — Слышишь?

— Слышу, слышу, — пробормотала я, положила пистолет на консоль и вцепилась в монтировку двумя руками.

— Нет здесь никакой веревки, — ворчал он. — Проволока, но короткая. Двинь ей как следует, и рыпаться не будет...

Тут он возник в проеме, а я двинула, как он советовал, то есть как следует. Удар пришелся ему в живот, он согнулся и уж тогда схлопотал по голове.

— Веревка у меня есть, просто вы не там смотрели, — обыскивая парня, пробормотала я. Оба пистолета я сунула в ящик консоли, потому что испытывала стойкое отвращение к оружию. Может, по той причине, что мне уже приходилось им воспользоваться, незачем и далее отягощать свою совесть, она и так многое от меня претерпела.

Веревку я нашла очень быстро, связала парней еще быстрее. Первый был покрепче и начал приходить в себя, пришлось ему добавить. Минут через пятнадцать оба были в гараже, в смотровой яме, подвешенные за руки к перекладине. Я дышала с трудом, в основном из-за того, что пришлось волоком таскать эти две туши. Сбегала наверх, освободила Сашку, умылась и вернулась в гараж с ведром воды. Вылила по полведра на каждого и стала ждать, когда они очухаются. Тот, что покрепче, приоткрыл глаза, поводил ими туда-сюда, после чего в его взгляде наметилось удивление.

— Детка, — позвал он, я к тому моменту устроилась на корточках, метрах в трех от него, — ты чего ментов не вызвала?

— Помечтай. Думаешь, поспишь до утра на нарах и домой? Нет, дорогуша, сегодня ты у меня в гостях, может, здесь и останешься. Будет яма на полметра меньше, просто залью вас цементиком.

— Да ладно... ну, погорячились мы, с кем не бывает? Нам Тагаев нужен, а не ты. Живи на здоровье.

— Спасибо большое, но я тебе здоровья обещать не могу. Боюсь, ты его скоро лишишься.

Я выбралась из ямы, разожгла паяльную лампу.

— Ты чего? — заволновался парень.

— А как ты думаешь?

— Дурака-то не валяй. Тебя за эти штучки по головке не погладят.

— Кто ж узнает, как я здесь развлекаюсь? Я никому не скажу, и вы тоже.

— Чего тебе надо? — еще больше разволновался он. Подозреваю, очень опасаясь услышать «ничего».

— Информацию.

— Да я...

Тут Сашка заливисто залаял, и я ненадолго отставила лампу в сторонку, поджидая дорогих гостей.

— Я в гараже, — крикнула я громко.

Сначала появился Сашка, затем Тагаев и трое его ребят. Не знаю, что они ожидали увидеть, но их физиономии вытянулись, Тагаев дернул щекой, что, в принципе, могло означать что угодно, а один из его доверенных лиц присвистнул:

— Ни хрена себе.

Увидев вновь прибывших, парень, что обретался

по соседству, заметно побледнел, оно и понятно, появление Тагаева не сулило ему ничего хорошего.

Тагаев пристроился рядом со мной и кивнул на паяльную лампу.

— Ты всерьез собралась ею воспользоваться?

— Если ты задаешь такой вопрос, тебе лучше подождать в гостиной, пока я тут беседую со своими гостями.

— Мои ребята сделают это лучше.

— Мне нужна информация.

— Она у тебя будет, — заверил он. Я подхватила Сашку и пошла в гостиную. — Ты в самом деле сделала бы это? — усмехнулся Тагаев, а я поморщилась.

— Как любой нормальный человек, я терпеть не могу грязной работы, но работа есть работа, и ее кому-то приходится выполнять. Не я придумала правила, я просто по ним играю.

— Если не возражаешь, я не буду делать из твоей квартиры пыточную и отправлю ребят в более подходящее место.

— Я не возражаю, если вы исчезнете из моей жизни, как страшный сон, но мне нужна информация.

— Я уже сказал, ты ее получишь.

— То, что ты сочтешь нужным мне сообщить, — проворчала я себе под нос, но спорить не стала ввиду бесполезности споров: Тагаев поступит так, как захочет, их четверо, следовательно, последнее слово за ним.

Дверь в гараж Тагаев закрыл, но по звукам, доносившимся оттуда, я сообразила, что моих гостей загрузили в машину, на которой прибыл Тагаев, загнав ее для этой цели в гараж.

— Как тебе это удалось? — спросил он, устраиваясь в кресле.

— Мне бы не удалось, если бы я их не ждала.

На его физиономии мелькнуло нечто напоминающее удивление, меня это неожиданно разозлило: он что, в самом деле считает меня дурой? Я засмеялась и сказала:

— На самом деле мне повезло.

— Они успели напугать тебя до такой степени, что ты решила поэкспериментировать с паяльной лампой?

— Мне не стоило брать ее в руки, по крайней мере, пока ты рядом. И в самом деле, скверное зрелище: женщина в роли палача. Нежное мужское сердце...

Он выбросил вперед руку, схватил меня за волосы и ткнул лбом в стол. Не больно, зато обидно.

— Не советую тебе так со мной разговаривать, — сказал он спокойно и разжал руку. Я подняла голову и улыбнулась.

— Не советую распускать руки.

— Да? И что ты сделаешь?

— Пристрелю.

— Серьезно?

— Попробуй еще раз, и узнаешь. — Он засмеялся, а я немного подождала, когда ему надоест веселиться. — Не скажешь, что ты спешил появиться. Я не поняла, ты хотел выступить в роли героя или ждал, когда мне хорошенько навеляют, чтобы впредь знала свое место, а теперь злишься, что затея не удалась?

— Чушь...

— Ты слишком эмоционален для парня твоей профессии. Советую подумать об этом, иначе очень скоро на твоем «Хаммере» будет разъезжать кто-то другой.

— Это ты злишься, что легла со мной, а еще больше, что тебе это понравилось.

— Я могу лечь с тобой еще раз, два, десять. Это не имеет никакого значения. Я хочу выполнить свою работу: найти убийц или убийцу. И все. И я совершенно не расположена лезть в дебри психологии и пытаться понять, кто из нас кому и что хочет доказать. Мне по фигу. По крайней мере, сейчас. Надеюсь, тебе тоже. Если ты думаешь иначе, скатертью дорога, мы не сработаемся.

— Ты что-то говорила про ужин... — потер он ладонью подбородок.

— Ужин на плите. Разогреешь в микроволновке.

— Иметь с тобой дело — одно удовольствие, — усмехнулся Тагаев, направляясь в кухню. Я не очень поняла, к чему это относилось, но уточнять не стала.

Пока он был в кухне, я перебралась в спальню, забрав с собой свои бумаги и Сашку, однако бумаги бросила на пол, а сама повалилась на постель, закинула руки за голову и уставилась в потолок. Этот сукин сын сумел-таки вывести меня из терпения. Какого черта я перед ним оправдывалась? И вообще... Я водрузила подушку себе на голову и посоветовала уснуть. В такое время лучше всего дать мозгу отдых.

Где-то через полчаса появился Тагаев.

— Эй, — позвал он из-за двери, — я могу войти?

— Можешь, — буркнула я. Он вошел, сел в моих ногах, привычно потер ладонью подбородок.

— Слушай, — начал он задушевно, — у тебя есть идеалы?

— Сколько угодно. А у тебя?

— Есть. К примеру, я всегда стараюсь поступать честно. Подарил тебе шарик.

— Не помню: я успела тебя поблагодарить?

— Все-таки злишься? Считаешь, что я тебя подставил?

Ну вот, пожалуйста, зря я распиналась в гостиной, он не поверил ни одному моему слову. Это показалось мне совершенно несправедливым, поскольку несколько слов правды в моей речи все же содержалось. Я приподнялась, ткнула для большей убедительности в него пальцем и сказала:

— Тимур, я не злюсь. Мне по фигу. Более того, я считаю, ты поступил правильно. Теперь у нас есть два парня, из которых твои ребята вытряхнут душу и, надеюсь, нужную мне информацию.

— И тебе безразлично, что с ними будет потом? В самом деле безразлично?

— Это твои дела. Мы договорились, что в них я не лезу.

Он долго смотрел на меня, покачал головой и вдруг спросил:

— На кого ты так стараешься быть похожей, а?

— О чем это ты? — насторожилась я.

— Кто тебя всему этому обучил? — Он вновь головой покачал. — Одного не пойму: при чем здесь я?

— Что?

— Ничего. Проехали. Как ты любишь выражаться, в наших отношениях наметился прогресс.

— Серьезно?

— Ага. Ты впервые назвала меня по имени. Может, с этого места и начнем?

— Хорошо, — кивнула я. — Тогда меня зовут Ольга, хотя «Эй» мне тоже нравилось. А теперь выметайся.

Он поднялся и убрался восвояси, а я вновь накрылась подушкой. Его слова не шли у меня из головы. Что это он там загнул? На кого я хочу быть похожей?

— Нечего спать с кем попало, — зло фыркнула я, — тогда бы и голову ломать не пришлось.

Тимур вновь появился уже под утро, чем он там занимался, не знаю, но не ложился, должно быть, телевизор смотрел. Я успела поспать часа два, он постучал, вошел, включил свет и опять устроился у меня в ногах, взял подушку и сунул себе за спину.

— Есть новости? — зевнув, спросила я.

— Есть.

— Это парни Сотника?

Он и бровью не повел, просто ответил:

— Да.

— Пистолет в твоем багажнике — их работа?

— Божатся, что нет.

— Врут?

— Уверен, говорят правду.

— Выходит, к убийствам Сотник не причастен, просто решил обыграть ситуацию?

— Выходит.

— А кто ему идею подкинул? — Теперь Тагаев взглянул на меня с удивлением, точно не понял вопроса. — От кого он узнал, что тебя зацепили менты? — спросила я. — Листовки по городу не разбрасывали, где черным по белому: «Господин Тагаев подозревается в убийствах...»

— У одного из его ребят брат в ментовке, как раз занят этим делом. Он шепнул по секрету брату, а брат донес Сотнику. Тот решил, что это подходящий случай разделаться со мной.

— И немного погонял нас по канализации?

— Ага.

— Думаю, это лишь первая его попытка.

— Я тоже так думаю. Поэтому нам лучше перебраться в одно надежное место. И под охраной.

— Чего ж тебе в СИЗО не сиделось, тоже надежно и под охраной. Ты лицом-то не свирепей, а лучше подумай, как я найду убийцу, если буду прятаться?

— Хорошо. Останемся здесь, — легко согласился он. — Мои ребята устроят небольшой шум, и Сотник, скорее всего, предпочтет лечь на дно, чтоб выждать, чем кончится дело. Твоего Лялина расстреляли его парни, — помолчав, добавил он. — У Сотника на него старый-престарый зуб. А тут такой случай. Он был уверен, что спишут на меня.

Я поднялась, прошлась по комнате. Тагаев занял мое место, устроился с удобствами, гладил мою собаку и наблюдал за мной.

— Что скажешь? — спросил он, наглядевшись вдоволь.

— Скажу, что мы у исходной точки. Есть четыре убийства и нет мотива. Нет, хоть тресни. Я очень рассчитывала, что это дело рук твоего Сотника.

— У него умишка на это не хватит, зря рассчитывала, я тебе сразу сказал.

— Я хотела убедиться.

— Убедилась, что дальше?

— Что ты заладил? — разозлилась я.

— Это же твоя работа, ты должна знать, — обиделся он. Я сгребла листы с пола и разложила их на кровати.

— Попробуем идти от обратного. Прикинем, кому убийства выгодны.

— Кому?

— Кто выиграл от смерти Анны?

— Точно не я, — фыркнул Тагаев.

— От смерти Райзмана? Или от смерти Веры?

— Возможно, этот Никифоров. Ни ты, ни я ничего о нем не знаем.

— Ага. Есть еще Лапшин. Его жена получила наследство. Большое.

— Ну вот, чем не мотив?

— Есть одно «но». Она любила мужа, и у нее не было повода его убивать, он не собирался ее бросать и вообще дорожил супругой. Так что не сходится.

— Но ведь кто-то убил?

— Точно.

— А как ты вляпалась в эту историю? — додумался спросить Тагаев. Пришлось рассказать. — Говоришь, Сафронов был уверен, что его хотят убить? Так, может, в этом все дело?

Я поморщилась.

— Не думай, что эта мысль не приходила мне в голову. Но похоже, что предполагаемый убийца существует только в его воображении.

— Давай поищем как следует.

— Давай. Хотя мне больше нравился Никифоров. Он был связан с Сотником. Тот хотел от тебя избавиться, и Никифоров помогал киллеру.

— Забудь об этом. Но Никифоровым не худо заняться. Кто еще? Эта баба, жена Лапшина.

— Вот ею, с твоего позволения, я сама займусь.

До обеда я отсыпалась, в двенадцать меня разбудил Тагаев и с места в карьер спросил:

— С Никифоровым поговорить хочешь?

— Каким образом? О господи, ты что, спятил?

— Хочешь или нет? — поморщился он.

— Хочу, — буркнула я, отбрасывая одеяло.

— Тогда поехали. Он ждет нас не дождется.

Ехать пришлось недалеко, в гаражный кооператив «Восток». По соседству размещалась автомастерская, в задней комнате которой сидел Никифоров. Еще подходя к двери, я услышала его голос:

— Да я его больше года даже не видел. Ну, были у меня с Сотником дела, были да сплыли.

Тут мы вошли. Никифоров увидел меня и замер на полуслове. Я села на стул верхом, Тагаев предпочел постоять, привалился к стене и сложил руки на груди.

— В чем дело? — спросил Никифоров, вопрос адресовался мне.

— Надеюсь, вы не откажетесь поговорить со мной? — вежливо поинтересовалась я.

— Что за бандитские методы? — возмутился он. Рослый паренек за его спиной обиделся и замахнулся. Я покачала головой, Тагаев кивнул, и парень опустил руку.

— Я могу изложить свои вопросы на бумаге и уйти часа на два. Могу задать их сама. Выбирайте.

Никифоров оказался здравомыслящим человеком и сделал правильный выбор.

Беседа была долгой, но не особенно плодотворной. Если верить словам Никифорова, о том, кому понадобились эти убийства, он даже не догадывался, подозревал меня. В настоящий момент даже больше, чем тогда на яхте. Правда, кое-что я все-таки узнала. К примеру, его связь с Анной началась пару месяцев назад и погром в ее квартире устроил водитель Никифорова по его просьбе. Искал подвеску, которую Никифоров подарил Анне в знак своей большой любви. Подвеску, кстати, она сдала в ломбард, на что имелась справка. Искал он ее по одной причине: боялся, что об их связи узнают и в убийстве заподозрят его. Редкий случай идиотизма, если учесть, что на яхте их караулил Лапшин и даже рассказал об этом жене, а детишки, рыбачившие с причала, поведали о дяде с тетей, поднимавшихся на борт яхты.

— Может, ты так боялся, что всех четверых порешил? — влез Тагаев.

— Да вы с ума сошли. С какой стати? Ну зачем, зачем мне ее убивать, скажите на милость?

— Ты ж сам сказал, боялся, что о твоих шашнях узнают.

— Вы имеете в виду Веру? Но ведь ее тоже убили. А Лапшин? Райзман, в конце концов? Убийца — псих. Маньяк. Я не уверен, что сам нахожусь в безопасности.

— Какая уж тут уверенность, — съязвил Тагаев, а я поднялась.

— Отпусти его.

Парни переглянулись.

— Может, мы прогуляемся, а ребята еще поспрашивают? — предложил Тагаев.

Я вздохнула и терпеливо пояснила:

— Нам нужен убийца. Я хочу посадить его в тюрьму. Показания, полученные с применением силы, в суде недействительны. И это уже мое дело. Разве нет?

— Отпустите, — буркнул Тагаев.

Оказавшись возле дверей, Никифоров неожиданно осмелел.

— Мы еще поговорим об этом... в соответствующем месте...

Тагаев сгреб его за ворот рубашки и сказал тихо, но, как всегда, впечатляюще:

— Ты жив, потому что она так захотела. — Похлопал по плечу и ласково добавил: — Топай.

Петр Викентьевич обрадовался мне, а когда сообразил, что меня вновь чрезвычайно заинтересовали его догадки о кознях предполагаемых врагов, воспрял духом и приободрился.

— Я вам с самого начала говорил, эти убийства каким-то образом направлены против меня.

Я с ним согласилась и еще два дня ухлопала на разные вопросы и напрасные поиски.

Третий день начался с хорошей вести. Лялин чувствовал себя неплохо, и его разрешили навестить. Он лежал бледный, с черными кругами у глаз, сам на себя похожий только усами. Увидев меня, он весело усмехнулся и подмигнул.

— Привет, — сказал Лялин тихо.

— Привет, — разулыбалась я, устроившись на стуле. — Как ты?

— Нормально. Скоро встану.

— Ты поторопись, мне уже ох как неймется. Помнишь, что обещал?

— Это я в бреду, — хихикнул Лялин.

— Вот так всегда. Нет чтобы девушку осчастливить.

Лялин продемонстрировал мне кулак и весело заржал, чем меня порадовал. Не иначе как в самом деле на поправку пошел, а круги под глазами — ерунда, пройдет.

— Додразнишься, — заявил он.

— Да я внутренне всегда готова. Ты только команду дай. Вот хоть сейчас, пока медсестры нет.

Он покачал головой, страшно довольный, и буркнул:

— Охота тебе смеяться над женатым человеком. — Потом взял меня за руку и вздохнул: — Рассказывай.

— О моей любви и ожидании неземного блаженства?

— О том, что раскопать успела.

— Нет, я только о любви. Все остальное тебе противопоказано. Хочешь, я красочно обрисую...

— Ты меня на грех-то не наводи.

— Так это как раз моя мечта: предаться с тобой пороку...

— Ольга, — сказал он и взглянул сурово, а я вздохнула:

— Лялин, нельзя тебе о делах думать. Вот встанешь...

— Нет, ты смерти моей хочешь, — разозлился он. — Чтоб я здесь бревном лежал и мыслями себя изводил... Докладывай.

— Первое и основное: мне очень без тебя скверно, мой друг и товарищ. Оттого и расследование не задалось. Топчусь на месте. Хотя новости, конечно, есть, но все неутешительные.

Далее я доходчиво, но коротко поведала о том, что успела разузнать, пока Лялин находился без сознания. Он слушал, кивал, не задал ни одного вопроса, что было удивительно.

— Значит, вернулись к исходной точке?

— Вернулись, — сокрушенно кивнула я.

— Чувство у меня какое-то странное, — пожаловался Лялин. — Лежу, таращусь в потолок, об этих убийствах думаю. И все мне кажется: ответ простой, прямо на поверхности, а в руки не дается.

— Ты лучше о здоровье думай. Убийца от нас никуда не денется. — Я кашлянула, прикидывая, сказать или нет, и сказала: — Стрельбу устроили люди Сотника. Говорят, у него зуб на тебя.

— Есть такое дело, — кивнул Лялин. — Ишь ты, решился, значит. Долго терпел, крысеныш.

— У него, по слухам, большие неприятности. В подполье ушел.

— Лучше ему там и оставаться. Тагаев, говоришь, в бегах? — вдруг спросил он.

— В бегах.

— А прячется в твоей квартире?

Я только головой покачала.

— Ну, Лялин...

— На самом деле сообразить не трудно. И не только мне. Ты поосторожней. — Он о чем-то задумался, а я сидела тихо, потом приподнялась, боясь его потревожить.

— Ладно, пойду я.

— Постой... — Он взял меня за руку, посмотрел так, что сразу стало ясно: сейчас осчастливит. Я-то боялась, так и не решится, но вот все-таки надумал. — Детка, ты прекрасно знаешь, кто у нас контролирует игорный бизнес, а также проституцию и прочие весьма неблаговидные предприятия.

— Ну...

— Что «ну»?

— Дед контролирует. Этот секрет давно не секрет для десятка граждан.

— Правильно. Но контролирует он все это не напрямую. Для этого и его наглости не хватит, да и в дерьме возиться ему неохота.

— И кто... — начала я.

— Кто-кто, конь в пальто. Тагаев, конечно. Только не вздумай брякнуть где-то об этой страшной-престрашной тайне.

— Ух ты, е-мое, — простонала я и даже зажмурилась, так мне тошно стало.

— Вот-вот, никогда бы я тебе этого не сказал, если б... Ну, ты поняла.

— Да уж как не понять, — фыркнула я и грязно выругалась, что совершенно неприлично для скромной девушки, каковой я в душе являюсь.

— А если поняла, то сделай следующее: сегодня же позвони Питиримову, передай от меня большой привет и скажи: будем очень благодарны, если вовремя узнаем, что в нашей богадельне творится, а интересует нас буквально все, даже самые незначительные события, а про значительные и говорить нечего. Сделаешь или самому звонить?

— Сделаю, — ответила я, в душе слегка удивляясь. Питиримов Виктор Иванович, мужичок тихий и какой-то серенький, в охране Деда заметных должностей он никогда не занимал и вообще, казалось, звезд с неба не хватал. Правда, Лялин к нему относился уважительно, и Ларионов, сменивший его на боевом посту, тоже. Что ж, Лялину видней.

— Вот и отлично. На работу ко мне тоже позвони, спроси Володю. Парень серьезный, к нему, в случае чего, можно смело обратиться.

— У меня дома две пушки, возможно, с большим прошлым, что с ними делать, не знаю. Вешнякову не сдашь, придется объяснять, а объясню, чего доброго привлечет к уголовной ответственности. Он последнее время свирепеет на глазах.

— Это потому, что ему подполковника не дают. Пушки Володе отдашь. Теперь топай.

Слова Лялина о дворцовых тайнах не шли из головы, я продолжала мысленно материться и даже пару раз пробормотала вслух:

— Ну, Дед...

Лучше от этого мне не становилось, что совершенно неудивительно. Я посоветовала себе наплевать на тайны Деда и продолжить следствие. В размышлениях вновь вернулась к Сафронову, а от него к его бывшей супруге. Так как супруга ушла от Петра к молодому человеку, по слухам, из команды все того же Сотника, я включила ее в свой список под номером один, но встреча с ней могла вызвать трудности, коли уж Тагаев в настоящее время был с Сотником в состоянии войны, а сам Сотник, по непроверенным данным, скрывался от возмездия.

Однако, вопреки ожиданиям, бывшая госпожа Сафронова, а ныне Талалихина, встретиться со мной не отказалась, правда, для начала поинтересовалась, откуда меня черт принес и чего мне надо. Я доходчиво растолковала, что нахожусь на службе государевой (иногда соврать не грех), расследую дело об убийстве, произошедшем на яхте бывшего супруга, и у меня есть к ней вопросы.

— Я-то здесь при чем? — удивилась она, потом вздохнула и добавила: — Ладно, приезжайте.

И я поехала.

Квартира, оставленная Петром супруге, поражала размерами и шикарной отделкой, правда, уже наметились перемены не в лучшую сторону: зеркало в холле было разбито, телефон на подставке обмотан изолентой, а пятна на стенах кухни прозрачно намекали на то, что хозяева любили поупражняться в метании различных предметов.

На мое удостоверение женщина даже не обратила внимания, кивнула и пригласила на кухню, хотела напоить кофе, но его в доме не оказалось. Мадам Талалихиной Алле Геннадьевне на вид было лет тридцать, под глазом синяк, волосы всклочены, пеньюар, в котором меня встретили в два часа дня, не худо бы было постирать.

— Как там Петечка? — спросила она. — Небось из-за Верки своей расстраивается? — Помолчала и добавила: — Верку жалко, нормальная баба. Чокнутая, но мне нравилась. Что у вас ко мне за вопросы?

— Обычные. Почему расстались с Сафроновым, к примеру?

— Так он, поди, все рассказал? Почему расстались? Да потому что дура. Нашла себе... Петечка тихий, с ним тоска смертная, а здесь ураган страстей. Синяк видите? Это я у подруги задержалась. Конечно, задержалась надолго, но в морду-то зачем? — Она достала бутылку мартини, кивнула на нее и предложила: — Хотите?

— Нет, спасибо.

— Ах да, вы же на службе. Может, я бы с Петечкой не развелась, не застукай он меня с этим козлом. Да и я хороша, чего было мужика к себе в дом тащить? Выпила лишнего, не рассчитала... — Она налила полстакана и принялась вертеть его в руках. — Честно говоря, я-то думала, подуется немного и простит. А он уперся как баран, даром что тихоня. Ну и на развод подал. Я, конечно, разозлилась и в сердцах согласие дала. За козла этого замуж вышла. Вот уж дура так дура.

— А где он, кстати? — проявила я интерес.

— Муженек-то? Хрен его знает. Выгнала. Вчера тут такая баталия была...

— У подруги задержались?

— Денег попросила. Хотела в Испанию махнуть. Вот тебе и Испания. Хорошо хоть в квартиру его не прописала, бог отвел.

— Сафронов вам квартиру оставил?

— Квартиру и машину. А денег ни копейки. Козел-то мой хвастался, что у него денег куры не клюют, оказалось, потому что клевать нечего.

— С Сафроновым у них какие отношения?

— Какие могут быть отношения? Виделись один раз... зато какой.

— Дошло до рукопашной?

— Что вы. Петечка тихий, он драться не умеет, к тому же козел мой на голову выше и в два раза шире, чего с ним драться-то, зубов лишаться? Не знаю, жив ли мой придурок, смурной какой-то, и по телефону звонили раз пятнадцать, чего-то у них там не заладилось.

— Где? — невинно поинтересовалась я. Она залпом выпила и усмехнулась:

— А то не знаете. В ментовке работаете и не знаете? Муж у меня бандит, тюрьма по нему плачет. — Она и сама горько зарыдала, размазывала слезы по лицу и причитала: — Дура я, дура... А вы чего пришли-то? — внезапно осенило ее. — Вы что думаете: мой каким-то боком к этим убийствам? С ума сошли, зачем ему?

— А правда, что вы мужу после развода расправой грозили? — еще больше раззадорила ее я.

— Ну, может, и грозила. Так это в сердцах.

— Знаете, как бывает...

Она не дала мне договорить.

— Да Петечку только гад последний обидеть может, он же точно дитя малое. Он сердце-то мое знает и никогда бы не поверил, что я всерьез. Это уж кто-то наговорил на меня. Верка? Нет, Верка вряд ли. Наверняка эта ведьма, Лапшина. Святоша хренова. — Она в досаде плюнула. — Конечно, она, больше некому. Везде свой нос сует, учит, учит... Она бы лучше о себе подумала, дрянь этакая, связалась со шпаной... пусть на меня посмотрит, узнает, что это за счастье.

В первый момент я даже решила, что ослышалась. Может, Алла шпаной называет Лапшина за какие-то неведомые грехи?

— У Леры что, был любовник? — тихо спросила я.

— Почему был, он и сейчас есть. — Тут Алла переменилась в лице и досадливо махнула рукой. — Не слушайте меня, это я со злости.

— Вы ведь знаете, что Лапшин убит?

Она так вытаращила глаза, что стало ясно: не знает.

— Убит? Да иди ты... Когда?

— Несколько дней назад.

— А убил кто?

— Пока не знаем. Вы о ее любовнике поподробнее.

— Выдумала я все...

— Алла, мы можем здесь поговорить, а можем и в милиции. Если здесь, то никто о нашем разговоре не узнает, а если...

— Ох ты, господи, да мне мой башку оторвет. Я ж клялась и божилась. Слушайте, он психованный, он правда убьет, если обещал.

— Значит, никому о нашем разговоре знать не стоит. Верно?

Она облизнула губы и опять заревела.

— Вот уж точно говорят: язык мой — враг мой. Дружок это моего придурка. Лихов Илья. Такая же шпана. Но бабы от него дуреют. Красивый, зараза. Менял он их по полсотни в год и вдруг тихим стал, на баб не смотрит и с этим делом завязал. — Тут она щелкнула ногтем по бутылке. — Мужики, конечно, заинтересовались, давай пытать, что да как. А он помалкивает, только ухмыляется. Моему, конечно, больше всех надо, пришел как-то, докладывает, что Илюху выследил, баба у него. Ничего, говорит, особенного, видно, что образованная, ходит гордо так, не иначе как муженек из наших деятелей. Я говорю: откуда тебе знать, может, и не замужем вовсе. А он: если не замужем, чего прятаться? Да еще такую секретность развел, другу и то ни словечка. Конечно, любопытство-то во мне взыграло, кто Илюху так захомутать смог? Как-то едем с моим, а Илья навстречу. Мой и говорит: бабу свою повез. Я и упросила, давай, говорю, глянем, уж очень интересно. Вот и глянули. Оказалось, Лерка Лапшина. Так обидно было. Притвора чертова. Мужа она, видишь ли, любит. Все уши прожужжала. А сама... Илюха ее на пять лет моложе, денег у него кот наплакал, он вроде моего в «шестерках» бегает, нет бы с банкирами шашни крутила, нет, куда там, а меня воспитывала, советы умные давала...

Я вернулась в машину в крайне скверном расположении духа, хотя надлежало бы радоваться: вот он, забрезжил наконец-то свет в конце туннеля. Еще сегодня я горько сетовала: нет мотива, а он есть, да еще какой. Безденежный любовник и муж-банкир. Любовник, ко всему прочему, с законом не дружит, и достать оружие для такого не проблема. Однако радости не было, скорее горькое сожаление, Лера мне нравилась. Может, в самом деле пьяная баба наболтала по злобе?

Я вошла в кабинет Вешнякова и миролюбиво предложила:

— Прежде чем выгнать, выслушай сироту.

— Заходи, сирота, — засмеялся он. — Неужто чего откопала?

— Вроде бы.

— Чего ж тогда физиономия тоскливая?

— Догадайся.

— Ты меня не пугай, опять политика?

— Хуже. Человек хороший, мне, по крайней мере, нравилась. У Лапшиной есть любовник, некто Лихов Илья, парень из команды Сотника. Очень может быть, он и помог ей от мужа избавиться. — Мои слова на Артема особого впечатления не произвели.

— Хорошо, допустим от мужа он ее избавил, но у нас еще три убийства. И этих тоже он?

Я откинулась на спинку стула, руки сложила замком, подбирала слова, очень хорошо понимая, что поверить в то, что я сейчас скажу, совсем не просто.

— Мне бы уже в тот раз насторожиться, когда Лялин сказал, что не видит смысла в убийствах. Вроде все логично, а смысла нет. Смысл был. Только увидеть его непросто, вот мы и не увидели... Если бы погиб один Лапшин, докопаться до истины не велик труд. Все деньги достаются жене, деньги большие. И любовника бы нашли в конце концов, где-то их кто-то все равно видел, хоть они и развели конспирацию, а когда убийств четыре... Смотри, сколько всего мы смогли наворотить...

— Ты хочешь сказать... все эти убийства...

— Чтобы скрыть одно-единственное. То-то Лялин говорил: мозги нам пудрят. У Олега нюх.

— Ну, ты тут навыдумывала, — возмутился Артем, — и все только потому, что любовник этот нарисовался?

— Не только. Сейчас кое-какие несоответствия

по-другому видятся. Когда мы с Петром купались, Лера возле зарослей сидела, а на мой вопрос ответила, что в зарослях забавляются Вера с мачо Анатолием. Я спокойно это проглотила. Но на самом деле быть этого не могло, потому что Анатолий утверждает, что любовью занимался метров за двести от того места. Далековато она в туалет бегала. Там, скорее всего, находился ее сообщник, и она не хотела, чтобы я случайно его обнаружила. Ей надо было с ним встретиться, сообщить номер каюты и передать ключ. Его она прихватила заранее. Пока мы развлекались на берегу, ее дружок спокойно поднялся на яхту и укрылся в каюте. Вернувшись вечером, она заглянула к нему. Он отдал ей ключ и заперся изнутри на задвижку. А после того, как парень смылся, совершив убийство, Лера каюту заперла. Думаю, убийце было все равно, кого он убьет в ту ночь. Подвернулась Анна, она одна осталась на палубе. Мог подвернуться кто-то другой. Главное, чтобы все последующие убийства мы связали с этим. Мы честно потрудились. Не знаю, кто из них такое придумал, но это, по сути, идеальное убийство, о нем еще в учебниках напишут.

— И что мне с этим идеальным убийством делать? Твои слова к документам не подошьешь... Тьфу ты, черт, неужто правда?

К концу дня Артем в моих словах сомневался куда меньше. Илья Лихов жил на улице Тимирязева в скромной хрущевке и оказался ни много ни мало тем самым молодым человеком, которому несколько дней назад Артем жал руку при встрече и чей сводный брат трудился с Вешняковым бок о бок. Теперь многое стало понятным, к примеру, выбор Тагаева на роль главного злодея. Лихов намекнул шефу на то, что Тагаев без пяти минут на нарах, а тот по дурости обрадовался. Если Тагаева не удастся упечь в тюрьму, так, может, повезет и его пристрелят, а уж тогда действительно концы в воду.

— Ну, допустим, допустим, — волновался Артем. — Но ведь это доказать надо?

— Это твоя забота, — усмехнулась я и отправилась домой, по дороге размышляя о Лере. Ее облик упорно не вязался с четырьмя хладнокровными убийствами.

Тагаев лежал на моей постели в обнимку с Сашкой. Почему-то моя спальня нравилась ему больше гостевой.

— Есть новости? — спросил он, приглядываясь ко мне.

Я почесала нос и подробно все ему изложила. Он слушал молча и, в отличие от Артема, не особенно удивился.

— И что теперь?

— Теперь самое главное: надо отыскать доказательства.

— Что ж, как говорит один мой приятель: не вижу повода не выпить. Давай-ка закатимся в ресторан.

— Спятил? — удивилась я. — Как ты себе это представляешь?

— Нормально я себе это представляю. Есть один миленький ресторанчик, на виду нам быть не обязательно. Да и не особенно я прячусь.

— Что верно, то верно.

— Надевай свое лучшее платье, и поехали.

— Поехали, — махнула я рукой.

Ресторан в самом деле выглядел мило, тихий,

уютный, на окраине. Мы заняли отдельный кабинет. Горели свечи, Тимур разлил шампанское и сказал:

— Что ж, за скорейшее окончание нашего совместного предприятия. — Мы выпили, и он заметил: — Счастливой ты не выглядишь.

— Ты тоже.

— Может, у меня есть причина?

— Может.

— Не хочешь знать какая?

— Зачем?

— В самом деле... Что ж, тогда второй тост. За воздушный шарик.

— Опять ты за свое, — покачала я головой.

— Для тебя это в самом деле ничего не значит?

— Почему, значит: мы хорошо провели время. На самом деле очень хорошо, даже отлично. Ну и что?

— А знаешь, это обидно, — усмехнулся он. — Сам раз сто говорил такое, и ничего, вроде все правильно, а вот теперь...

— Слушай, трахни меня еще, ходи гоголем и выброси из головы всю эту хрень, — разозлилась я. Он засмеялся, покачал головой.

— Хотел бы я на него взглянуть.

— На кого?

— На того типа... за которого ты мне теперь с таким удовольствием мстишь.

— Не сходи с ума.

— Нет, в самом деле. Кто он? Неужто Дед?

— Вечер явно не удался, — с прискорбием констатировала я, поднимаясь. Тимур взял меня за руку.

— Уговорила, за шарик не пьем. Выпьем за удачу, против этого ты возражать не будешь?

Шли дни, а ничего не случалось. Тагаев покинул мое жилище, и это было единственным радостным событием. Из ресторана я поехала одна, а он помахал мне ручкой. Илья Лихов в своей квартире не появлялся, из города он, похоже, исчез. За Лерой установили наблюдение, но результатов оно не дало. Женщина практически не выходила из дома, оплакивала мужа.

— Может, дамочка и Лихова того... — ворчал Артем, — чтоб окончательно концы в воду. Ольга, а если доказательств не найдем? Это что ж получится?

— Идеальное преступление, — язвила я. — Догадаться догадались, а доказать не можем. Будет проживать мужнины деньги и посмеиваться над нами.

В конце недели объявился Тагаев. Мы с Сашкой только что вернулись с прогулки, Тимур заглянул в кухню, а я чертыхнулась.

— Слушай, я тебе что, ключи давала?

— Зачем? У меня свои. Тебе замок надо сменить. Займусь, когда от ментов отмажусь. — Я собралась ответить колкостью, но тут он сообщил: — Лихов жив-здоров. Мои ребята нашли его. Отсиживается у школьного дружка на даче. Своим сказал, что бабка в Таганроге померла. Бабка правда померла два года назад. Звони своему менту, пусть забирает.

— Что он ему предъявит? Так не пойдет.

— А как?

— Будем надеяться, что он свяжется с Лапшиной. То, что жив, — хорошо, есть надежда. Не ее к нему, так его к ней потянет, денег захочется.

— Не могу я ждать, у меня дел по горло. С тобой или без тебя, но я...

— Хорошо. — Было ясно: разубеждать его — дело зряшное. — Можно попробовать один старый прием.

Парень вынырнул из темноты неожиданно, я едва не вскрикнула.

— Все тихо, — шепнул он Тагаеву. — В доме один. Прячется, свет не зажигает.

Кроссовки промокли от росы, я зябко ежилась. Машину мы оставили на шоссе, чтобы не привлекать внимания.

— Озябла? — спросил Тагаев.

— Нет, просто нервничаю.

Серые тени скользнули в темноте, я напряженно вслушивалась. Что-то грохнуло, раздался звон разбитого стекла, и вновь тишина, от которой закладывало уши.

— Тимур, — тихо позвали из темноты, он взял меня за руку, и мы пошли к дому.

В сенях горел свет, дом был большой. В кухне толпились человек пять мужчин, при нашем появлении они расступились, и я увидела на полу скованного наручниками парня. Он поднял голову и с ненавистью обвел присутствующих взглядом. Волосы его не были собраны в пучок на затылке, как в первую нашу встречу, он пытался отбросить их со лба, а они рассыпались по плечам. Вопреки заверениям Аллы, красавцем он мне не показался, может, потому, что лицо его перекосилось от бешенства. Правда, волосы действительно были на редкость хороши.

Его рывком подняли и посадили на стул.

— Советую тебе проявить благоразумие, — сказал Тагаев, устраиваясь на лавке возле стены.

— Я не знаю, где Сотник. Он прячется, — огрызнулся парень. — Я человек маленький, мне не докладывают. Клянусь, не знаю.

— Да бог с ним, с Сотником, — отмахнулся Тимур. — Найдем. Ты лучше расскажи, как девке горло на яхте перерезал.

— Какой яхте? Вы что? Да я знать не знаю...

— И на острове не был? — вмешалась я. — На Марьиной Губе?

— Может, и был когда... Слушайте...

— Это ты послушай. На острове тебя видели. У меня есть два свидетеля.

— Да я даже не понимаю, о чем вы.

— Что ж, — вздохнул Тимур, — желаешь дурака повалять, пожалуйста. У нас дамочка есть, мы тут такой концерт закатим. Дай-ка мне телефон.

Я набрала номер и протянула телефон Тимуру, наблюдая за Ильей. Он испугался, он очень не хотел это показать, но он испугался.

— Привет, — начал Тагаев. — Неважно, кто говорит, ты, главное, слушай. Твой дружок у меня, сидит к стулу привязанный и кровью блюет... Заткнись, я сказал, и слушай. Бабки срубили, а поделиться? Значит, так, пятьдесят штук завтра, если нет, я его башку тебе по почте пришлю, а его признание в ментовку. Позвоню завтра в десять, будь готова.

— Я ничего не понимаю, — пробормотал Илья.

— А тебе и не надо, — отмахнулся Тимур. — Сиди, отдыхай. Здесь есть погреб? — спросил он одного из парней, выходя на крыльцо.

— Есть.

— Посадите его туда. Дежурить по двое, глаз не спускать. Я бы на его месте очень постарался смыться, а парень он шустрый, это заметно.

Погреб проверили и заперли там Илью.

— Нам здесь до утра торчать необязательно, — сказал Тимур, но я предпочла остаться.

Рано утром, когда дачный поселок пребывал в сладкой дреме, Илью перевели в дом. Руки его по-прежнему были скованы наручниками. Самого его привязали к стулу, окна в комнате закрыли ставнями и для надежности забили гвоздями. Он уже не пытался скрыть беспокойства, затравленно следил за стрелкой часов.

— Чего вы хотите? — спросил он нервно.

— Я тебе уже сказал, — удивился Тагаев.

— Но...

— Все, парень, отдыхай. Говорить будем с твоей бабой. Засуньте ему кляп, чтоб не вздумал орать.

В десять Тимур позвонил Лере. Назвал адрес, куда она должна была привезти деньги.

— У тебя два часа, — добавил он сердито и отключился. — Она успеет? — точно сомневаясь в этом, спросил он, обращаясь ко мне.

— Банк уже открыт, должна успеть. — Я набрала номер Вешнякова. — Артем, приезжай срочно. На месте объясню.

Я вышла встречать его на дорогу, чтоб он ненароком не проехал дом. Увидев Тагаева, Вешняков скрипнул зубами и возмущенно заявил:

— Ты совсем обалдела, что ли?

— Не ори. Он сейчас уедет, а завтра сдаваться придет. Его честное слово тебя устроит?

— Что ты вытворяешь? — покачал головой мой несчастный друг.

— Лапшина должна привезти деньги.

— А вдруг она уже звонит в милицию?

— Так ты об этом быстро узнаешь. Сказать честно, я буду очень рада, если ошиблась в ней.

— Пусть твой ТТ шпану свою забирает и валит отсюда. А я сейчас ребят вызову. В случае чего будет выглядеть так, что мы освободили одного бандита из рук других. Я, между прочим, о тебе беспокоюсь... глаза б мои тебя не видели.

— Мы здесь неподалеку будем, — убираясь восвояси, шепнул мне Тимур. — Присмотрим на всякий случай.

Ребята Вешнякова прибыли в рекордные сроки. Теперь я смотрела на стрелки часов, торопила время.

— Намылят нам шею, и поделом, — ворчал Вешняков.

Возле дома остановилось такси, на крыльце послышались торопливые шаги, потом звонок в дверь.

— Я открою, — сказала я. Увидев меня, Лера отступила на шаг.

— Вы?

— Я. Заходите.

Она вошла, обнаружив Вешнякова и еще двоих мужчин, испуганно прижала к груди сумку.

— Где Илья? Он жив? Он здесь?

— Здесь, — кивнул Вешняков.

— Я могу его увидеть?

— Конечно. Только сначала мы хотели бы задать вам несколько вопросов. Ваш... друг уже дал показания. В частности, об убийстве вашего мужа.

— Это я... это была моя идея, — торопливо заговорила она.

Я отвернулась, мне вдруг очень захотелось быть далеко от этого места. Артем кивнул одному из своих ребят, тот приблизился к Лере. Она протянула ему сумку.

— Деньги здесь, возьмите.

На ней было легкое платье в горошек, а глаза такие умоляющие, обыскивать ее никто не стал.

— Мне... мне надо что-то подписать? Признание?

— Для начала просто расскажите.

Ей предложили стул, но она осталась стоять, сцепила пальцы так, что костяшки побелели.

— Мы познакомились с Ильей год назад. Я никогда не любила мужа. Замуж вышла, потому что... потому что все подруги уже были замужем. Ну и подумала: чего ждать? Я честно хотела его любить, я старалась. Но... чем больше старалась, тем больше ненавидела. Если бы он хоть изменял мне, а он как нарочно... Идеальный муж, с таким не разводятся. Я думала, всю жизнь так, точно в аду. Нет любви, только притворство, и вся жизнь просто иллюзия. Дурной сон. И вдруг Илья. Мы познакомились случайно, на улице. У меня какой-то тип сумку из рук выхватил, а Илья... впрочем, это вам не интересно. Мы стали встречаться, и тогда я поняла... впрочем, это тоже не интересно. Я хотела уйти от мужа. Но Илья, он... он пытался заработать деньги, он... я бы никогда не смогла вытащить его из этого болота. Я хотела, чтобы мы уехали, но ведь на это деньги нужны. Илюша смеялся, что любви без денег не бывает. Смеялся, но я боялась, он и вправду так думает. То, что мы... то, что нам придет в голову избавиться от моего мужа, было вопросом времени. Я это хорошо понимала. Очень хорошо. Самый простой способ: убить человека, которого я всю жизнь ненавидела. Но я боялась. Я очень боялась, потому что все сразу станет ясно: богатый муж и жена с любовником. Классический треугольник, и детектив тоже классический. И я предложила... я предложила ограбить Петечку, то есть его экспедитора. Это было так просто. Петечка такой доверчивый, он ничего не умеет скрывать, я даже знала, что у него дома хранится тридцать тысяч долларов. В шкафчике. А сигнализации в квартире нет. Но когда мы забрали деньги у экспедитора, Илюша только посмеялся. Там было восемь тысяч. Конечно, это крохи. А у моего мужа миллионы. Я очень боялась, что Илья... И я сказала: давай убьем Петечку. Мне было его жалко, — торопливо заметила она. — Очень. Но мужа убивать нельзя, все непременно догадаются. И мы стали готовиться. Но потом, когда я сказала, что там всего тридцать тысяч и больше мы все равно не получим, Илья очень рассердился. Тогда я поняла, что выхода нет. Лапшина придется убить. Только так я смогу получить деньги. И тогда я все придумала.

— Что «все»? — спросил Артем. Он выглядел так, точно ему на голову вылили ведро холодной воды. Представляю, сколько добрых чувств в адрес женщины сейчас рождалось в его душе.

— Но ведь Илья рассказал? — робко спросила она.

— Сейчас мы вас слушаем.

Об убийствах ей говорить было тяжело, крупные капли пота выступили над верхней губой, она терла ладонь о ладонь, зябко дергала плечами.

— Надо было убить кого-нибудь в большой компании. Все равно кого. А потом еще нескольких, чем больше, тем лучше. И мужа, конечно, тоже. И тогда все подумают, что убирают свидетелей того первого убийства. Я надеялась, что все так запутается, что до нас никогда не доберутся. Мы стали готовиться, сделали дубликаты ключей от Петечкиной квартиры и от квартиры Веры, я просто вытащила их из ее сумки, когда она была у нас в гостях, выбросила в окно, где ждал Илья, у нас в ванной окно... потом спустила бечевку и Илья привязал к ней ключи. Я чувствовала себя... Джульеттой, — вдруг сказала она, и глаза ее сияли. Вешняков от такого заявления поперхнулся. Небось уже прикидывал, признают ли Леру психически здоровой. — Ключи я положила назад в сумку. Вера ничего не заметила. А Петечка вообще внимания не обратил, что ключи пропали, я их потом ему в ящик стола подбросила. Петечку убить было проще всего. Но тут появились вы, — кивнула она мне, — и я... испугалась. Потом эта поездка на яхте, все так удачно складывалось. Нельзя было упускать такой шанс. И мы убили Анну. А потом Райзмана, у него магазин в переулке, и он всегда поздно возвращался, очень удобно. Затем Веру и, наконец, мужа. К тому моменту все так запуталось... Как же вы догадались? — вновь повернулась она ко мне. — Ведь это вы догадались? Ну, конечно. Наверное, я сболтнула лишнее, а вы умная, вы все замечаете. А мне так хотелось вам понравиться, расположить к себе...

— Не стоило подбрасывать пистолет Тагаеву, — сказала я. — Он очень опасный человек.

— Да... наверное, но все так удачно складывалось, вот я и подумала... А кто мне звонил? — испуганно вскинула она голову. — Кто? Илья жив? Где Илья?

— Жив ваш Илья, — пробормотал Вешняков. — В задней комнате сидит.

— Можно мне его увидеть? Пожалуйста.

— Проводи, — кивнул он одному из ребят, тот распахнул дверь. Лера бросилась к любовнику и закричала:

— Илюша! Илья!

Я вошла следом, она уже склонилась над ним, развязала повязку, стягивающую его рот.

— Илюша...

— Ты зачем здесь? — рявкнул он. — Что ты им сказала?

— Я деньги привезла. Они грозились убить тебя, и я привезла деньги.

— Дура, это менты. Что ты им наболтала?

— Я правду сказала. Я все придумала, это моя вина.

— Какая правда? Это же пожизненное, дура. Пожизненное... Ты это понимаешь?

— Я все понимаю, Илюша. Я понимаю.

— Поехали, — вздохнул Вешняков. — Забирайте этого...

— Я хотела бы... — испуганно начала Лера. — Можно я здесь все напишу? Пожалуйста. Я плохо себя чувствую, я боюсь, что потом мне будет трудно писать... Я чистосердечно...

Она выгораживала его, как могла, сплошные «я заставила», «я велела», «я требовала». Вешняков мрачнел все больше.

— Лера, — окликнула ее я, — Илья прав, это пожизненное. Понимаете?

— Убивал он, и он мужик, в конце концов, — не выдержал Вешняков.

— Я написала правду, — улыбнулась она. — Все, как было.

Машину подогнали к крыльцу, первым загрузили Лихова.

— Ольга Сергеевна, — шепнула мне Лера, — извините... Я очень хочу в туалет. Я не сбегу, просто не хотелось бы... мужчины...

— Идемте, — кивнула я. — Это вон там.

— Спасибо.

Она ускорила шаг, она очень торопилась. А я забыла, какая она великая притворщица. А еще она отважная, хоть и говорила, что трусиха. Трусы думают о себе, а сильные о тех, кого любят. Я так и не поняла, откуда она достала пистолет, дамский, блестящий, больше похожий на игрушку. Я шла сзади. Грохнул выстрел, и Лера, точно споткнувшись, стала медленно оседать. Красное пятно расползлось на ее груди.

— О, черт! — заорал Вешняков.

До больницы мы Лапшину не довезли.

Домой я вернулась уже вечером. Очень хотелось напиться. Оказалось, у меня гости. Тагаев на кухне жарил грибы. Меня при мысли о еде просто с души воротило, и пить вдруг желание пропало.

— Ну что, ты свою работу закончила? — спросил Тимур с едва уловимой насмешкой.

— Закончила. Завтра в одиннадцать утра тебе надо быть в кабинете Вешнякова.

— Буду. Я же обещал... Баба по дороге загнулась? — Голос звучал так, точно Тимур не был уверен, что поступает правильно, задавая этот вопрос.

— Да.

— Что ж, у парня теперь есть шанс получить лет пятнадцать, а то и меньше. Если адвокат подсуетится да разведет бодягу про большую любовь, злую девочку и несмышленого мальчика... Ты жалеешь? —

вдруг спросил он. В ответ можно было спросить, что он имеет в виду, но я не стала.

— Они убили четверых. Лапшина из-за денег, а еще троих просто так, чтобы запутать следствие. Мне не жаль, мне... не очень этот мир радует глаз. Ты не находишь?

— Ух ты, — усмехнулся Тагаев. — Вопрос философский. Иди-ка ты спать. Или вон коньяка выпей.

Я поднялась и отправилась в ванную. Зазвонил мобильный. Голос Питиримова, человека из Дедовой охраны, я поначалу даже не узнала, но сразу сообразила, кто это, когда он сказал:

— Детка, Лукьянов в городе. День, два, точнее не знаю. Имел беседу с Дедом.

Он тут же отключился, а я замерла. Сердце стучало так, точно били в большой барабан. Все быстрее, быстрее...

Я вошла в ванную, включила воду. Лукьянов в городе... Что ж, давненько не виделись. Разумеется, явился он не просто так. Ты-то знаешь, зачем явился, догадаться несложно. Он у нас выдающийся парень, специалист по трудноразрешимым проблемам. Пару выстрелов, и нет проблем. Пробовала я с ним однажды потягаться, вспоминать не хочется. Шрамы на моем теле, которые так заинтересовали Тимура, память о нем. Будь я романтичной особой, сказала бы: а самый большой шрам он оставил на моем бедном сердце, но я скажу иначе: загнал он меня в дерьмо по самые уши. Так и не очистилась. И теперь он снова здесь.

Завтра в одиннадцать утра Тагаев должен сдаться властям, а Лукьянов появляется в городе. Ну, давай, скажи, что ты думаешь. Старый змей пудрил тебе мозги, врал по обыкновению. Впрочем, отчего же врал? Недоговаривал. Это, Детка, не обман, это правильное видение мира, есть ситуация, и надо ее обыграть с пользой для себя.

— Дед, — позвала я, — что ж ты делаешь, а? Ты же... — Я вдруг захныкала, глупо и жалко, как в детстве, когда не пускали гулять, заставляя учить уроки. — Дед... — Я таращилась в зеркало и видела себя — некрасивую, с перекошенным ртом, с этими глупыми слезами, ударила кулаком один раз, другой... — Господи, не оставляй меня, — попросила я испуганно. — Я не хочу, я ничего не хочу... — Я сползла по стене, вжалась в угол и стиснула голову руками. — Я не хочу, — бормотала я отчаянно и даже отбрыкивалась от кого-то.

— Тихо, тихо, — шептал Тагаев, — все нормально. Посмотри на меня, вот так... Здесь и правда иногда бывает паршиво, а потом опять ничего. Вот увидишь. Иди ко мне. Когда девушка прячется от жизни за унитазом, это выглядит по-дурацки.

Он подхватил меня на руки, а я сказала:

— Мне надо умыться.

— Конечно.

Но умываться я не стала, обняла его за шею и уткнулась носом куда-то в плечо.

Я открыла глаза, посмотрела на часы, половина девятого. Тагаев лежал рядом, закинув руки за голову. Увидев, что я проснулась, повернулся на бок и поцеловал меня.

— Пора вставать, ведь мне сегодня сдаваться, — заметил он с усмешкой.

Я поднялась, надела халат и прошлепала в ванную. Не спеша умылась, взглянула на себя в зеркало.

Почему бы не послать все к черту? Бандиты должны сидеть в тюрьме или лежать на кладбище, у них профессия опасная. А я свое дело сделала. Может, не так, как хотела...

— Тимур, — позвала я громко. Он тоже поднялся, прошелся по комнате, вроде чего-то ждал. — Тебе нельзя ехать, — сказала я со вздохом.

— Я помню, что по утрам у тебя паршивое настроение.

— К черту настроение. Тебе нельзя ехать. Вызови охрану и убирайся из города.

Я привалилась к стене, сложив руки на груди. Он подошел ближе, разглядывая меня с легкой усмешкой.

— Я дал слово твоему менту. И я поеду.

— Черт, — выругалась я и покачала головой, но попробовала еще раз. — Просто послушай меня. Тебе не надо ехать.

— Выпей кофе, прими душ, и мир не покажется тебе таким скверным.

Я очень надеялась, что мне не придется говорить все это, но сказала:

— Я не знаю, что вы не поделили с Дедом, зато я знаю другое. В городе появился один человек. Когда он появляется, это означает только одно: кто-то из неугодных Деду людей сыграет в ящик. Человек этот очень серьезно относится к своей работе и всегда ее выполняет.

— Не пойму, о чем ты...

— Храни свои тайны, только глупостей не делай, — не выдержала я.

Тагаев протянул руку и коснулся моего лица. Я дернула головой и зажмурилась.

— Это он? — вкрадчиво спросил Тимур.

— Кто? — не поняла я.

— Тот самый тип, что научил тебя играть по правилам?

— Не болтай чепухи.

— Должен заметить, ты нарушила правила. Я предупреждал: ты слишком много на себя берешь. Слишком много...

— Ты ведь не поедешь?

— Поеду, — вздохнул он. — Я никогда не нарушаю данного слова. И сегодня не собираюсь.

— Ты идиот, просто идиот! — рявкнула я. Он прижался губами к моим губам, и договорить я не смогла, потом провел ладонью по моему лицу, разглядывая его, точно видел впервые.

— На самом деле тебе не все равно, — шепнул он тихо, — сколько бы ты ни твердила об этом. Я рад, что ты сказала, не очень верил, но все же надеялся. — Он усмехнулся и отошел в сторону, а я схватила телефонную трубку и набрала номер Вешнякова.

— Артем, Лукьянов в городе.

— А этому что надо... ух ты, черт, — присвистнул он.

— Вот именно. Тагаев свято хранит свои тайны, но и без того понятно...

— Пусть сматывается из города.

— Он слово дал.

— На фига мне его слово и труп в придачу? Откуда про Лукьянова знаешь? Это точно?

— Артем, он поедет.

— Ты ему сказала?

— Сказала, но он все равно поедет, потому что он придурок.

— А может, потому, что ты его так успела достать...

— Думай, что делать, — прикрикнула я.

— Та-ак, где вы?

— У меня.

— Возле твоего дома вряд ли будут стрелять, Деду это не понравится. Значит, по дороге или здесь... Тринадцать ступенек, по ним подняться надо, машину к двери не подгонишь. Да уговори ты этого типа найти нору поглубже. Когда ж это все кончится, а? И подполковника не дают.

— Зачем ты ему позвонила? — укоризненно сказал Тагаев. — По-твоему, я сам не справлюсь?

Я подошла, схватила его за руку.

— Оставь эту затею. Не надо никому ничего доказывать.

— Я поеду, — улыбнулся он.

В половине одиннадцатого возле моего дома остановился «Хаммер». Тагаев в кухне пил кофе, когда я появилась там в своем любимом костюме.

— Глазам не верю, — фыркнул он, — такая рань, а ты при всем параде.

— Я поеду с тобой.

— Боишься что-нибудь пропустить?

— Я хочу, чтобы ты надел бронежилет, — сказала я, решив не обращать внимания на его колкости.

— Зачем? Снайпер стреляет в голову. И прекрати делать вид, что от тебя здесь хоть что-то зависит.

Я нахлобучила широкополую шляпу, надела туфли на высоком каблуке и теперь была почти одного с ним роста.

— Не могу без слез наблюдать за твоими приготовлениями, — покачал он головой. Я опять промолчала.

Мы вышли из дома под руку, здоровяк со шрамом на подбородке держал дверь открытой, тревожно оглядываясь. По дороге или там, на месте? Вряд ли по дороге. Лукьянов будет стрелять наверняка. Значит, там... площадь, два жилых дома, напротив стройка. Точнее, долгострой. За ветхим забором кирпичный монстр в несколько этажей. Собирались строить областную библиотеку, вот и строят пятый год. Очень удобное место. Это я так думаю, и любой так подумает. А Лукьянов? Черт его знает.

Мы выехали на проспект, половина пути... Город точно вымер. Почему мы едем так медленно? Нормально едем. И движение обычное. Сегодня пятница. Вон свадебный кортеж. Цветы, невеста в белом. Поворот. Еще один. Лукьянов любит удивлять. Что он придумает на этот раз? Ну вот и площадь. Злилась, что едем медленно, а как быстро приехали. Дорогу перегородил «КамАЗ». На боку написано «Горэлектросеть». Что-то там с проводами, двое парней в комбинезонах не спеша возятся с проводами.

— Сдавай назад, — сказал Тагаев. Мы въехали в соседний переулок. Оказалось, что здесь проезд вторую неделю закрыт, раскопали коммуникации. Теперь только с улицы Фрунзе, а это значит, придется идти через всю площадь.

— Теперь ты мне веришь? — спросила я.

— Верю, не верю, что это меняет? Ребята отвезут тебя домой.

— Я пойду с тобой, — ответила я. Он усмехнулся.

Мы вышли, охрана взяла Тагаева в кольцо, я замыкала шествие. Шаг, второй, и сердце ухнуло... Он здесь. Я знаю. Чувствую. «Ну, здравствуй, Саша. А ты говорил, не встретимся. Как я тебе в прицеле винтовки? Надеюсь, не разочаровала. Досадливо морщишься, мешает моя шляпа? Ничего, на худой конец, сделаешь два выстрела».

— Ты мне на пятки наступаешь, — сказал Тагаев.

— Терпи.

Ступеньки, тринадцать штук. Можно не пересчитывать, Вешняков точно знает, сколько раз за день туда-сюда бегает. «У тебя полминуты, Саша. Чего тянешь? Ну, давай... приказ есть приказ... Будь я глупее, подумала бы, что тебе нелегко решиться. Чепуха. Вряд ли ты даже размышляешь об этом. Просто досада. Ты с винтовкой, а я на линии огня. По-другому и быть не может».

Я все-таки не выдержала, повернулась и послала ему воздушный поцелуй. И тут грохнул выстрел. Я вздрогнула, а потом закричала.

— Быстрее! — рявкнул кто-то, и Тагаева втолкнули в здание, а я стояла на ступеньках с дурацкой шляпой в руках.

— Убери ее оттуда! — орал Тагаев.

Площадь заполнилась народом, появился Вешняков. Потный, злой.

— Стреляли где-то на стройке.

Опять крики:

— Уходит, уходит по крыше... Собаку на стройку, быстро... Там труп... снайпер, винтовка рядом.

— Где? — вцепилась я в плечо Вешнякова. А потом, сбросив туфли, бежала по щебню, доскам, грудам мусора. Второй этаж, четвертый...

— Артем Сергеевич, это здесь.

Возле окна скрюченная фигура. Стреляли в голову, сзади. Кто-то подошел почти вплотную и выстрелил. Охота на охотника.

— Это не он, — пробормотал Вешняков, страдальчески глядя на меня. — Ты же видишь, это не он.

Не он. Низкорослый, щуплый.

— Все нормально, Детка, все нормально. Пошли отсюда.

— Дай закурить, — попросила я, когда мы спустились вниз.

— Ну, слава богу, я боялся, ты язык проглотила.

— С языком порядок.

— Ты меня когда-нибудь до инфаркта доведешь. Лукьянов, Лукьянов... у меня башка кругом. Теперь вот с киллером возись, кто его пришил...

— Лукьянов и пришил. Он был здесь, я чувствовала.

— А я чувствую, у меня давление зашкаливает. Тебе такси вызвать? Мне еще с твоим Тагаевым...

— Ты иди, со мной порядок. Я в кафе подожду. — И я пошла в кафе, разглядывая свои босые ноги.

Значит, на этот раз я ткнула пальцем в небо. Дед вовсе не собирался убирать Тагаева. Напротив, очень пекся о его здоровье. В самом деле, они неплохо сработались, а замену найти трудно. Сотник нанял киллера, а Дед вызвал Лукьянова. Теперь киллер с простреленной головой, и сам Сотник, скорее всего, тоже. Крутые мальчики со своими крутыми играми.

Зазвонил мобильный.

— Привет, — сказал Лукьянов. — Я в городе.

— Знаю, — ответила я.

— То-то ты принялась кривляться на ступеньках.

— От дурных привычек нелегко отделаться. Ты зачем звонишь?

— Помнится, ты обещала, если я еще раз появлюсь здесь, ты меня пристрелишь.

— На самом деле я тогда погорячилась. Слишком много личного.

— А теперь? — спросил он.

— А теперь ничего, — ответила я и отключила телефон.

Мое появление в баре вызвало оживление, хотя и до этого граждане были возбуждены, обсуждали недавние события. Я подошла к стойке и ласково попросила девушку:

— Дайте, пожалуйста, водки. Стакан.

Она похлопала глазами, но налила, а я выпила, меня слегка шатнуло, зато мир в легкой дымке понравился мне гораздо больше.

— Я у вас тут на диване прилягу, — застенчиво сообщила я. — До дома-то мне все равно не дойти.

— Ольга, — позвал Вешняков, теребя меня за плечо, — хватит дрыхнуть, ты людям интерьер портишь.

Я села и огляделась.

— Зачем разбудил, мне видение было, выхожу замуж за хорошего человека.

— Кто тебя возьмет, скажи на милость? Поднимайся, я твои туфли нашел. Девушка ты красивая, чего босиком шастаешь.

Я сунула ноги в туфли и с глупой улыбкой смотрела на него снизу вверх.

— Вешняков, ты хороший человек?

— Очень. И знаешь, как хороший человек хорошему человеку, хочу сказать: пошли ты их всех к черту.

Я засмеялась, потом заревела, а потом опять засмеялась, и мы вышли из кафе. Я спросила:

— Сотник объявился?

— Да нет пока. А должен?

— Конечно. В виде трупа.

— Ну и фиг с ним. Нам не привыкать. Трупов мы, что ли, не видели? Пошли к Лялину, он небось скучает.

Вешняков обнял меня за плечи, мы шли, обращая на себя внимание, запели и даже пробовали станцевать. Я задрала голову к небу, прищурила один глаз и сказала:

— Да знаю я, знаю, у меня вся жизнь впереди.

Я вошла в свою квартиру и замерла от неожиданности. Весь холл был уставлен цветами, в вазах, корзинах и бог знает в чем еще, розы, хризантемы, орхидеи. Два цветочных магазина. Или три. Сашка среди всего этого великолепия ходил совершенно очумелый.

— Что делается, — покачала я головой, от всей души сочувствуя своей собаке. Я подхватила его на руки и высказала предположение: — Должно быть, Дед. Правда, ключи мы у него отобрали, но он как-то изловчился.

Я подумала, может, стоит позвонить ему, и тут телефон сам зазвонил.

— Нравится? — спросил Тагаев.

— Так это твоя работа?

— Денег у тебя куры не клюют, бриллианты от

меня ты не примешь, а цветочки... Цветочками никого не обидишь.

— Это точно. Только воняют ужасно, — пожаловалась я.

Он засмеялся.

— А больше ты мне ничего не хочешь сказать?

— Нет.

— Нет?

— Нет.

— Ну что ж, мой телефон ты знаешь, и я каждый вечер в «Шанхае».

Литературно-художественное издание

Полякова Татьяна Викторовна

ЭКСКЛЮЗИВНЫЙ МАЧО

Ответственный редактор *О. Рубис*
Редактор *Г. Калашников*
Художественный редактор *Н. Кудря*
Художник *А. Яцкевич*
Технический редактор *Н. Носова*
Компьютерная верстка *О. Шувалова*
Корректоры *Т. Гайдукова, Е. Дмитриева*

ООО «Издательство «Эксмо».
127299, Москва, ул. Клары Цеткин, д. 18, корп. 5. Тел.: 411-68-86, 956-39-21.
Интернет/Home page — www.eksmo.ru
Электронная почта (E-mail) — **info@ eksmo.ru**
*По вопросам размещения рекламы в книгах издательства «Эксмо»
обращаться в рекламное агентство «Эксмо». Тел. 234-38-00.*

Оптовая торговля:
109472, Москва, ул. Академика Скрябина, д. 21, этаж 2.
Тел./факс: (095) 378-84-74, 378-82-61, 745-89-16.
Многоканальный тел. 411-50-74. E-mail: **reception@eksmo-sale.ru**

Мелкооптовая торговля:
117192, Москва, Мичуринский пр-т, д. 12/1. Тел./факс: (095) 411-50-76.

Книжные магазины издательства «Эксмо»:
Супермаркет «Книжная страна». Страстной бульвар, д. 8а. Тел. 783-47-96.
Москва, ул. Маршала Бирюзова, 17 (рядом с м. «Октябрьское Поле»). Тел. 194-97-86.
Москва, Пролетарский пр-т, 20 (м. «Кантемировская»). Тел. 325-47-29.
Москва, Комсомольский пр-т, 28 (в здании МДМ, м. «Фрунзенская»). Тел. 782-88-26.
Москва, ул. Сходненская, д. 52 (м. «Сходненская»). Тел. 492-97-85.
Москва, ул. Митинская, д. 48 (м. «Тушинская»). Тел. 751-70-54.
Москва, Волгоградский пр-т, 78 (м. «Кузьминки»). Тел. 177-22-11.
Северо-Западная Компания представляет весь ассортимент книг издательства «Эксмо».
Санкт-Петербург, пр-т Обуховской Обороны, д. 84Е.
Тел. отдела реализации (812) 265-44-80/81/82.
Сеть книжных магазинов «БУКВОЕД». Крупнейшие магазины сети:
Книжный супермаркет на Загородном, д. 35. Тел. (812) 312-67-34
и Магазин на Невском, д. 13. Тел. (812) 310-22-44.
Сеть магазинов «Книжный клуб «СНАРК» представляет самый широкий ассортимент книг
издательства «Эксмо». Информация о магазинах и книгах в Санкт-Петербурге по тел. 050.
Всегда в ассортименте новинки издательства «Эксмо»:
ТД «Библио-Глобус», ТД «Москва», ТД «Молодая гвардия»,
«Московский дом книги», «Дом книги в Медведково», «Дом книги на Соколе».
*Весь ассортимент продукции издательства «Эксмо»
в Нижнем Новгороде и Челябинске:*
ООО «Пароль НН», г. Н. Новгород, ул. Деревообделочная, д. 8. Тел. (8312) 77-87-95.
ООО «ИКЦ «ДИС», г. Челябинск, ул. Братская, д. 2а. Тел. (8512) 62-22-18.
ООО «ИнтерСервис ЛТД», г. Челябинск, Свердловский тракт, д. 14. Тел. (3512) 21-35-16.
Книги «Эксмо» в Европе — фирма «Атлант». Тел. + 49 (0) 721-1831212.

Подписано в печать с готовых диапозитивов 10.07.2003.
Формат 84х108 $^1/_{32}$. Гарнитура «Таймс». Печать офсетная.
Бум. тип. Усл. печ. л. 18,48. Уч.-изд. л. 14,3.
Тираж 100 000 экз. Заказ № 4302155.

Отпечатано на ФГУИПП «Нижполиграф».
603006, Нижний Новгород, ул. Варварская, 32.

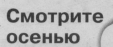